Ce royaume est sombre

Raphaël Le Scouarnec

Ce royaume est sombre

Éditions L'Orpailleur

10 route de Pibrac – 31490 Léguevin

Éditions L'Orpailleur sous la direction de Christophe Havot
www.lorpailleur-edition.com

Image de couverture : Laurent Maginelle

ISBN 978-2-487448-01-8

15 ANS PLUS TÔT

Il court. Vite. La nuit est partout. Les chiens derrière lui. Ange les entend. Il sait leur goût du sang. Des chiens aux yeux fous. Aux yeux d'orage. Leurs crocs luisant de bave. Dressés pour tuer. Une meute aveugle. Il lui avait promis. De venir la chercher. Il voulait la sauver de sa famille. Des branches le fouettent au passage. Souvent il s'est promené là avec elle. Sous les pins, à l'abri des regards. Son frère aîné a tué le frère de Salomé. Deux amis inséparables, victimes de leur jalousie. Tout ça à cause d'une pute qui leur a pourri le cerveau. Les Giacobbi se sont vengés en descendant Paul. Il se planquait dans une bergerie.

Il court. Plus vite encore. La nuit est partout. Son amour devenu tabou, péché, interdit. Leurs familles figées dans un glacis de haine. Mais Ange s'en fout. Il l'aime. Depuis toujours. Il court parmi les chênes verts. Elle pensera qu'il n'est pas venu. Les frères de Salomé l'attendaient près de la cabane, là où il devait la retrouver. Leurs molosses enivrés tiraient sur les laisses, grognant après David étendu au sol. Ils ne l'avaient pas vu, les fourrés l'entouraient. *Comment pouvaient-ils savoir ? Qui les avait trahis ?*

Les chiens se rapprochent. Il a quitté le chemin pour les ralentir. Ses poumons brûlent. Son cœur cogne. Il arrive au sentier qui descend vers la mer. *Cours ! Cours !* Il sent les embruns. Sort son couteau. Encore quelques mètres. Il oblique pour gravir les rochers. Trébuche et tombe. Sans lâcher sa lame. Le premier chien saute sur lui. Mord ses bras sa poitrine son visage. La douleur muette. Atroce. Il lui plante le couteau dans la gorge. Le sang jaillit. Ange repousse la bête inerte. Il se tient sur le promontoire qui surplombe la mer. Un autre chien se jette sur lui au moment où il plonge dans les eaux sombres. Il perd connaissance, avalé par les vagues.

En haut, les Giacobbi fouillent les flots de leurs torches puissantes. Ils attendent. Ils attendent encore. Et puis ils repartent. La mer l'a pris dans sa gueule profonde sa gueule obscure. Et recraché. Le corps en lambeaux.

1
TOUS DES TRAÎTRES

Gaïa Casanova regarde la mer depuis le balcon de sa chambre. Elle s'étire dans le fauteuil de relaxation. À cinq cent mètres à vol d'oiseau, la propriété des Giacobbi, cernée par les pins. Elle les maudit. Tous, sauf David. Il n'est pas comme eux. Il ressemble à sa mère. Morte à cause d'eux. Joseph Giacobbi et ses fils maudits. Surtout cette fouine de Simon. Chè tù crepi ! Ti manghjinu i corbi ! Qu'ils crèvent en enfer ! Tous des traîtres !

Invisible depuis la maison, un homme remonte le chemin qui longe le Domaine Casanova, au fond du jardin. Jogging noir. Casquette. Lunettes de soleil. Il s'approche de la porte qui donne sur le jardin. Sort une enveloppe de sa sacoche. Applique un film opaque sur le digicode, le retire. Une fine couche grise indique les quatre bons chiffres. Il prend une photo, laisse l'appli de son smartphone gérer les données. Quelqu'un vient. Tout en bas du chemin. Il l'entend siffler. L'homme se cache dans l'encoignure de la porte. Son appli lui propose quatre possibilités. La deuxième est la bonne. Il pousse la porte. Elle grince. Il se faufile à l'intérieur. Referme doucement derrière lui. Avance courbé, profite des massifs, des arbustes ou des haies pour s'approcher de la terrasse, à une dizaine de mètres de la piscine. Il entend les cris des enfants. S'abrite derrière le muret qui protège la terrasse du vent. Sort un sifflet à ultra sons. Le bichon rapplique. Il lui tend un sucre. Le bichon l'aspire de la langue et croque dedans. Il couine et s'avachit au pied du barbecue.

Dans la baie, la tramontane fait chanter les gréements. Leurs cliquetis se mêlent aux cigales. Depuis quinze ans, elle contrôle tout. De loin. Pascal est son dernier fils, elle a besoin de lui. De sa force animale, de sa brutalité. Aussi impulsif que Paul. Mais les gens savent qui est la patronne, la Donna. Elle ne tremble jamais. Gaïa se relève en soupirant à nouveau. Ses genoux lui font mal. L'arthrose. L'usure. Son médecin lui a conseillé de porter une genouillère. Elle la met ici, au domaine, pour les escaliers et pour descendre par le chemin qui serpente jusqu'à la mer. Mais jamais au village, jamais en public, même au cimetière. Ou alors sous un pantalon. Les gens penseraient qu'elle vieillit, qu'elle se relâche. Elle doit paraître forte et infaillible. Pour les vivants et pour les morts.

À la cuisine, elle retrouve sa belle-fille, Marlène, épouse de Pascal et mère de leurs trois enfants. Des enfants, comment dire ? Idiots. Stupides. « Tu es dure, ils sont braves, ces petits ! » lui répète toujours sa cousine Sophie. Sa fidèle amie, la seule. Elles ne se sont jamais quittées. Pour l'instant, la cousine prépare un gâteau au chocolat, tandis que Marlène coupe des carottes en fins bâtonnets. Le résultat est pathétique. Tout comme elle. Blonde décolorée, maquillage à la truelle et bronzage abusé. Gaïa s'assied au bout de la table. Abusée ! Elle sourit. Ses petites-filles et ses neveux parlent ainsi de Marlène.

– Je ne te demande pas de nous aider, lui lance Sophie.

Elle vit dans la petite maison sous les figuiers, en haut

du domaine, envahie par les clématites et le chèvrefeuille. Au moins, elle échappe aux braillements des rejetons de Pascal. Tout pégueux, tout mollassons ! D'une bêtise terrifiante, bouches rétives, des yeux de papier gras. Leurs faces vulgaires comme celle de leur mère. Marlène la regarde avec son air de demeurée.

– Vous l'auriez pas vu mon César ?

– Ton bichon, c'est de lui que tu parles j'imagine.

– Et qui d'autre ? Vous en connaissez des autres César que lui !

Non seulement elle est vulgaire, mais elle assassine la langue française. Gaïa prend sur elle.

– Pourquoi ?

– Je l'ai pas vu depuis, je sais pas le moment que ça dure, mais...

– Il est sûrement à la piscine avec les enfants, suggère Sophie.

– Tu crois ? Je l'entends pas.

Gaïa a envie de lui dire que c'est normal, vu le niveau sonore des cris de sa progéniture. Elle s'abstient. Elle n'aime pas cette Marlène et ses enfants. Elle aime ses neveux, les filles de Léa et les enfants de Sophie. Ils seront tous là ce soir pour son anniversaire.

– Gaïa, tu nous servirais un verre de vin ?

Sophie sort une tarte au citron meringuée du four, puis elle saisit le gâteau au chocolat et l'enfourne à son tour.

– Alors, tu fais quoi ? Tu rêves ?

– Je pense.

Gaïa attrape la bouteille déjà ouverte posée sur la table.

Elle remplit deux verres. Un rouge produit par son frère, Ulysse, huit ans de moins qu'elle.

Marlène tente de répéter l'assiette pilote que Sophie a dressée pour l'entrée. Ça frôle le désastre. Pourtant, elle s'applique, elle souffle fort, concentrée sur l'objectif, ses cheveux mouillés de transpiration, elle y va, elle y va. Pauvre, elle ne procrastine pas. Gaïa étouffe un rire naissant. Sophie s'assied en face d'elle.

– Marlène, tu t'en sors ?

– Je fais comme je peux, Sophie, mais j'y arrive pas bien.

– À nous, Gaïa !

– À nous !

Elles lèvent leurs verres, leurs regards échappent au temps, soudain rajeunies, intactes, éternelles. Grâce au vin d'Ulysse. En reprenant le vignoble de leur père, il l'avait converti en bio. À l'époque, on l'avait pris pour un fada. Personne ne faisait ça. Trente ans après, ils s'y mettaient tous. Bien trop tard pour rivaliser avec les vins d'Ulysse Lorca.

– Tu veux goûter ?

Sophie lui brandit une cuillère devant la bouche. Gaïa s'exécute. La soupe de poissons est un délice.

– Pour moi, c'est parfait.

Marlène a péniblement terminé. Elle montre une de ses assiettes à la cousine.

– Sophie, tu...

Sa belle-fille se fige, tétanisée par les hurlements des mongoliens qui glapissaient jusque là dans la piscine.

L'assiette lui tombe des mains, se brise sur la table. Elle se précipite à son allure molle, pousse de lents vagissements, lève les bras au ciel, elle se cogne, jure, crie, bafouille, bave des mots incompréhensibles, à moins que ce ne soient les prénoms des trois tarés. Gaïa rit. Sophie ramasse les morceaux d'assiette et nettoie la table.

– Tu penses que c'est grave ?

– Un d'entre eux s'est noyé, j'imagine...

– Gaïa !

– Quoi ? Tu as perdu ton humour ?

Sophie hausse les épaules et lui renvoie la balle.

– Ça te fait quoi de fêter tes 65 ans ?

– Oh...

– Touché.

Marlène revient, suivie par ses gosses, brandissant le cadavre de son bichon.

– Ils l'ont tué, ces salauds, ils l'ont tué...

– De qui tu parles ? la coupe Gaïa.

– De...

Marlène se raidit. Elle a toujours eu peur de sa belle-mère. Une belle femme puissante. Tout le contraire à elle, ou peut-être qu'on dit d'elle pour le contraire, elle sait plus, elle hésite.

– Pour... pour faire ça à mon César, il faut être... d'un salaud !

Marlène serre le bichon contre ses gros seins. Gaïa se lève. Elle la laisse pleurnicher sa tristesse, ses deux minots accrochés à ses basques, secoués de sanglots. Le grand, Brian, la regarde avec ses yeux de fouine. Une fois, petit, il lui avait dit : « Mamie, pourquoi tu m'aimes pas ? » Elle protesta mollement.

– Mon César, mon César... qui t'a fait ça ?

Marlène donne dans l'incantation maintenant. Tout ça pour cet horrible bichon. Bon débarras.

– Vivants, les chiens ne parlent pas, alors morts !

– Gaïa, vous l'avez pas le cœur...

– Ils l'ont trouvé où ?

– Le ballon... le ballon, il avait volé...

– Volé où, Marlène ?

– Brian, il a été le chercher derrière le barbéquiou...

– Barbecue.

– Et là, il a trouvé mon César... mort ! elle meugle en brandissant le bichon.

– Mets-le sous l'appentis, près du cabanon du jardinier. Et fais-les taire, de grâce.

D'une main, Gaïa désigne les deux gnomes en pleurs.

– Pascal t'aidera à l'enterrer. Il ne va pas tarder.

– Vous...

– Je sais, je n'ai pas de cœur !

Marlène cherche une phrase à lui répondre, elle pense aux feuilletons qu'elle regarde l'après-midi, trouve pas, elle a aucune mémoire, elle imprime pas, c'est pour ça, la raison qu'elle regarde toujours les mêmes programmes à la télé. Pour être pas trop perturbée.

– Mon toutou, mon César ! elle clame.

Elle quitte enfin la cuisine avec son trio infernal. Gaïa se rassoit, à demi soulagée.

– Cette femme, cette femme.

– Que veux-tu ? Ton fils l'aime, lui dit Sophie.

– Justement, c'est ça le problème. Il aurait pu trouver mieux...

– Au moins, elle ne risque pas de te faire de l'ombre, ajoute la cousine.

– Non, elle se la fait à elle-même !

Elles se mettent à rire, à rire. Comme la porte et les fenêtres sont grandes ouvertes, elles tentent de conserver un niveau sonore réduit. Marlène est débile, mais pas sourde. Elles respirent un bon coup. Gaïa remplit leurs verres à nouveau.

– Je me méfie des abrutis, au masculin ou au féminin. Ce sont les pires. Tu ne sais jamais de quoi ils sont capables.

– Aux abrutis, lui lance Sophie en levant son verre.

– Jamais !

– À la vie !

– Je préfère.

Sophie répare les dégâts de Marlène et met les entrées au frigo, celui du cellier qui jouxte la cuisine. Gaïa se sent d'humeur légère ce soir. Même si cette histoire de bichon mort la préoccupe. Mon Dieu, faites qu'il soit mort de trop de graisses et de sucreries ! Qui voudrait tuer le chien d'une telle idiote ? Elle doit parler avec Pascal. Il arrive. Le moteur de sa Jaguar. Gaïa se précipite vers le garage.

– Enfin, tu es là.

– Il se passe quoi ?

– Un drame.

– Me fais pas languir !

– Le chien de Marlène est mort. Elle a dit : « ils l'ont

tué. » Tu as des problèmes ? Et elle, elle sait quelque chose ?

– Maman, elle dit juste des bêtises. Tu la connais. Ce chien, personne l'a tué !

– Tu es sûr ?

– Oui.

– Va l'enterrer, ils t'attendent à la cabane du jardinier, lui intime Gaïa.

Son humeur légère est gâchée par ce détail. La mort du bichon. Ça lui rappelle des souvenirs mauvais. La femme d'Ulysse, la mère des neveux, on l'avait enlevée alors qu'elle promenait son labrador sur la plage, un soir d'hiver. Le chien gisait, le crâne fracassé, dans le sable. Des Siciliens avaient financé la campagne du nouveau député, Jean-Philippe Guérini, et sa formation, le Parti Radical du Centre. Si Iris n'était pas morte, on aurait pu en rire de son PRC, un nom pareil ! Mais les hommes de Guérini se distinguaient par leur bêtise. Ils se croyaient en terrain conquis. Ils avaient pas mal bu ce soir-là et leur boss parlait toujours de cette Iris, pour qui elle se prenait, elle avait rompu avec lui, JP, pour épouser Ulysse Lorca. Elle méritait une leçon, une bonne leçon. Ils lui avaient tout raconté, ils voulaient pas la tuer, ils voulaient pas...

– Ça va ? lui demande Sophie.

Gaïa se rassied à sa place, au bout de la table.

– Tu es toute...

La cousine lui sert un grand verre d'eau fraîche.

– Bois ça. C'est le chien ? Tu penses à Iris ?

– Toi aussi ?

– Non. Ils l'ont tellement gavé ce César !

– Je me fais vieille.

– Plus on vieillit, plus les souvenirs reviennent.

– Mais je ne peux pas. Vieillir. Qui va me succéder ? Pascal ? Entre sa femme et ses maîtresses, le poker, il trouvera le temps ? Et même...

– Personne ne sera à la hauteur pour te succéder. Tu le sais, cousine.

– Ange, il aurait pu...

– Tu crois toujours qu'il a survécu aux Giacobbi ?

– Oui. Il va revenir. Je le sens. Pour se venger.

Sophie rajoute un plat dans le lave-vaisselle et lance le programme.

Marlène, elle comprend pas. Pourquoi comment son César chéri il est mort. C'est pas juste la vie. Comme dans « La vengeance de l'amour », la telenovela qu'elle regarde tous les jours, les filles trop belles avec les robes qui tombent au top, elles vivent des choses terribles. Terribles. On peut pas imaginer. Le week-end, le feuilleton passe pas. Gaïa, elle pense quoi ? Juste qu'elle est trop demeurée pour rien savoir ? Les enfants, ils s'agitent, ils piaillent les minots.

– Maman, maman !

– Allez prendre la douche. Papa arrive.

– Et César ? demande l'aîné en mâchonnant son chewing-gum.

– Papa va l'enterrer. Après on dira une prière toute la famille. Allez, zou !

La Donna, elle croit qu'elle sait rien ? C'est mieux qu'elle se le pense. Joue l'idiote, ma fille, joue l'idiote ! Gaïa sait pas qu'elle le connaît à JP, le Guérini. Et des choses encore plus. Sur son petit chéri, Ange. Comment les Giacobbi ont lâché leurs chiens sur lui et comment il a disparu. Ça lui appelle une chanson, une pub pour du café. Quand ils font l'amour, après, Pascal, il peut pas s'empêcher de tchatcher. Sa journée, ses soucis. Ou quand il a trop bu. Ou quand Gaïa le traite pire qu'une merdasse ! Pour une mère, elle l'aime pas bien à lui parler comme ça. Ange, c'était le petit, le dernier, le tout beau, le tout intelligent, le tout parfait que ça te donne le tournis. Les Giacobbi, ils l'avaient prévenu : « Elle est plus pour toi, Salomé, oublie-la. » Il avait voulu l'enlever. Pauvre ! Il voyait pas le piège. Marlène se souvient, son mariage avec Pascal, en mai. Un beau mariage. Ça arrangeait bien leurs familles, les Casanova et les Padovani, pour les affaires et l'autre chose... elle était enceinte de trois mois. Le grand, Brian. Elle se souvient. Une belle journée de printemps avant les chaleurs. Un bonheur. Et tout ce malheur après, la mort de Paul. Tout ce malheur. Ange, il avait mis son père infirme, et il avait disparu. Marlène, elle sait des choses. Marlène, c'est pas juste une grosse idiote. Elle va faire le truc là, la chirurgie stétique et elle sera comme les filles de « La vengeance de l'amour ». Au top du top ! Pascal la retrouve, prostrée dans l'appentis.

– Alors, c'est quoi l'histoire ?

– Il est mort. César.

Elle désigne le cadavre du chien qui repose à ses pieds.

– Qui l'a tué, Brutus ?

– C'est qui ce Brutus ?

– Rien. Personne.

– Toi aussi tu me prends pour une idiote !

– Mais non, chérie, je t'aime.

Il l'embrasse sur la joue. Elle fait sa belle. Pascal se baisse et enfouit le cadavre dans un sac en toile.

– Non ! Elle s'écrie.

– Non quoi ?

– On peut pas l'enterrer comme ça. Il lui faut un cer... un cer...

– Un cercueil.

– Oui. Une boîte, quelque chose.

Elle réfléchit, elle se tourmente le cerveau.

– J'ai trouvé ! Ma grosse boîte rose en forme de cœur. Tu vois ?

Pascal voit rien. Le dressing de sa femme est blindé de fringues, de chaussures, plus des boîtes, des boîtes, et ça monte au plafond.

– Mais si, mon Pascalou ! L'an dernier, à la Noël, tu m'avais offert les jolies bottes fourrées, dans une grosse boîte rose...

– Va la chercher, je vais creuser un trou là-bas, près du mur, à côté les framboisiers.

– C'est bien, il aura moins le soleil. Je t'aime.

Elle l'embrasse sur la bouche et retourne vers la grande bâtisse en sautillant. Elle chantonne : « Pascal, Marlène, c'est pour la vie. » Pour ses maîtresses, elle préfère pas y penser, ça valse, ça dure pas. Il fait sûrement des fantasmes, des trucs avec ses putes, des trucs sales...

Pascal la regarde tendrement. S'éloigner. Puis il se dirige vers le mur avec la brouette où il a fourré une pelle, une pioche, des plants de fleurs et le sac en toile. Dedans, y a pas juste le César mort, y a un putain de trésor, une petite boîte noire avec les diamants ! Il pouvait plus la laisser dans le coffre au bureau. L'idée, ça lui est venu au garage, quand sa mère lui parlait. Jamais elle doit savoir pour les diamants. Ils sont à lui et JP Guérini. Arrivé sur place, il se met à creuser, à creuser. Un bichon, c'est plus cool qu'un humain à enterrer. C'est petit. Ou alors, les nains, il pense, et les choses là... les liliputes... Il a jamais eu des nains à enterrer. Il se marre. Il pense à l'homme de confiance à JP, son cousin Marius. Marius, c'est un nain, un vrai nain tout petit. Mais attention, toujours sapé classe, du sur mesure, et un putain de cerveau. Grinçant. Pas drôle comme garçon, ses yeux, on dirait le mistral qui te met l'eau froide. Il te regarde, tu cherches pas. Pascal creuse encore, il transpire. À force, il pègue, son Lacoste lui colle de partout. Il aurait dû prendre à boire. Il sort le téléphone du pantalon et envoie un texto à Marlène. Sa mère – son business avec les Siciliens et Guérini – elle aimerait pas trop vu les antécédents. C'est pas sa faute à JP si des hommes à lui ont cagué grave. Ça date. Vingt ans. Ils sont tous morts, ces demeurés ! Faire ça à une femme, pour rien. On tue pour les affaires, pour se venger, on tue pour le bien de l'humanité. Mais une femme comme Iris, on la tue pas. Belle et toujours gentille. Le trou est assez grand. Dessus il plantera les fleurs. Il sort César du sac et l'examine. Pas de blessures, pas de chocs, rien. Et pas de petit cœur qui bat. Marlène s'amène avec la grosse boîte rose. Putain, elle est pas seule, son frère la suit en se dandinant, sa chatte au bras. Un air qu'il se donne. Pascal remet le bichon dans le sac.

Daniel Padovani n'est pas un vulgaire coiffeur, c'est le roi des coiffeurs de la Côte ! Il possède des dizaines de salons, les salons La Rouge. Ça vient de son surnom. À 25 ans, on l'appelait Dany La Rouge, vu sa crinière flamboyante, ses costumes carmins, grenats, pourpres, et son mot préféré : révolution. Pas celle des grands soirs ou des crétins de nuit debout. Trop trop pas fashion ! Lui aussi il est debout la nuit sur les dancefloors. Pour Dany, la seule révolution, c'est le style, la coiffure, le clubbing, les tendances. Il tape la bise à Pascal et se met à gémir.

– Pauvre César, quelle fin affreuse !

– Daniel...

– Dany. Avec une y. J'insiste. Même en cet instant tragique.

Il en rajoute pour agacer son beau-frère. Il copie Karl, son idole. Sauf que lui, il est resté bloqué à sa période enrobée. Sa sœur sort une bouteille d'eau de la boîte rose.

– Surprise !

– Merci, ma chérie.

Pascal boit. À peine. Vite il met le sac dans la boîte et la boîte dans le trou. Dany capte autre chose. Pourquoi il est si tendu ? Son beau-frère n'aime pas les chiens, ni les chats, ni rien comme animal de compagnie... à part Marlène. *Méchante ! Méchante fille que tu es de te moquer de ta petite sœur ! Déjà, tu vas lui refaire une couleur et la coiffer pour ce soir. Elle est... juste affreuse !* Cléopatra miaule au creux de son bras replet. Marlène pointe son index dans sa direction.

– Tu crois qu'elle sait pour César ?

– Tu es folle, je lui ai rien dit...

– Pour le traumatisse ?

– Le traumatisme.

– J'y ai mis sa couverture préférée dans la boîte.

– Tu as bien fait. César va y reposer pour l'éternité.

Pascal le regarde. *Où il va trouver ces putains de phrases ? Moi je parle pas aussi bien.* Dany lit dans ses pensées. Une voyante lui a révélé ça un jour, qu'il était médium, il revoyait des gens morts. Les sensibles, les artistes, ils avaient des inspirations, des visions. Quelle engatse, il s'était dit, me voilà sorcier en plus de pédé ! Pascal rebouche le trou dans la terre et enfouit les plants de fleurs.

– Tu es plus sensible que je croyais, Pascalou.

– Pas toi !

– Pas moi quoi ?

– Tu m'appelles jamais comme ça, putain !

– Je voulais pas...

Dany s'amuse tellement à lui faire monter les étages à son beau-frère. Il en oublie la dignité de l'instant.

– Désolé. Pascal.

Ça l'étonne, ces fleurs. Même s'il aime Marlène malgré ses putes, son chien il s'en carrait. Alors des fleurs... Pascal cache quelque chose. Il transpire trop. Il le regarde à la furtive. Il l'observe, requin mal assuré, fauve de bas étage.

– Je dois me laver et me changer.

– Papa, papa, tu l'as enterré à César ?

Les minots se ruent vers Pascal qui les retient.

– Stop ! Vous allez vous salir.

– Ils veulent un bisou, chéri, lui reproche Marlène

– Je suis plein de terre, tu l'as vu le pantalon, l'état ?

– Tu peux faire ça pour César ! Infâme !

Dany manque s'étouffer. Infâme. Sa sœur le copie maintenant ! Ou alors elle a entendu ce mot dans sa telenovela pour ménagères sans espoir, vu le look ultra daté des actrices. Mais en comprendre le sens ?

– Maman va dire une prière pour César.

Tout le monde se tait. Elle se lance dans trop grand pour elle comme d'habitude, s'embrouille, bredouille et fond en larmes. Dany profite de l'occasion, sa main levée vers le ciel.

– Repose en paix, César, parmi nous, dans cette terre chérie, cette terre précieuse que nous aimons, tout comme nous t'aimerons pour l'éternité ! Adieu, César !

– C'est beau, Dany, oh c'est beau, c'est b...

Marlène balbutie entre deux hoquets. Pascal la prend dans ses bras en toisant Dany.

– Tu le sais qu'elle est sensible, non ?

– Chéri, le gronde pas, ronronne Marlène. Tu pègues, elle ajoute en riant.

– Toi aussi, il lui répond ce couillon.

– À la douche ! elle s'écrie en tapant des pieds sur place comme une gamine.

– À la douche ! braillent les deux minots.

Dany caresse sa vieille Cléopatra, la seule compagne de sa vie. *Toi aussi tu vas me quitter bientôt. La terre, la mort, tout ça est écœurant !* Marlène, Pascal et leurs deux gnomes chantent : « à la douche, à la douche ! » en se hâtant vers la maison. Il suit la troupe. Il pense à Salomé. Il l'a revue récemment dans un restaurant chic de la Côte. Elle dînait seule. Sa beauté irradiait, seuls ses yeux tristes la trahissaient. « Salomé ! il a clamé. Là je suis en mode urgence, mon chéri m'attend, on se revoit quand tu veux. Je te laisse mon 06. » Elle ne l'a pas appelé. Il a rêvé d'elle, mais ses draps n'étaient pas mouillés comme dans la chanson. Elle marchait dans une maison, elle ouvrait des portes. Il était sur un toboggan. Dans sa chambre, de l'eau coulait du plafond. Elle disait qu'il était revenu, Ange. Il en tremble encore, arrivé à la petite terrasse qui donne sur la cuisine. Ce rêve le poursuit.

– Dany, tu fais une tête !

Sophie se repose dans un fauteuil. Elle regarde le soleil, ses derniers feux. Elle regarde la mer l'engloutir, mère vorace.

– C'est un rêve...

– Tu as encore rêvé d'un mort ?

Il rougit presque sous son bronzage, se passe une main dans les cheveux, théâtral.

– Je te laisse Cléopatra. Il me faut absolument...

Il appuie sur « absolument » et dépose délicatement sa chatte sur les tomettes.

– ... un verre d'eau fraîche.

Sophie l'apprécie tout comme elle se méfie de lui. Il le sait. Elle et Gaïa, on ne peut pas les tromper. Un regard leur suffit. Rien à voir avec ses clientes habituelles. Ramollies par l'ambiance lounge et le champagne rosé, elles s'épanchent. Il met un point d'honneur à ne pas les trahir. Elles l'adorent, il raconte des potins, il les fait tellement rire ! Mais grâce à leurs confidences, Dany est un homme puissant. Il détient les secrets. Son large nez frémit. Il respire ces bonnes odeurs qui émanent de la cuisine. Ce ne sera pas le soir pour faire le régime ! Dany repose son verre vide dans l'évier. Il se demande s'il doit parler à Gaïa. De son rêve.

– Ça va mieux ? lui demande Sophie.

– Oui. Ça sent bon.

– Tu es venu coiffer qui ?

– Ta fille, Marlène et Gaïa. Toi aussi, tu es sur la liste ?

– Non.

– Elle est là-haut ?

– Oui. Elle t'attend je crois.

Dany récupère sa valise à roulettes. Il monte au troisième étage de la grande bâtisse. L'ascenseur grince. Ça l'inquiète. À chaque fois, il a les palpitations. « Ça va aller, ma Cléo », il chuchote à sa chatte pour se rassurer. Elle miaule dans les rauques, dans les graves. Pas rassurant. La porte s'ouvre enfin, libéré délivré il exulterait presque. Sauf que son rêve le poursuit toujours. Il frappe délicatement.

– Rentre, Dany, rentre.

Il laisse Cléopatra au salon : « Ma princesse, papa revient, sois sage. » Gaïa l'attend dans sa chambre, assise à sa coiffeuse, face au miroir. Ses cheveux humides après le shampoing.

– Tu en penses quoi ?

– Vous avez des cheveux magnifiques, Gaïa ! Beaucoup de femmes...

– Je me moque des autres femmes.

Elle doit savoir. Il se lance.

– J'ai... j'ai revu Salomé Giacobbi.

– Quand ?

– Là, récemment.

– Quand ?

– La semaine dernière, le mardi.

– Le mardi, tu es sûr ?

– Oui. Et après j'ai fait un rêve...

– Quel rêve, Dany ?

Gaïa le presse, sa main serre le bras de Dany. Il est bien plus complexe que sa sœur. Sans parler de l'intelligence. Son style efféminé, c'est une parure pour son métier, un paravent. Et il a réussi sans l'aide des siens. Il a pris des risques.

– Salomé, dans le rêve, elle disait qu'il allait revenir...

– Qui ?

– Lui. Ange.

Elle relâche son bras. Ne dit rien. Il n'ose parler. La Donna est sacrée. On lui manque pas le respect. Dany sort une serviette de la valise, la déroule sur la commode, puis il y dispose sa trousse de beauté capillaire et son sèche-cheveux rouge et or. Gaïa l'a aidé à ses débuts. Ses parents venaient de mourir et il avait besoin de garant pour les banques. Elle est devenue actionnaire de son entreprise naissante. Elle détient 35% des parts, lui 50%, et Marlène 15%. La plus grande partie de son héritage. Sa sœur n'est pas une lumière, mais elle a toujours cru en lui.

– Arrange-moi vite ces cheveux !

Comment croire au rêve de Dany. Il a le don. Ça lui vient de sa grand-mère. Le bruit du sèche-cheveux. La brosse. Gaïa pense à Ange depuis le matin. Depuis des années elle pense à lui.

– Dany, personne ne doit savoir.

– Bien sûr, Donna Casanova.

– Seulement toi et moi.

Il déglutit. Le problème, c'est qu'il parle la nuit, quand il dort. Et il ne dort pas souvent seul, pas ce soir en tout cas. Cerise sur le crédo, son nouveau chéri bosse pour la famille Giacobbi. Notre Dame, protège-moi ! supplie Dany en finissant de coiffer Gaïa.

Les chiens, ça aboie, ça s'agite dans les cages. Le soleil fait des ombres dans le grillage. Elle a mal partout. Les blessures, à cause des morsures, ça s'est infecté. Il a soigné ça, si on peut dire. Sa mère est infirmière alors elle s'y connaît un peu. Elle pue. Mais à force, elle sent plus qu'elle pue. Rêve de frites et de câlins. De sa vie avant qu'il l'enferme comme une bête. Personne vient jamais ici. Lui, il parle pas. Jamais. Une tête de monstre avec une cicatrice. Au début, elle criait. Il avait son sourire de tordu et ses yeux rouges qui brillaient la nuit. *Tu peux toujours gueuler !* Elle entendait sa voix de muet dans sa tête. *Personne viendra te sauver.* Comme l'autre fille. Elle était là avant elle. Dans la cage à côté. Un jour, plus personne. Elle s'accroche au grillage, se relève. L'homme sort de sa caravane. Il quitte jamais sa parka. L'hiver. L'été. Un an qu'elle est là. Il l'a enlevée, c'était l'été d'avant. Au début elle croyait, on allait la retrouver, vite. Il tape sur les cages avec sa matraque. Ça donne des vibrations au grillage. Elle est déjà sortie pour le combat spécial. Deux fois. Trois. Sait plus. Se souvient pas bien. Se souvient juste après, des cicatrices, des blessures. Et aussi l'entraînement, dans le hangar au fond du chenil. Il lui fait des piqûres. Elle peut plus. Trop fatiguée, trop...

2
VEUVE NOIRE

Djemila Benaissa rumine dans son salon de coiffure décati, DB Beauty. Le Best Of d'Hélène Ségara tourne en boucle. Elle sirote une vodka pomme en fredonnant les refrains de sa chanteuse préférée. La déco est la même depuis dix-sept ans. Tout pareil. Les bacs à shampoing, les serviettes griffées DB, les appliques argent, les séchoirs roses. Rien n'a changé. Sauf que des clientes elle en a plus. Pas une de la semaine. Les murs tremblent. Dehors, c'est que du bruit, les marteaux piqueurs, les engins, les camions. Les immeubles de la rue sont tous en travaux. Les plus vieux, ou ceux avec la plus belle vue, on les a démolis pour construire du haut de gamme. La clientèle du quartier est devenue trop chic, trop chère, pour fréquenter DB Beauty. Elle a des crédits, le loyer du salon. Elle ne possède que le fonds de commerce. Cet immeuble, ils vont pas le démolir. Sa dernière chance pour en tirer quelque chose.

L'architecte, il se la pète avec ses beaux discours. « L'immeuble a été classé – il leur a dit à eux, les derniers cafards encore présents dans les lieux – car il possède un cachet Arts Déco unique. » Il a parlé d'un type, un artiste célèbre. « Une référence, une référence... » il répétait. Beau parleur, tu parles pas l'essentiel, si c'est classé, ça va te booster le devis et tes prix ! Son frère Kader est juriste, il connaît les lois, mais elle capte pas son charabia. Il lui sort des mots en latin. Comme si on apprenait le latin pour faire coiffeuse ! Elle pourra céder son droit au bail à un repreneur en même temps que le fonds de commerce. Elle a retenu ça. Juste cette phrase. Tout ça, tourner la page DB Beauty, ces années à bosser comme une tarée pour en arriver là, ça la ramène au passé. À ce salaud de Matteu Casanova. *À cause de toi, je l'ai le mauvais œil ! À cause de tes mensonges. Trop de gens qui m'aiment pas. Grillée chez les Giacobbi. Grillée chez les Casanova. Et il me reste quoi aujourd'hui ? Rien. Walou !* La misère pour Djemila et ses yeux pour pleurer, repentie dans ses murmures. Elle a lu ça dans un roman sentimental, ça l'a marquée, comme si c'était écrit pour elle. Repentie dans ses murmures. Elle l'a noté dans son journal intime. Pour pas oublier. Elle pense au passé. Trop souvent.

Dany lui a proposé de racheter DB Beauty. Elle veut juste payer ses dettes, se faire un peu d'argent. Son rêve, ça serait diriger un salon La Rouge. Il a pas dit non, il a pas dit oui. Il doit l'appeler ce soir. Elle sait pourquoi il hésite, Gaïa Casanova. La Donna. Celle que tout le monde craint. Djemila se retourne vers le miroir, se regarde. Pour son âge, elle est encore baisable. Sa beauté survit par retouches, par artifices. Ses remontants préférés, vodka et cocaïne, finiront par la tuer. Elle se lève, titube un chouia et marche jusqu'au frigo. Deux ventilos fatigués brassent l'air moite. Elle se ressert une vodka pomme. Sursaute quand son téléphone sonne. Revient en hâte vers le fauteuil, le chope sur la tablette. Dany. « Alors, c'est oui ? » Quelle cagole à se précipiter. Un blanc. Elle s'affale dans le fauteuil. « Désolée, Dany, je... » Il la coupe pour lui annoncer la mauvaise nouvelle. Pas de place pour elle dans un salon La Rouge. « Oh, je t'en veux pas, je sais pourquoi. La Donna... » Dany a pensé à elle pour autre chose. Rendez-vous demain 20 heures au Café Paradis. Il raccroche.

Djemila ferme le salon et se casse. Son permis, elle l'a perdu après un accident, un enculé qui savait pas freiner avait embouti sa Fiat. Comment elle l'avait insulté ! Ce couillon, son contrôle à lui aussi était positif. Il risquait pas de jouer la victime. Elle s'arrête à l'épicerie, achète des pâtes fraîches, un melon, deux pêches et du jus de pomme. Elle descend jusqu'à l'avenue, en contrebas, celle qui longe la mer. Vite. Le bus arrive. Son smartphone vibre dans le sac à main D&G. La poche avec les courses lui pèse. Tout lui pèse. Sa vie. Les hommes de sa vie. Tous morts. Le bus est blindé, ambiance retour de plage, ceux qui te collent, ceux qui te font des signes, des invitations. Cousine. Tu es bonne. Elle les ignore. Ces puceaux. *Tous des cheitanes !* Le bus sent la mer et la sueur. Elle sent aussi une autre odeur. Rance, aigre, une odeur de viande pourrie. « Pardon. » Une femme se lève pour descendre à l'arrêt suivant. Direct elle saute sur sa place. C'est sa mère qui l'a appelée. Dix fois elle l'a appelée aujourd'hui. Djemila sait qu'elle a arrêté son traitement, qu'elle délire, qu'elle se prend pour Lady Dalila, la reine du désert et tout ça. Elle détruira ses ennemis. Tous ! Comme Poutine, elle ira les chercher dans les chiottes, jusqu'au dernier ! Et elle les pendra à un croc de boucher. « Tous, jusqu'au dernier ! » Djemila tient de sa mère la beauté et les ruses. Comme Kader. Pas ses délires. Ni sa cruauté. Même si elle est bien tordue elle aussi. Pour se venger de Matteu, elle avait tout dit à Ange, la vraie vérité. Que Paul était mort à cause de leur père, et François aussi. Un monstre. « Méfie-toi, ton père est un monstre, il étouffe tous ceux qui l'entourent, tous ceux qui l'aiment ! » Elle sent une odeur de rat crevé. Ça vient, ça insiste.

Le Rat a suivi nouvelle Petite Fiancée les jours avant. Et encore le jour aujourd'hui. Si les gens parlent avec leurs bouches, montre sa carte handicapé. Trop facile. Elle revient après la plage où les gens vont dans la mer.

– Madame. Je voudrais pas...

La gamine, douze, treize ans, assise à côté d'elle.

– Eh, parle !

– Vous gêner avec le sac. C'est mon arrêt.

Djemila se lève pour laisser passer l'ado avec son sac à dos Wonder Woman. Elle reconnaît le logo. Les W qui ont comme des ailes. Au fond du bus, un vieux braille : « Ce type, attention ! » Une fille voilée s'assied à la place de la gamine, près de la vitre. Djemila va pour reposer ses fesses quand ce type tout puant la bouscule.

La femme – sent bon – beaux cheveux. L'empêche son chemin. Vite. Veut dire. Pas de mots. Pousse la femme belle pour passer.

– Eh, qui tu es ! Enc...

Elle se retient. Pourquoi il veut la voir, Dany ? Pourquoi il joue son mystérieux ? Le bus a quitté le front de mer. Il monte vers les hauteurs, les villas d'abord, puis les résidences. Plus loin, perchées à flanc de rocaille, deux barres HLM attendent la démolition. Petite, elle vivait là. Le bus n'y allait pas. Tu caillais en hiver et tu cramais en été. Les poubelles dégueulaient un jour sur deux. Ça puait la pisse contre les murs. Les odeurs de l'incinérateur quand le zef soufflait pas vers le large, ça refoulait, ça se cognait à cette putain de rocaille ! Aujourd'hui, elle vit dans une résidence arborée avec piscine. C'est son arrêt. Les mimosas. Sa robe la colle.

Marche après la petite. Déplie canne blanche pour faire comme aveugle. Autre ruse du Rat aux pensées fourbes. Le Kangoo garé avant une rue sa maison. Elle écoute sa musique dans les oreilles. Le Rat sait faire le Taser. Les ruses brutales. Pour les amener dans son Royaume.

Julia remonte la rue. Sa mère l'a appelée juste elle sortait du bus. Elle s'inquiétait. Ça la saoule qu'elle la prenne pour une gamine. Elle écoute Frank Ocean. Toutes ses copines kiffent ce bouffon de Maître Gims ou Jul. Si on peut appeler ça des copines. Elle a passé une après-midi pourrie. La vie ne vaut rien. Rien ne vaut la vie des vauriens. Elle tourne à droite, longe les maisons avec les jardins. Sa mère veut l'envoyer chez un psy. Tsss... Elle pense que la mort de son père, tout ça... Julia fredonne. S'arrête d'un coup. Paralysée. Douleur. Comme un flash. Voit plus que du blanc, du rouge. Coule. C'est noir.

Le Rat soulève nouvelle Petite Fiancée, ouvre Kangoo l'arrière, monte avec elle dedans. Attache mains jambes. Ferme bouche rose avec un mors. Met couverture sur elle – passe devant – démarre. Il sait conduire – savait avant. Quand il était pas le Rat.

Grâce à Dieu et surtout à son petit frère qui bosse dans l'immobilier, Djemila est propriétaire d'un joli trois pièces au cinquième étage. Terrasse et vue sur la côte. Avec l'argent de Dany pour le salon, elle finira de payer les traites. Sa famille l'a aidée, mais elle n'aime pas devoir. Hypocrite ! Paul, tu l'as pris son argent, non ? Et l'argent de Matteu, tu l'as pris ou pas ? *Oui, c'était normal, j'étais jeune, belle, ils me désiraient.* Hypocrite ! Djemila se marre sous le jet d'eau tiède. Elle est aussi barge que sa mère ! *À qui tu parles, là ? Tu tchatches à qui dans ta tête ?* Elle sort de la douche, ses cheveux retenus en chignon, se sèche, enfile un peignoir en satin ivoire, revient au salon où elle glisse un vieux Mariah Carey dans le lecteur CD. Sa deuxième chanteuse préférée avec Hélène Segara. Mariah, c'est comme la Callas, celle qui chante l'opéra. En mieux encore. Elle défait le chignon et laisse aller ses cheveux. Un appel manqué. Leïla. Djemila la rappelle. Messagerie. Elle lui envoie un texto. Elle sait pour elle et Yacine. Ils vont divorcer. Son frère a rencontré une autre femme. Elle allume la télé, une chaîne d'info, le son baissé. Elle repense encore au passé. La fin du salon, ça lui remonte les souvenirs. Du temps des barres et après. Elle met de l'eau à bouillir pour les pâtes, sort la sauce tomate et le gruyère râpé du frigo.

Leur père, Ibrahim, a réussi dans les ordures. Éboueur. Il a commencé tout jeune, il n'aimait pas l'école. Elle jette les pâtes fraîches dans l'eau bouillante. Avec le permis camion, il s'est retrouvé derrière le volant. C'était mieux payé, moins sale il disait. Après, grâce au syndicat, il a suivi une formation pour organiser les tournées des camions poubelles, gérer les gars. La famille Benaissa a quitté les barres pourries pour un petit immeuble tout propre, coincé entre deux résidences. Djemila verse les pâtes dans la passoire. Secoue. Son père est devenu proche de Guérini. Elle remet les pâtes dans la casserole, y ajoute la sauce tomate. Elle tourne pour pas que ça accroche, le feu au minimum, juste le minimum. Personne pensait que JP Guérini serait député. Il a inondé la ville avec du cash et des promesses. Une fois élu, il a déroulé leur plan. Créer un nouveau syndicat et prendre le contrôle des ordures. Ibrahim Benaissa, tous les gars l'ont suivi. Ils le connaissaient. Ils l'écoutaient. Les gros du syndicat, ils l'avaient mauvaise ! Djemila verse les pâtes dans une assiette, la pose sur le plateau à côté des crudités, un verre d'eau, une pêche. Calée dans le canapé, elle arrête le CD à la fin de la chanson et monte le son de la télé. Elle commence à manger, change de chaîne, que des merdes. Elle tombe sur une série française. Le temps de manger, ça l'occupe. À la fin de l'épisode, un bandeau alerte enlèvement s'affiche sur l'écran. Elle entend le message en cas de disparition. Djemila se demande si ça fait partie de la série, comme elle a pas bien tout suivi. La description. Une jeune ado avec un sac à dos Wonder Woman. *Putain !* Ses cheveux, châtains ils disent, ses yeux, verts. 13 ans. Elle revenait de la plage. La même ligne. Djemila frémit. La gamine du bus, ses yeux, ses cheveux, la couleur, elle sait plus trop. Elle ramène le plateau à la cuisine. Vide les détritus, remplit le lave-vaisselle, se lave les mains. À la télé, la voix de robot répète : « Julia a disparu. Elle porte une robe de plage jaune avec des motifs de fleurs... » Une robe jaune ? De plage ? « Si vous la voyez... »

Elle allume une cigarette. Se lève, se ressert un verre. Boit une gorgée. Une autre. Regarde ses ongles vernis.

Rouge tentation. Le nom du vernis. Essaie de te rappeler. Elle n'était pas blonde ni vraiment brune. Mais sa robe ? Elle baisse le son et compose le numéro affiché en bas de l'écran. Ça sonne dans le vide. Elle attend. Boit une gorgée. Une fille répond. Elle lui explique. La fille lui dit qu'elle lui passe le capitaine machin, son nom elle capte pas bien. Elle lui explique à nouveau. « Ce sale type dans le bus, je l'ai pas trop vu. C'est vague... » Il insiste. « Ah oui, ça m'a frappée, il sentait le vieux rat crevé ! » Il insiste encore. « Quoi d'autre ? Je sais plus. Si. Sa tenue. Il portait une parka. En été. Vous trouvez pas ça bizarre ? » Il lui répond pas, continue ses questions. « Il avait une casquette et des lunettes de soleil, alors son visage, franchement... » Djemila s'énerve. « Quoi encore ? » Elle regarde ses ongles vernis et soupire. « Et vous voulez que je vienne comment au commissariat pour votre portrait robot ? Le permis, je l'ai plus à cause de vous ! » Presque il s'excuserait. Elle se radoucit. « Pas vous perso, mais la police. » Djemila aime sa voix. Elle se demande si il est beau gosse ou pas. Il lui parle d'un témoin un peu âgé qui se trouvait aussi dans le bus, il doit passer le prendre chez lui. « Et il habite où ce témoin ? » Elle sourit. « Ça tombe bien, c'est près de chez moi. » Si elle peut aider. « Oui. Je vous attends. »

Reléguée à l'arrière de la 305, à cause du papi, elle arrive pas à le croire. Ce type, avec sa tête de minot, il est capitaine dans la police ? « Montrez-moi la plaque, elle lui a dit. Et comment je sais si elle est pas fausse ? » À l'avant, la place du mort, le papi ça lui fait une sortie. Il tchatche, on l'arrête plus.

– La petite, il faut la sauver, inspecteur. Je l'ai bien senti le type il était mauvais ! Je l'ai vu comme il la regardait. Regarder, c'était mon métier. Photographe.

L'autre, il lui répète qu'il n'est pas inspecteur mais capitaine, le papi il s'en branle.

– Je lui ai dit au type que je savais pour les gens comme lui. Je l'ai le flair.

Elle aurait dû choisir une autre robe. Celle-ci la serre un peu. Elle a grossi. Les soucis. Elle s'est calmée sur la coke. Elle n'a pas fait l'amour depuis des mois. Sa vie sentimentale est une pure tragédie. Son deuxième mari a succombé à une embolie pendant leur lune de miel aux Antilles. Un accident de plongée. Ça fera huit ans en septembre. Depuis, le mariage, elle préfère éviter. On l'appelle la veuve noire après tous ces morts. Le châtiment divin ? Sa mère lui a hurlé ça au téléphone : « Tu es maudite ! Nous sommes toutes maudites ! Il faut les exterminer ces cafards ! » Sa mère ne pense qu'à tuer ses ennemis, ceux de la famille, les éliminer : « vils serpents, infâmes cancrelats, scorpions cruels. » Djemila se demande où elle va chercher ces mots-là. Des sous-titres de séries turques ? Un film mal doublé ? Un prédicateur sur YouTube ?

– Madame Benaissa.

Le petit flic avec sa voix de miel. Vingt minutes qu'elle l'attend dans son bureau le capitaine Spinosa. Presque elle s'endormait. Le ventilateur fait voleter le bas de sa robe. Il lui dit que le papi les aide pour le portrait robot du type. Lui demande si elle veut tenter une expérience.

– Genre ?

– Pour vous souvenir.

Elle aimerait mieux pas, les souvenirs, ils remontent, mais juste les vieux pour l'instant. Ça se bouscule.

– Je veux bien.

– Fermez les yeux. Repensez au moment où vous êtes montée dans le bus.

Sa voix, on dirait un un psy tout mielleux. Idiote, il te fait juste le truc de l'hypnose !

– Calmez-vous. Respirez doucement. Oui. Encore plus doucement. Voilà. Vous vous endormez. Vous êtes dans le bus. Vous allez vous asseoir.

Ça défile dans sa tête, la gamine qui la mate quand elle se scotche au siège. Le sourire de cet âge, buté. Des cheveux châtains décolorés par le soleil s'échappent de son bandana. Une robe de plage jaune. Djemila se lève pour la laisser passer. Le type la bouscule. Il a une cicatrice sur le visage. Elle sent l'odeur fade de la mort. Écœurante. Il a aussi un tatouage sur la main, une étoile avec un 11 dedans. La voix lui dit de se réveiller. Elle se réveille un peu molle. Elle a tout oublié.

– Madame Benaissa ?

– Je me sens juste...

– Ça va aller.

– Vous m'avez filmée avec la caméra ?

– Oui, c'est la loi.

Il lui résume ce qu'elle a dit sous hypnose.

– Mais ce tatouage, je m'en souviens même pas !

– Notre cerveau enregistre des tonnes de détails sans qu'on s'en rende compte. Ils peuvent ressortir dans les rêves par exemple.

– Vous en savez pour un flic !

– J'ai étudié la psychologie, la psychopathologie criminelle, en plus du droit.

– Moi j'ai fait la psychologie, mais comme coiffeuse.

Son téléphone. Un texto de Leïla. « Tu es où là ? »

– Je vous laisse, je vais récupérer l'autre témoin.

Elle appelle Leïla. « Tu peux passer me prendre ? » « Où je suis ? Au commissariat. » Elle sort son poudrier du sac et se regarde avec une moue. « Rien, je t'explique. » Un petit détour aux toilettes. Djemila se rafraîchit, se refait une beauté. Elle ajuste sa robe, se regarde dans la glace. Misère, sa robe la comprime un chouia. Deux, trois kilos à perdre. En sortant, elle tombe sur le charmant capitaine Spinosa. Il ramène le papi chez lui. Il lui file son 06 si jamais elle se souvenait d'un autre détail. Elle se demande, il me drague ou c'est juste pour l'enquête ? Ils se quittent en bas.

Ça la saoule de jouer la bonne copine qui écoute les malheurs. À peine assise dans la Hyundaï , elle se lâche.

– Leïla, je suis témoin pour l'enlèvement de la petite Julia !

Elle lui raconte, sauf les détails que seule la police doit savoir. Surtout, elle lui parle du joli capitaine. Leïla insiste.

– Il te plaît ?

– Oh, il est...

– Quoi ?

– Il fait trop jeune.

– Et alors ?

– Peut-être il est marié ou pédé...

– Toi, toujours à voir le pire !

– J'ai soif.

Leïla repère une place qui se libère et se gare. À deux pas du Perroquet Bleu et sa grande terrasse. Djemila la regarde. Elle s'arrange pas. Et puis ses fringues. Une robe informe pour cacher ses kilos. Des sandales usées. Un gilet jaunasse à vomir. Ses cheveux la sauvent, ils sont encore beaux et soignés. Et son sourire. Quand elle sourit.

– Avec Yacine, c'est vraiment mort ?

– Une fille voilée, tu le crois, une fille voilée qui brise un mariage !

– Elle est voilée ?

– Oui, et surtout super jeune, une mauvaise. Elle joue sa sainte, wouala !

– Yacine, il a jamais été dans la religion...

– Jamais. Avant, il faisait même pas le ramadan. Et puis il a monté cette affaire de viande halal... il a changé, il a commencé à aller à la mosquée l'an dernier.

– Ça non plus je savais pas.

– Ton frère, il a deux personnalités.

Le garçon dépose leurs verres. Un Coca et une vodka. Elles trinquent.

– Au capitaine Spinosa, lance Djemila.

– C'est pas Kader là-bas qui parle au type dans la Mercedes ?

– Le type, c'est David Giacobbi.

– Ils sont toujours amis ? Je croyais...

Son frère monte dans la voiture qui démarre.

– Tu croyais quoi ?

– Rien... Lui aussi, il a deux personnalités.

Djemila sourit.

– Ouh la, plus que deux ! Kader est le plus rusé des Benaissa... Le plus beau, le plus intelligent, le plus tout !

– Tu es jalouse ?

– Non. Ma mère dit toujours ça. Elle le préfère à Yacine et Moussa.

– Eux, ils sont jaloux et ils le craignent.

– Pas si bête la Leïla !

– Toi non plus pour une coiffeuse. Et Dany ?

– Il me rachète le salon, mais ça bloque pour ma reconversion...

– Diriger un salon La Rouge ?

– Oui. La vieille, la Donna. Elle m'a maudit. Et Dany, il serait rien sans elle !

– Tu vas...

– Stop, j'ai pas fini ! Je le vois demain soir au Café Paradis. Il veut me proposer quelque chose. Top secret.

– Tu as une idée du secret ?

– Hmm...

– Me fais pas languir.

– Une gamme de produits capillaires. Et des accessoires griffés La Rouge. Il m'en a parlé une nuit à la Casa.

– Tu vas encore dans cette boîte !

– Pour ton info, la Casa a été reprise par des jeunes types. Et le videur, paix à son âme.

– Il est mort, celui qui...

– Oui.

Djemila s'agace et vide son verre.

– Je reprends l'histoire. Dany a trouvé des associés pour

lancer sa gamme, des Italiens. Le problème, ils sont aussi en affaire avec les Giacobbi pour un très gros projet. David est l'avocat de Dany. Et Kader conseille les Italiens.

– De quoi donner l'urticaire à la Donna !

– Il veut développer la marque La Rouge sans elle.

– Et pour ça, tu pourrais l'aider.

– Tu n'en parles à personne, Leïla.

Des touristes font la queue pour les glaces. Un clochard barré houspille les passants, il brandit un crucifix : « Il est notre Sauveur ! Pour nous pauvres pêcheurs, il est mort sur la croix. Repentez-vous ! L'apocalypse approche. » La mer murmure plus loin. La mer, elle se repent jamais, pense Djemila. Elle appelle Kader. « Tu bosses sur un dossier avec David ? » Presque elle l'entend s'étouffer, il se reprend vite. « T'inquiète, je suis au Perroquet Bleu avec Leïla. »

Kader pose sa main sur la cuisse de David : « On a des choses à régler. » Et là, elle lui parle des Italiens. Sa sœur l'étonnera toujours. Son français laisse à désirer, elle lit des romans débiles, mais elle n'est pas stupide. « Je te laisse. Bise. » Il raccroche. Réfléchit. Dany. Tout ça devait rester secret. Au feu rouge, David se tourne vers lui.

– Ça va ?

– Ma sœur. Elle est trop curieuse.

– Elle sait ?

– Oui.

David redémarre.

– Elle sait pour nous ou pour le deal avec les Italiens ?

– Les deux. Elle a toujours su.

– Pour nous ?

– Oui.

– Tu veux parler de la fois où elle nous a grillés ? C'est vieux. Et pour les Italiens, c'est Dany qui lui en a parlé ?

– Il parle trop.

– Dis à ta sœur...

– Quoi ?

– Rien.

– Ton père et tes frères n'ont pas oublié, c'est ça le message ?

David se concentre sur la route, les premiers lacets des collines. Les lumières plus diffuses.

– Quand François est mort, ils la voulaient morte elle aussi, pas seulement Paul Casanova.

– Tes frères sont des tarés...

– Merci, Kader, tu m'aides là. Et ton frère Yacine il est comment ?

– Bien taré lui aussi. Il va divorcer pour épouser une petite jeune.

– Sérieux ?

– Très sérieux.

– Leïla a pris cher avec les gosses. Jeune, elle était assez jolie.

– Tu t'intéresses aux filles maintenant ?

– Moins jolie que ta sœur. Djemila, c'est une bombe. Comme toi.

– Monte le son, vil flatteur !

La voix de Drake sur un beat qui tue. Ils chantent le refrain en braillant. « Joseph G » s'affiche sur l'écran de son smartphone. David baisse le son : « Oui, papa, je conduis...

Oui, le rendez-vous lundi tient toujours... Bonne nuit. »

– Ton père n'a pas confiance ?

– Il n'a jamais confiance. Ça le ronge. Il veut tout contrôler, tout savoir !

– Mon père aussi, il est comme ça. En pire. Il avait zéro au départ, alors il a peur de tout perdre.

– Et ta mère ?

– Elle, tu la connais, encore plus parano que lui. Elle voit des ennemis partout, à détruire, à éliminer. Et moi je suis son adoré !

– Elle prend plus son traitement, c'est ça...

– Ça lui ralentit le cerveau selon elle.

– Elle va retourner en clinique ?

– C'est parti pour. J'espère qu'elle ne tuera personne avant.

Les cyprès se dressent muets, frissonnent dans la nuit. David descend pour ouvrir l'énorme portail de sa bastide. Une forteresse. Des moines soldats y vivaient dans le passé, sur cette haute colline parsemée de genévriers, de chênes liège tordus et d'oliviers noueux, juste avant la garrigue.

Sur la terrasse de la chambre, Kader savoure son mojito. Il rallume le joint éteint. Son téléphone vibre sur la table basse. Sa sœur. Il ne répond pas. Se balance sur le son de Kendrick Lamar. David le rejoint. Pose les mains sur ses épaules et l'embrasse dans le cou.

Un texto de Djemila. Elle est témoin dans le cadre d'une enquête sur la disparition d'une ado. Elle était dans le même bus et se demande si elle doit prendre un avocat.

– Ta sœur regarde trop les séries à la télé.

– Arrête...

– Quoi ?

– C'est pas la première fille qui disparaît dans la région.

– De quoi tu parles ?

Kader boit un verre d'eau pour se décoller la bouche.

– Castel. Il enquête là-dessus. Depuis trois ans, à la même date, le troisième vendredi du mois d'août, une ado disparaît.

– Oui, ça me revient...

David consulte fébrilement son smartphone.

– La petite, elle s'appelle Julia. Elle a 13 ans. Pourquoi ils ne parlent pas des autres filles ?

– Les autorités ont peur de la psychose. Communication minimale aux médias.

– Aujourd'hui, c'est plus possible !

– Tu sais, les gens zappent vite, comme toi. Tu l'avais zappée l'histoire des disparues.

– J'admets. J'aime pas les faits divers.

– Eh, c'est pas un putain de fait divers, c'est des petites qui disparaissent ! Tu imagines les parents, les familles ? Vivre ça.

– L'horreur...

– C'est Castel qui s'en occupe. Il pense qu'il s'agit du même type depuis la deuxième disparition, toute son équipe pense la même chose. Trop d'indices concordants, mais pas assez de preuves.

– Tu crois qu'ils vont la retrouver celle-là ?

– Si c'est le même taré...

Kader laisse sa phrase en suspens. David prend sa main

et l'entraîne dans la chambre. Il veut penser à autre chose. Échapper aux ombres, à l'amertume.

Des armées de rats courent après d'insaisissables chats morts-vivants. Il suit l'autre monde, inversé, parallèle. Vient dans les rêves. Déchiffre les signes. Le Rat. Seigneur des Rats. Pas les souris zombis Disney. Sournoises. Les yeux vides. Il est Seigneur en Son Royaume. Le Chenil. Le Vieux lui a légué. Les chiens peuvent toujours gueuler – s'en branle – il est sourd à leurs cris. Sourd tout court. Son appareil pour entendre – le met pas ici. Les petites putes, avec les chiens, elles crient toujours. Au début. Les a vues avec leurs bouches d'agonie. Ça se tord, se pisse dessus. Petites Salopes. Mes Petites Vierges ont pas assez la foi. Déjà deux sont mortes. Les chiens ont dévoré vite. Les corps. Pas de traces pas de traces. Il fait comme il dit – a dépecé. Les chiens aiment. Chair fraîche. Comme Jésus dans la crèche. Vieux type a mal parlé, à lui, Serviteur des Murmures. Dans le bus, l'a vu une fois avant. L'autre vierge dans sa cage. Crie plus. Doigts sales accrochés au grillage, cheveux pouilleux, ça couine, ça jappe, ça geint. Pue la mort. Va pas durer longtemps. Il lui faudra autre fille encore. Sait faire avec la matraque, tape le grillage. Sait aussi le Taser. Les ruses pour les prendre dans l'autre monde. Les mettre là. Cachées. Son Monde. Son Royaume. Gardien des Disparues. Il accomplit sa tâche. Méthode et sérieux. Le Rat sait lire les lèvres. Pas seulement les mots, aussi les sentiments. Pour les cris, les gémissements, il sent les fréquences. La nouvelle Fiancée bouge pas dans la cage. Elle a frappé ses jambes. Veut pas manger la viande crue. Le Monde vit l'âge de l'ignorance. Le purifier des mécréants. Le Rat. Serviteur du Seigneur des Rats. Des oraisons funèbres il est le Messager. Ce fanfaron qui danse auprès du lit de la Reine des Fées. Veut pas manger la viande crue. Fera comme les autres après...

– Ta viande de merde. Je suis végétarienne.

Elle le fixe à travers le grillage.

– Espèce de malade.

Ce visage atroce qu'elle distingue sous la capuche du sweat. La cicatrice, les yeux injectés, l'odeur infecte.

– Ta bouffe pue, ta cage pue, toi tu pues grave et tu as une face de streum.

Le Rat quitte pas ses lèvres, comprend pas. Streum c'est quoi. Elle crie pas. Parle sa colère dedans elle. Saura faire avec les chiens. Lui, Serviteur. Prépare les chiens aux combats des Ombres. Aboie avec eux les nuits de Lune Rouge. Aux filles chuchote vent mauvais herbes folles. Le néon clignote. La caravane. Son paradis. S'allonge sur le lit. Espère elle sera celle – je l'attends. Personne jamais vient au Chenil depuis Mario est mort. Le Rat aimait bien le Vieux. L'avait sauvé, des mers démontées, sirènes, cyclopes. Immondices et cadavres. L'avait réparé. Ses amis. Disaient des choses méchantes. Jamais si Mario était là. Sournois. Cancrelats. Pareils les souris Disney. Les yeux mangas. Je suis le Rat. Ténébreux. Inconsolé.

3
LE MURMURE DES PIERRES

Julia donne des coups de pied à la porte. Ça sert à rien. Il lui faudrait un outil, un couteau. Elle tape encore. Ça la défoule. L'autre fille lui dit d'arrêter. Sa voix de gémissante. *Elle en a plus pour longtemps. Pas moi. Je vais rentrer dans son jeu à ce débile et sa tête de rat. Sa tête à cauchemar. Son odeur infecte !* L'odeur des chiens. Pareil. Ses parents. La police. Tout le monde doit la chercher. Elle a rien vu venir. Juste une décharge. Elle est tombée. Tétanisée. Après, le puant l'a mise dans une voiture. Et attachée. Elle s'est évanouie. Réveillée dans une cage grillagée. Assez haute pour tenir debout. Un pot pour pisser. Elle a pas son smartphone. Sur Instagram, ça le ferait pas ! La prisonnière du chenil, style bienvenue chez les tarés. Ni Peaux-Rouges criards ni poteaux de couleur. Son père lui a lu ce poème de Rimbaud des dizaines de fois. Rien. Elle comprenait rien. Comprenait tout. Autrement. Elle voyait les mots danser dans les airs, les cieux crever en éclairs et les trombes. Son père lui disait que la poésie, ça aide quand tu es en cage. Il parlait d'un autre genre de cage. La prison. Elle a vite capté où elle est tombée. Un chenil pas trop légal. Son frère aîné, lui et ses potes du lycée, ils kiffent trois styles de vidéos. Les combats de chiens bien gore, les pornos et l'ultra fight. Elle a vu un reportage à la télé avec sa mère sur les combats de chiens clandestins. Sa mère y tenait : « Tu dois savoir de quoi les hommes sont capables, les hommes sont cruels. » Julia kiffe pas les chiens ni les chats. Elle kiffe son père. Dommage, il est mort.

Son vieux cauchemar. Les chiens qui bavent. Des molosses. Ses frères les lâchent après Ange. Pourquoi ? Il n'a rien fait Ange ! Il aime Salomé. Les molosses. Gueules luisantes sous la lune. Filent dans la nuit. David les poursuit. Il vole. La corniche. Il tombe. Les chiens l'entourent. Se jettent sur lui. Il se réveille. Le même cauchemar depuis quinze ans. Kader n'est pas là. Le lit a gardé sa trace. Il respire l'odeur de son amant. Se lève et marche en somnambule jusqu'à la douche. Il se plante sous le jet. Se lave le corps avec application. Puis se rince. Il tremble. Coupe l'eau. Avec Kader, ils se sont fâchés. Parfois. Et puis ils se sont retrouvés après son divorce. Djemila les a grillés une fois, ils étaient ados. Un printemps chaud. Seuls dans la chambre de Kader. Les Benaissa étaient chez JP Guérini pour les résultats de la législative. Kader lui avait dit : « S'il est élu, ils vont fêter ça, ils rentreront tard. » Eux, ils jouaient un match à domicile à 18 heures. Un joli 2-0 avec un but de David et un autre d'Ange sur deux passes décisives de Kader. Le trio offensif avait encore frappé ! Ils s'étaient esquivés juste après sur leurs scooters. Les autres captaient pas la situation : « Eh, on va fêter ça, pourquoi vous restez pas ? » Djemila était rentrée dans la chambre sans frapper. En tout cas, ils n'avaient rien entendu. À cause de la musique. Une compile de R&B. Ils étaient sur le lit, presque nus, à s'embrasser, à se caresser. Aussi sec, elle avait refermé la porte !

David actionne le volet électrique, ouvre en grand la porte-fenêtre. Le soleil l'éblouit. Il sort sur la terrasse, regarde l'horizon. Il aime cette lumière pailletée qui parcourt les collines et glisse vers la mer, invisible, cachée par d'autres collines. Le chant des cigales. Cette odeur sèche et âcre de terre brûlée. Kader surgit avec un plateau chargé. Le pose sur la table de la terrasse, à l'ombre du parasol. David aime ces terres que son père lui a léguées. « Tu es fou, mon fils ! Pourquoi tu veux aller là-haut ? » Il ne comprenait pas. Là-haut, il y avait la grande bastide menacée par la ruine, cernée de chênes et de figuiers. Un ruisseau. Des oliviers. Là-haut, il y avait la source, le murmure des pierres. C'était son refuge à l'époque du collège. La ferme de Vorane, il n'y retournait plus depuis ce jour où il avait trouvé le cadavre de Renard Pâle.

Kader boit son café noir brûlant. Il engloutit des tranches de brioche, un yaourt. Boit un autre café, un verre d'eau. Consulte ses mails, sa messagerie. Prend des notes sur le carnet noir qui ne le quitte jamais. Depuis la veille, il pense à cette gamine qui a disparu. Sa fille a le même âge. Il lui envoie un texto. Qu'elle fasse attention. Avec ce taré qui rôde. Normalement, il ne devrait pas recommencer avant l'été prochain. Et s'il avait enlevé d'autres filles, ailleurs, à d'autres moments de l'année ? Il appellera Castel dès qu'il sera rentré chez lui.

David craint la réaction de Gaïa Casanova. Le contrat qui la lie à Dany concerne exclusivement les salons La Rouge. C'est lui qui le lui avait conseillé. Son tout premier salon cartonnait, il voulait créer une chaîne. Elle possédait l'argent, les relations. David avait fait en sorte que Dany reste propriétaire de son nom, de sa marque, La Rouge.

– Tu penses que la Donna va accepter ça ?

– En termes de droit pur, elle ne peut rien faire. Mais que Dany s'associe à des Italiens en affaire avec les Giacobbi, ça va la...

– On avance en terrain miné.

– Tu devrais lui parler, une fois le contrat signé. Si elle l'apprend de ta bouche...

– Elle sentira moins le goût du poison ?

– Elle a toujours eu un faible pour toi et Salomé.

– Je lui parlerai. Je ne lui mentirai pas.

– Pourquoi tu lui mentirais ? Ton père est en affaire avec les Italiens pour le casino. Pas toi. Enfin, officiellement. Tu traites avec eux un autre dossier...

– Le dossier La Rouge !

David se lève, imite Dany, ses poses, fait rire Kader.

– Ne dis rien à ton père.

– Eh, tu me prends pour qui ? Marlène Padovani ?

Ils se tapent dans la main en se marrant. Ils étaient au collège avec elle. La pauvre, elle flashait grave sur David. Elle se languissait, se ravissait, sans effet. Il se dérobait. Plus il était distant, plus elle le collait. Un amour sans issue.

– Les Italiens. Leur business est clean ?

– Ils ont fait fortune dans l'immobilier et le jeu.

– Pas dans les ordures comme mon père.

– Oh, les ordures, ils ont dû faire aussi. Ils sont blindés, ils veulent se diversifier.

– Tu veux dire qu'ils ont du cash à lessiver.

David le regarde avec ses yeux d'innocence éperdue, les mêmes qu'il avait au foot lorsqu'il insultait la défense adverse entre deux passements de jambe et un petit coup bien senti. Ça les rendait mauvais, direct ils faisaient faute sur lui. Kader insiste.

– Je me pose des questions.

– Moi aussi...

– Ils m'ont proposé d'être leur conseil pour ce projet de casino.

– Traître !

– Arrête, on dirait ma mère. Je vais à la douche. Réfléchis, pour les Italiens, si je dois leur dire oui.

– Tu dis souvent non ?

– Là, c'est différent.

– Ça te fait peur ? On en a battu d'autres !

– On joue plus au foot, David.

Ils avaient choisi le droit pour être ensemble à la Fac. Découvrir un autre monde. Ils foulaient des terres vierges, inconnues pour leurs familles. Comprendre les arcanes de la Loi, en maîtriser les codes. David appelle son père. Messagerie. Il doit le voir. Joseph Giacobbi protège toujours ses arrières. En dire le moins possible, même à ses fils. Là c'est différent. Son père a voulu qu'il le conseille. Ces Italiens du cabinet San Marco sont trop forts pour lui, ils ont fait des études, parlent trois langues. Pour l'endormir, il lui a dit : « Ta mère serait fière de toi. » Ce genre de connerie. Elle est morte d'un cancer foudroyant, ou de chagrin, quelques mois après François. Le cabinet San Marco est devenu incontournable en Italie depuis les succès électoraux de La Ligue du Peuple et de son président, Pepe Volpino, acteur raté qui a réussi en politique. Le deal avec Dany, ses produits capillaires, ses accessoires griffés, tient la route. Un dossier à quinze millions d'euros. Une gamme grand public pour les hypermarchés et une autre plus chère pour les salons de coiffure. Les clients qu'ils représentent possèdent une chaîne de grande distribution en Italie et un millier de salons sous licence à travers le monde. Ils sont aussi actionnaires de supermarchés dans toute l'Europe. Mais pour le projet insensé de son père, les investissements ne sont pas à la même échelle. Ni les enjeux. San Marco agit pour le compte de la société Vincitore basée à Malte. Une société controversée comme sa domiciliation. En Italie, elle contrôle des casinos, des cercles de jeux, des boîtes de paris en ligne. Et l'ombre des mafias qui plane. Ce monde là, il connaît mal. Le monde des casinos en tout cas.

Son père avait des machines à sous dans les cafés. Partout en ville. Il emmenait ses fils le dimanche après-midi, pour les tester. Les machines ou ses fils ? David se demande encore. Tous ces bars clinquants, les putes lookées Dallas ou Dynastie parfumées au taquet, les gars en costards qui puaient l'after-shave, la fumée des cigarettes, cette odeur d'anis et de sueur mêlée, les flippers Star Wars ou Mad Max. Ça braillait, un vrai bordel ! Les machines à sous, il arrivait pas à voir. Comme les flippers. Trop petit. François le prenait dans ses bras : « Tu vas me porter chance ». David regardait fasciné les signes défiler. Si les trois étoiles s'affichaient, c'était un beau dimanche.

Il ne peut pas demander un audit à un cabinet. Trop chaud, vu le style des investisseurs italiens. Demain, il a rendez-vous avec Monica. Une vieille amie en vacances sur la Côte. Elle était à la Fac avec lui et Kader. Fiscaliste et spécialiste en droit immobilier. Très brillante. Ils ne se voient plus guère depuis son mariage avec cet anglais. Elle vit à Rome. Il entend une voiture s'approcher. Kader aussi, qui l'enlace. Ses mains crispées sur la balustrade se détendent.

– Tu sens bon.

– Et toi l'inquiet, le pas tranquille.

– Je me demande comment ils ont su pour mon père, pour son projet de casino.

– Demande-leur. Tu verras.

– Je verrai rien du tout.

– Alors, je leur dis quoi aux Italiens ?

– Dis oui. Ça me rassure. On pourra s'épauler.

Ils remontent l'escalier en pierre, bordé de palmiers, de cactées, jusqu'aux bougainvilliers. Traversent la cour. David déconnecte l'alarme et ouvre la petite porte. Kader monte à bord de la berline Uber. Elle disparaît dans un nuage de poussière ocre. Peu de gens viennent chez lui. Sa famille, rarement. Ses amis, parfois. Mais il a peu d'amis. Il descend vers la piscine. Construite dans l'ancien potager de la bastide, près de la source. Ce n'étaient plus que ronces, taillis, caillasse. Il en a fait un petit paradis, avec du soleil et de l'ombre. Il longe la piscine. Pose son smartphone à l'ombre. Enlève son short et se jette à l'eau. Il se concentre sur son souffle, sur la cadence de ses bras, de ses jambes. Se détend. Longueur après longueur. Il respire. Se déplie. Concentré sur son rythme cardiaque, l'harmonie de ses gestes. Se déploie.

Ensuite, il flotte, il fait la planche, il fait le Maure, le

Messie. Ciel bleu. Bleu intense, bleu d'extase. Il respire lentement. L'espace temps s'étire. Il revoit son père au bord de la piscine familiale, et ce type qui se débattait sous l'eau, maintenu par Sampieri et Marco, tout jeunes à l'époque. À la fin, il débattait plus rien. David retenait son souffle, allongé à l'abri d'un muret. Après, ils avaient porté le corps ailleurs. Sûrement à la ferme de Vorane, sur les hauteurs, après le village. Petit, il se réfugiait là pour échapper à ses frères, leur tyrannie, leurs moqueries. Et pour y retrouver son ami Renard Pâle. Une fois, il avait entendu le bruit de la jeep, il s'était caché. Son père et Sampieri traînaient un gros sac jusqu'au four. De là où il était, il voyait pas tout. Un cri. Et la voix de Joseph : « Ché tù crépi ! » À qui il disait ça ? Une sale bête enragée ? Crève ! Il pouvait pas... La porte qui claquait. Pendant des années, il avait cauchemardé. Ce four. Ce qui brûlait à l'intérieur. Il se réveillait juste avant. Qu'on l'y jette à son tour.

David sort de la piscine. Tremblant malgré la chaleur. Il s'allonge sur la chaise longue, parcouru de frissons. Il n'a jamais rien dit, à personne, même à sa mère. Rachel ne savait rien, ne voyait rien. Après la mort de François, elle était toute à sa douleur. Plus rien d'autre ne comptait. Elle n'était que douleur. Puis silence. Un silence absolu. Elle les avait abandonnés. Eux, les vivants, eux, ses enfants. Abandonnés à ce monstre de Joseph Giacobbi !

Son corps se réchauffe au soleil. Le pire, avant de mourir, elle avait dit à son père qu'il était différent. Joseph lui avait demandé : « Tu peux m'expliquer pourquoi ta mère pensait ça ? » Lui, il s'était esquivé : « Eh, je sais pas ! » Simon s'en était mêlé : « Moi je sais pourquoi elle a dit ça... » « Putain, ferme-la ! » il avait gueulé. « Tu vois, papa, il a peur que je parle ! » Celui-ci les suppliait presque : « Votre mère est morte et vous criez sous son toit. » « Elle a dit ça vu que ton fils, c'est une ta... » Il avait pété la gueule de Simon à coups de poings. « Je vais te crever, salope ! » Son frère s'y attendait pas, il était resté muet, le cul par terre, le sang coulait de sa bouche, de son nez. « Je te crève si tu parles ! », il avait rajouté en se passant l'index sous la gorge. Son père le regardait moitié surpris moitié ravi : « Tu as appris ça où, à la Fac ? » « Non, ça c'est toi qui me l'a appris ! »

Pendant quelques secondes, il avait oublié la mort de François, son grand frère adoré, celui qui le protégeait, il avait oublié la mort de sa mère, la disparition d'Ange et l'absence de Salomé. Elle aussi l'a abandonné. Elle lui envoie une carte postale pour son anniversaire ou une courte lettre. À chaque fois, une autre ville, un autre pays. Il donne les enveloppes à Jeanne, son assistante juridique, pour les timbres, son mari fait collection. La sonnerie du téléphone. Il s'arrache à la chaise longue. Son père. Il décroche : « Oui... Kader est au courant. » Joseph gueule tellement qu'il doit éloigner le mobile de son oreille, le temps qu'il se calme. « Ils l'ont approché... Et pourquoi tu veux qu'Ibrahim s'en mêle ? C'est ta belle-fille qui bosse pour lui et Guérini, pas Kader... Et moi, tu sais, je suis un scorpion... » Il raccroche.

Face au serpent, deviens scorpion. Face au loup, deviens serpent. Joseph pose son vieux téléphone à clapet sur le bureau. Il abreuvait ses fils de maximes dans ce style. C'était une autre époque. Celle d'aujourd'hui, il la comprend plus.

Tout ce bordel de partout. Avec leur Internet qui te flique et ces putains de smartphones qui te tracent. Et cette racaille de merde. Ces chacals. Il faudrait nettoyer ça. Du radical, du définitif. Les politiques ont pas les couilles, ils écoutent les pleureuses et les agités. Ce magouilleur de Guérini, lui, il corrompt pour être réélu. Il baise leur démocratie à la con. Il finance le club de foot de la ville, avec Benaissa dans le fauteuil de président. Et tout le monde applaudit ! Des billets distribués, des piqûres de rappel, un putain de discours, et zou, emballé ! Joseph rigole doucement. La bêtise humaine, c'est son jardin, son miel. Un trésor inépuisable.

Par la fenêtre ouverte, il entend les cris, en bas, dans la piscine. Les enfants de Simon et Sarah. Quatre. Plus les deux à Nathan. Et une fille au pair, une anglaise, un peu dépassée. Elle hausse le ton. Des mots hachés : « Kids... careful... listen t... » Les minots. Ils se moquent. Sarah, il la connaît depuis toujours. Elle est de Villedieu. Après ses études, elle a créé sa boîte de conseils en stratégie. Une femme forte. Ambitieuse. Dommage que Simon soit meilleur pour sauter les jeunes serveuses trop naïves que pour les affaires. Joseph espère qu'il met une capote avant de les baiser.

– Papi, papi !

Pas sûr. Quand son fils a le nez dans la coke, il calcule quoi ? Il calcule plus rien, personne, tout l'univers il s'en carre ! Un cousin aux jumeaux Camara le fournissait avant de tomber. Il fournissait aussi la fille à Benaissa, cette salope de Djemila. Un peu tapée, mais toujours belle. Gaïa la haïssait depuis la mort de Paul, et à lui, elle lui avait dit : « Je te maudis, Joseph, je te maudis ! » Putain, c'est Matteu qui était parti en couilles, c'est lui qui avait demandé au videur de la Casa de raconter ce putain de mensonge à Paul, que Djemila couchait aussi avec François... Pas lui ! Ni elle. Et quel bordel ce mensonge avait foutu. Une avalanche. Que ces morts pesaient lourd. Il se lève et sort sur le balcon du bureau.

– Papi ! L'anglaise, elle capte rien !

– Parlez-lui dans sa langue.

– C'est dead ! Elle capte pas notre anglais.

– Faites un effort. Enlevez l'accent.

– Quel accent ?

– Celui d'ici. Parlez british, distingué, comme elle. Would you like a cup of tea, my dear ?

Ses petits-enfants sont morts de rire après son imitation de la fille au pair. Elle un peu moins. Ils montent leurs bras vers lui pour le saluer. Les redescendent et les remontent.

– Papi, trop fort ! Qui c'est les plus forts, c'est les Giacobbi !

Elle se dit, ces Français, dans ce Sud, ils sont *crazy, fucking crazy*. Leur accent, leur argot, elle comprend pas, rien du tout. Les enfants se moquent d'elle. Des idiots stupides. Monsieur Giacobbi est un homme très important dans la région. Un homme d'affaires. Drôles d'affaires. Ses *bodyguards*, on dirait des bêtes sauvages et ses fils, Simon et Nathan, sont juste infects. Au début, ils voulaient toujours la toucher en douce, se coller. David, leur jeune frère, est d'une beauté obscène. Intelligent et trop gentil. Un vrai gentleman. Cultivé. Elle comprend bien son français. Il parle aussi un anglais correct. Le seul ici. Il est si...

Joseph la trouve mignonne cette petite Mary, si british, si coincée. Il a dit à Simon et Nathan de la respecter. Sarah l'a trouvée en pleurs un soir, dans la cuisine. Elle connaît bien son mari et son beau-frère. Des obsédés de la chatte. Lui aussi. Ils lui ressemblent. Selon Sarah, Mary est sous le charme de David. Dès qu'il vient au domaine, elle se pâme, se languit, rougit, bafouille. Joseph sourit. *La vie est cruelle. Sois cruel toi aussi !* Encore une de ses maximes. Matteu le moquait pour ça, ses maximes. Son regard se porte de l'autre côté de la baie, vers la propriété des Casanova. Il en sait une autre de cruelle, Gaïa. Ils se croisent parfois à Villedieu, leur village devenu grand. Ils s'ignorent. Un mort dans chaque famille. Son amitié avec Matteu carbonisée. Après son accident et la disparition d'Ange, la vendetta cessa. Mais la famille Giacobbi paya pour ça. Plus d'affaires avec les Casanova et leurs alliés. Des années de plomb. Contraint de s'allier à des étrangers. Question confiance, très limitée. Jongler. Se méfier. Calculer. Éliminer. Et aujourd'hui ces Italiens. Un ramassis de métèques, oui ! Joseph vieillit. Sa carcasse est plus lourde à traîner. Autour de lui, son monde s'écroule, son monde disparaît par lambeaux. Il pense à Matteu, à leurs familles. Deux familles unies autrefois. Ils étaient les rois. Jeunes. Conquérants. C'était leur projet, ce casino en bord de mer. Et puis, Ange s'est battu avec son père, il a chuté sur la terrasse. Putain, comment on peut tenir dix ans dans le coma et cinq à rien dire ! Réduit au stade légume... Il attend quoi, Matteu, le retour d'Ange pour se lever et marcher, tel Lazare ? Lui, il veut vivre encore. Et le bâtir enfin ce casino. Mais pour ça, il faut que Gaïa Casanova lui vende la parcelle des vallons, en contrebas du futur chantier. Il compte sur David pour la convaincre. Lui offrir sa part dans l'affaire. Lui rappeler que c'était aussi le rêve de Matteu.

Il se laisse aller dans le fauteuil, envahi par les souvenirs, les spectres qui s'arrachent au passé. David avait hurlé sa colère à la face de ses frères. La mort de Paul Casanova ne leur suffisait pas ? Gaïa ne leur pardonnerait pas et la famille perdrait tout ! David avait traité avec Gaïa. Elle désirait la ruine des Giacobbi. Il évita le pire.

Le soleil est plus bas dans le ciel. Le taré la sort de sa cage. Julia peut enfin marcher à l'air libre. Hashtag liberté surveillée. Entre son pitbull qui la colle et le taser, elle risque pas de s'enfuir. Elle repère la sortie, une grosse porte en fer coulissante surmontée de barbelés. Il lui montre un robinet pour se laver et un cabanon. Les toilettes. Elle manque gerber. Une infection ! Des planches et un trou. Elle restera pas là encore une nuit !

Joseph Giacobbi pousse la porte qui sépare son bureau du petit salon. Sampieri et Marco le Marseillais regardent la télé, une chaîne d'info. Le visage d'une jeune ado sur l'écran.

– C'est qui c'te gamine ?

– Celle qui a disparu hier, lui répond Sampieri.

– Elle revenait en bus de la plage, ajoute Marco.

– Ils parlent d'un taré, il était dans le bus. Possible ça serait lui, reprend Sampieri.

– Elle s'appelle Julia. Elle a 12 ans...

– 13 ans, corrige l'autre.

– Vous allez me surveiller les jumelles, elles ont le même âge.

– Patron, proteste Sampieri. Elle sont... elles sont...

Le Marseillais n'aime pas l'inachevé, il finit la phrase.

– Elles sont infernales !

– Tu crains les petites ? Tu ramollis, Marco !

– Je crains degun !

– Et les jumeaux, ils sont où ?

– En bas, à la cuisine, lui répond Sampieri.

– Va les chercher.

Joseph pose ses kilos sur le canapé. Demain, il ira comme chaque dimanche au cimetière, entre onze heures et midi. Mais les jumeaux Camara resteront là avec les jumelles. Les jumeaux et les jumelles ! Il voudrait rire, il ricane. Il borborygme. Marco le regarde.

– Sers-moi le pastis, ahuri !

– Oui, patron.

– Il se passe quoi ? Tu es bizarre.

– C'est...

– Putain, tu tortilles, tu tricotes, va au but !

Le Marseillais lui sert le pastis et se rassied.

– J'ai entendu une rumeur sur Pascal Casanova. Il magouillerait avec JP Guérini dans le dos à sa mère.

Joseph est pris au dépourvu. Normalement, il devrait tout savoir, et Gaïa aussi. Il boit lentement avant de répondre.

– Ta source ?

– Une pute. Pascal, c'est un vieux client. Et ce con, il se vante, il se voit trop beau !

– Il magouillerait quoi ?

– Il a pas donné les détails.

– On doit savoir. Ta pute, elle sera bien payée.

Sampieri revient avec les Camara. Il fait petit à côté d'eux. Mais plus trapu. Jeune, il a eu une jolie carrière de catcheur. Brisée en plein élan par une blessure. Le Vengeur Masqué on l'appelait. Son masque, il l'enlevait jamais sur le ring, ni pour les photos. En parallèle, il jouait le gros bras pour des politiques. Les meetings, les collages d'affiches. Flanquer des roustes à certains et démolir d'autres. Casser des dents, casser des os. La routine.

– Ce soir, pas de sortie, vous dormez dans l'annexe...

– Patron, c'est samedi.

– Le samedi soir on sort.

– C'est le Saturday...

– Le Saturday Night Fever !

Joseph rame toujours autant à les distinguer. Et quand ils parlent, c'est du ping-pong.

– Patron, on est toujours à l'heure...

– Le dimanche pour le cimetière.

– Oui, mais rarement frais.

Les jumeaux Camara se marrent.

– La raison, c'est ce taré qui a enlevé la gamine.

Ils se marrent plus.

– On sait, patron, lâche Pierre.

– Faut y couper les couilles, achève Charles.

– Déjà, laissez pas les jumelles s'esquiver. Ça sera bien.

Les Camara font franchement la gueule. Un samedi soir gâché et un sombre dimanche en perspective.

– Vous resterez ici avec les enfants et la petite anglaise. Simon, il dort jusqu'à midi le dimanche. Nathan, aussi. Et Sarah, elle doit voir quelqu'un, elle sera pas là.

– Mais...

– Va, vous pouvez faire ça pour moi.

Il se lève et retourne dans son bureau. Simon a des week-ends chargés. Il gère les bars, les boîtes de nuit, les restaurants. Il teste. La cuisine. Les cocktails. Le service. Voire plus. Nathan l'accompagne souvent après sa semaine sur les chantiers. Et il dort au domaine. Ses minots aussi quand ils sont pas chez leur mère. Divorcé. Plus à son aise dans la boue des chantiers que dans la merde des salons feutrés. En bas, plus un bruit, plus un cri dans la piscine. L'heure des douches. Sarah est rentrée. Et tout le monde lui obéit, même les jumelles. Il rappelle David. « Je dois te parler. Tu peux passer au domaine demain ? » Il sera là pour le dessert. Joseph sort sur le balcon. Le soleil rougit le ciel où dansent les martinets.

Djemila retrouve Dany au Café Paradis. Elle rayonne dans la robe d'été Gucci qu'il lui a offerte pour son anniversaire. Il a sa table en terrasse, un peu à l'écart, protégée des regards par les bougainvilliers et les polygalas plantés dans de grands pots en terre. Le carré VIP. Elle lui fait la bise.

– Ma chérie, tu es sublime !

À peine assise, il glisse un petit papier plié dans sa direction.

– C'est quoi, Dany ?

Il fait le mystérieux.

– Ouvre-le.

Il lui offre une jolie somme pour le fonds de commerce et le droit au bail.

– Merci. Tu me sauves la vie. Vraiment...

– Plus un mot ! Ça s'arrose.

Dany sort la bouteille de champagne du seau et l'ouvre d'un geste expert. Djemila applaudit. Assoupie sur la banquette, Cléopatra sursaute. Il remplit deux coupes. Sa chatte miaule. Peut-être elle en veut elle aussi du champ'. Ils trinquent. Djemila vide sa coupe d'une traite. Impatiente de connaître la suite, elle se force au silence. Il la ressert. La vie est belle. Ils se balancent au son de la musique du DJ qui mixe à l'intérieur du bar. Et là, comme elle s'en doutait, il lui propose de représenter ses produits capillaires en France. Un fixe de 3000 euros et un pourcentage sur la diffusion. Plus ses frais. Elle saute sur Dany et le couvre de baisers.

– Ma chérie, arrête, tu vas effrayer cette pauvre Cléo.

– Ressers-moi une coupe, tu veux.

Dany lui révèle son plan secret, lancer deux gammes, La Rouge Deluxe pour les salons et La Rouge Beauty pour la grande distribution.

– Mais Beauty, c'est moi, DB Beauty, tu devrais me payer des droits !

– Djemi, on se calme, on atterrit.

Pour fêter ça, il l'invite à dîner avec son dernier chéri, un petit voyou qui bosse pour Joseph Giacobbi. Quel couple ! Dany le flamboyant et son amant mal dégrossi. Il n'arrête pas de mater ses seins pendant le repas. Après le dîner, ils montent boire un verre chez lui. Au dernier étage d'un immeuble hyper chic. Le premier salon La Rouge Prestige occupe le rez-de-chaussée. Le top du top avec des clientes VIP. Dany coiffe aussi des stars de passage sur la Côte. À domicile, dans les suites des palaces. « La Rouge, j'adore ! » Rihanna a dit ça dans une interview. Sa photo trône dans la chambre à Dany avec cette déclaration de la star ! Depuis, il rappelle à tout le monde que Rihanna est fan de lui.

Au chenil, tout est sombre. À part la guirlande de Noël qui clignote au dessus de sa caravane au streum. La fille qui gémit, il l'emmène avec lui. Elle supplie : « Non, pas les combats ! » Après, Julia sait pas. Elle dort la moitié du temps. Ou alors elle rêve. Par le grillage de la porte, elle voit une créature avec des griffes attachées aux mains. Une créature aux yeux de feu. Qui bondit comme un chat. C'est quoi ce délire ?

4
RÉSURRECTION

Julia se réveille. Le soleil se lève à peine. Elle a froid. Le jour elle crève de chaud. La nuit elle se pèle. Sa couverture de SDF, elle en veut pas ! Ça et les chiens qui grognent agités dans leur sommeil. Plus la fille qui gémissait dans la cage à côté. Elle dit plus rien depuis un moment. Le streum se ramène. Il lui jette un paquet de chips et une bouteille d'eau. Après il rentre dans la cage de l'autre fille, la prend par les pieds et la sort à l'extérieur. Elle bouge plus. Le taré la traîne comme un sac. Elle les regarde s'éloigner. Depuis deux jours, elle pense à cette histoire de filles disparues. Ça avait buzzé l'été dernier. Elle s'en souvient. Sa mère flippait. La saoulait. Lui interdisait d'aller seule en bus à la plage. Elle pense aussi aux films avec des tordus qui enlèvent des filles pour leur faire des horreurs. Le genre de films que tes parents veulent pas que tu regardes. Mais tu les mates quand même. Parce que tu aimes avoir peur quand tu sais que ton petit lit douillet t'attend avec ton doudou que tu peux pas encore quitter. Allez, ma Julia, courage, tu vas t'en sortir ! Là c'est trop la loose. Finir en cage avec ces chiens qui gueulent et ce tordu qui pue, c'est juste pas possible ! Le soleil s'insinue à l'intérieur de sa prison. Julia remarque la charnière fixée au cadre en bois. Un peu tordue et le bois tout pourri. Elle s'approche. Une vis dépasse. Elle donne un coup. La vis bouge. Elle tire dessus. Ses doigts saignent. Putain sa race ! De jurer ça la soulage. Elle s'est entaillée.

Son bandana lui sert de bandage.

Comptez pas sur moi. Je sais pas. Leurs histoires. Je sais plus. Qui je suis. Ces femmes s'occupent de moi. Elles sont payées pour. Ça fait peur. La nuit je nage dans les grands fonds les grands froids. Le jour emmuré vivant. Ce corps qui bouge pas qui parle pas. Juste un bras qui bouge. Un bras faut voir ça. Des fauves noirs aux abois. Miranda, mira ! Concentre-toi. Ton objectif. Cette chose qui lui sert de main comme une pince. Celle qui est sa fille. Son nom Léa. Elle est gentille. L'aide pour parler avec la Machine. Une voix de monstre une voix de mutant. Avec sa bouche peut pas une bouillie de mots un massacre. La spy du sto – la psy de l'hosto elle pensait la chose là. Avec sa bouche il veut pas meussieu Casanova. Sa voix il s'en souvient pas. Dix ans dans le coma. Un jour il s'est réveillé. Sa fille Léa vient toutes les semaines la fin le week-end. Médecin elle est. Et psychiatre. Ses collègues les médecins mécaniques ils pensent lui un légume. En cas de lésion cérébrale traumatique et après douze mois de coma la probabilité de récupération devient quasi nulle. Récupération de quoi. Il était mort vivant. Est revenu vivant mort. Son réseau neuronal perturbé. Des connexions qui s'activent plus. Sa tête aussi a frappé derrière en haut les cervicales. Un miracle il n'est pas tétraplégique. Il lui reste. Un bras atrophié une main d'insecte. Un chanceux Matteu. Juste il crépite. Des faux contacts au cerveau. Sa fille Léa lui a raconté qui il était avant. Matteu Casanova. Avant les malheurs. La mort de Paul. Avant sa chute. Ange disparu.

– Monsieur Casanova, vous dormez ?

La fermière. Non. L'infirmière. Une jeune femme brune. Vive. Il tape trois lettres.

– Oui.

– En plus, vous me moquez !

La voix de la Machine il voulait pas au début. Léa dit on attend. Un jour il veut c'est bon il écrit ça maladroit avec sa pince à doigts. Sur une ardoise magique. Ils disent une tablette. Se souvient de rien. Juste des images brèves des vieux films dans ses rêves. Ces noms. Ces visages. Il apprend depuis cinq des années il sait tout mais il ressent rien. Comme son corps. À part sa pince de homard. Ses tentacules de calamar géant. Il nage dans l'Inconnu. Celui qui est son fils – Pascal – il lui parle des histoires du passé. Pour l'aider à retrouver la mémoire. Matteu préfère quand ils jouent avec la Machine le jeu Poker. La Machine elle fait tout. Pascal a une femme – Fausse Blonde – et des enfants. Trois.

– Votre fille, monsieur Casanova. Elle arrive.

Le dimanche viennent le voir. Fausse Blonde et les enfants. Les reçoit dans le petit salon à côté la chambre. Il sait les jours. Un calendrier sur le mur. Il barre chaque jour le soir. La voix de la Machine ils rient ils disent : « Papi c'est Dark Vador ! » Il a regardé sur la recherche de la Machine. Le moteur qui mouline et qui ramasse tout l'Univers. C'est le Méchant dans l'histoire Star Wars. Il dit à sa fille Léa : « Son costume un beau cadeau pour l'anniversaire de Matteu. » Elle rit. Elle a le prénom comme la princesse. Presque. La voix de l'infirmière.

– Madame Léa. Elle arrive.

Celle qui est sa fille pousse la porte. Robe en soie ivoire avec des motifs de secrets. Cheveux auburn épaules bronzées. Elle lui sourit. Il avance son fauteuil électrique. S'arrête. Sa main pince effleure le clavier ultra plat. Lui parle avec la voix de la Machine.

Et un petit décalage.

– Bonjour Léa.

– Bonjour, papa.

– Ma fille va bien ?

Elle se penche vers lui. L'embrasse. Il sent l'odeur de ses cheveux son parfum.

– Très bien. Et toi ? Tu as bien dormi ?

– Je dors pas. La nuit je nage.

Il tente un mouvement de son bras raide. Le logiciel de Nordi parle pour lui. Nordi c'est son surnom pour la Machine. Et un hommage à Nordine Bellanda.

– Tu te vois nager ? Tu te sens nager ?

– Oui.

Bellanda. Le Buteur aux pieds d'or. Le Cerveau des surfaces. Il l'a vu dans ses rêves les gens criaient son nom. Léa lui a montré. Des vieux albums photos. Il prend la pose avec Bellanda après un match. Matteu a 15 ans. Il soulève une coupe avec lui.

– Tu es prêt ?

– Prêt pour quoi ?

– Pour une petite sortie jusqu'à la terrasse. Tu sais...

Il recule son fauteuil. Avance. Il voudrait s'envoler, remonter la rivière.

– Tu l'as promis.

À elles, les filles de Léa. Celles qui disent les enfants de Pascal et Fausse Blonde sont des lapins crétins. Ils sortent. Le couloir. La femme de ménage s'enfuit. Souris effrayée. Elle a peur surtout la voix de la Machine quand elle l'entend elle dit : « C'est le diable qu'il vous parle ! » Long couloir. Pièce réservée aux infirmières. Bureau médical. Toilettes. Cuisine. Léa lui tient la porte ouverte. Ils suivent le chemin qui longe la maison. Le chemin à l'ombre. Soudain. La lumière le pétrifie. Ses lunettes de soleil. Elle y a pensé.

– Merci.

Le chemin monte. La terrasse. Sont tous là. Les gens de cette famille qui est la sienne. Une grande table. Parlent fort sous les parasols. Son fils Pascal avec Fausse Blonde et leurs lapins crétins. Les filles de Léa. Sophie – la cousine Lorca. Celle qui est sa femme s'appelle Gaïa. Elle trône à un côté la table. Pascal lui indique sa place à l'autre côté. Face en face. Elle dirige la Famille. Les Affaires.

– Bonjour à tous.

Ils viennent le saluer, faire la bise. À ce corps évanoui. À ce roi déchu. Son fils Pascal est un couillon et Gaïa le sait. Un couillon utile mais limité. Elle attend le retour de l'Ange. Un Messie. Ce fils qui l'a mis cet état là de loque. Un infirme. Elle le hait son mari. Matteu a fait des choses. Moches. Terribles. La mort de son fils Paul. Il a détruit la famille à cause de Djemila Benaissa. À cause de cette pute cette salope. Gaïa lui a dit ça. Ces gens qui ont la vengeance dans la peau ces gens qui aiment le sang.

– Je dois vous parler.

– Dark Vador, Dark Vador !

Brian et Dylan. Les fils de Fausse Blonde scandent le nom. Leur père se lève les agrippe.

– Fermez-la !

L'aînée de Léa se lève, furie.

– Vous êtes chtarbés de parler comme ça de grand-père !

Chtarbé ? Veut dire quoi déjà ?

– Cette femme m'en veut...

Il tend sa main tordue vers Gaïa.

– Mais cette femme doit pardonner.

Il parle comme leurs histoires. Les films. Les voit sur Nordi ou l'écran plat. Les livres. Les écoute sur la tablette magique.

– Jamais ! Te pardonner ! Te pardonner quoi ?

– Maman...

– Quoi, Léa ?

– Tu...

Ces gens qui s'agitent qui sont déjà morts. Les morts marchent encore. Dans ses rêves parle au Requin Bleu au Loup Cendré au Renard Pâle.

– Matteu a détruit en partie cette famille. Mais cet homme, vous l'avez aimé. Vous l'aimez encore.

– Cette voix qu'il a, c'est horrible !

– Maman, il t'entend, il n'est ni sourd ni aveugle.

Il aime les origines la puissance des mythes.

– Matteu n'avait pas cette voix.

Il voudrait parler du chaos primordial d'un géant émasculé de ce fils aux pensées fourbes de cette femme au cœur de chienne. Pandora.

– Tu connais Maman, lui dit Pascal, son humour...

– Je ne connais pas cette femme ni personne. Mais je sais. Vous êtes ma famille. La Famille Casanova.

Son fils Pascal ouvre une bouteille de champagne remplit les coupes. Fausse Blonde fait le service. La première coupe est pour la Donna la seconde pour lui. Elle craint sa belle-mère plus belle qu'elle malgré son âge. Il arrive à mieux penser avec le nouveau traitement. Sa femme Gaïa porte une robe d'été une robe bleue parsemée de pleurs.

– À la santé de la Famille Casanova ! lance Pascal.

Il lève la coupe sa main tordue son bras atrophié.

– À Matteu, ajoute Léa.

– À Matteu, reprennent les autres.

Gaïa ne lève pas sa coupe. Elle le fusille du regard. Cet infirme avec sa voix de monstre. Son regard. Ce n'est pas Matteu. Celui qu'elle a connu. Elle lui demande de le suivre à l'intérieur. Au salon. Elle s'assied dans un fauteuil.

– Joseph Giacobbi, ça te dit ?

– Oui. Sur les photos. Lui et Matteu.

Il parle toujours de lui comme d'un autre.

– Il veut nous acheter la parcelle des vallons.

– Pour faire quoi ?

– Son casino. Le Grand Casino de la Côte. C'était votre rêve à toi et Joseph.

– Léa m'a dit.

– Ton frère est mort à cause de ça.

– Pas à cause du casino. Ses amis de Nice.

– Comment tu sais ? Tu caches ton jeu !

– Le moteur de la Machine. Il recherche. Je trouve des choses. Je lis. Pas tous les mots.

– Ton frère a blessé son tueur. Ça, tu l'as lu aussi ?

Elle pointe son index vers lui.

– Non.

– Tu as retrouvé le type planqué chez un vétérinaire et tu l'as massacré. Une boucherie.

L'homme qui s'appelle Matteu était un homme brutal.

Comme un personnage de western un chercheur d'or un ouragan. Terrible.

– Tu ne dis rien.

Il voudrait lui dire. Les Autres Mondes. L'accès aux sources. Elle croirait il est fou.

– Et pour la parcelle ?

– Vends à Joseph.

– Tu es sûr ?

– La volonté de Matteu.

Elle le regarde. Celui qui était son mari. Ce corps maigre sur son fauteuil d'infirme. Lui qui était si fort. Redouté. Il avait une belle voix. Basse. Profonde. Un velours grave. Chaleureux ou menaçant.

– Cette voix. Je ne m'y fais pas.

Si elle savait. Le logiciel corrige les imperfections, gomme les hésitations, lisse les phrases.

– Tu n'aimes pas ma voix de Dark Vador ?

Elle sourit.

– Nous avons établi une connexion.

– Va les rejoindre. Je dois appeler quelqu'un.

Messagerie. Elle recommence. David Giacobbi finit par répondre. « La parcelle des vallons, je la vends à Joseph. Matteu est d'accord. Je viens de lui parler. » Par les grandes fenêtres du salon, elle les voit tous autour de la table. « Oui, avec cette voix d'ordinateur, une idée de Léa. » On dirait presque une famille normale. « Ton père paiera à mon prix et sans discuter. J'espère qu'il ne t'a pas entraîné dans son projet de casino. » Sophie sert l'entrée. Elle abrège la discussion. « Rendez-vous mardi matin à onze heures chez le notaire. Tu viendras seul. »

David ne pensait pas que ce serait aussi facile. Et qu'elle demanderait conseil à Matteu. Ce n'est donc pas un légume comme tout le monde le dit. Il revient sur la terrasse baignée de cris et de fureur. Les jumelles sont juste vénères de pas pouvoir aller seules à la plage. Comme elles disent. « S'afficher avec les Camara, c'est trop la honte ! Ils font flipper les garçons ! » Leur mère ne transige pas.

– C'est ça ou rien.

Elles prennent leurs sacs et suivent les jumeaux Camara. Ils font des têtes, déjà épuisés ! Une matinée avec de jeunes ados effervescentes, c'est l'enfer. Alors une journée… David se penche vers son père.

– J'ai parlé avec Gaïa. Elle veut bien te vendre la parcelle, à son prix.

Joseph lui fait son numéro de condamné à la peine capitale. Il grimace, se tord sur sa chaise.

– Son prix !

– Tu préfères lui dire non ?

– Règle ça avec elle.

David quitte Villedieu, sa torpeur dominicale. Son Coupé Mercedes Classe S file sur la nationale. Épouse les virages. Le bitume transpire des halos de langueurs. Les palmiers succèdent aux cyprès. Des tourbillons de chaleur.

C'est pas les flics qui vont la sortir de là. Au moins si sa mère appelait les anciens amis de son père, eux, ils la trouveraient. La dernière fois que Julia a vu son père, il lui a dit : « Si jamais tu as besoin d'aide, tu vas le voir, Joseph Giacobbi, à Villedieu. » Julia est allée une fois au domaine avec lui. L'an dernier, en novembre. Elle l'a attendu à la cuisine pendant qu'ils parlaient. Leurs affaires. Son père, il serait venu la chercher à la plage. Sa mère pouvait pas. Trop occupée pour ça ! Tu parles. Elle joue sa cougar avec son prof de fitness. Un type de 25 ans. Abusé ! Elle se rassure. Ça la stresse grave d'approcher les 50 ans. Depuis le divorce, elle enchaîne les conquêtes, la belle Carine. Son père l'appelait comme ça, ma belle Carine. Julia lui a répondu : « C'est pas grave, je prendrai le bus. T'inquiète ! » En vrai, elle la maudissait. Une après-midi à la plage de merde. Une pure cata. Le mec qu'elle kiffe sort avec sa besta. Bon, c'est pas leur faute. Personne savait qu'elle le kiffait. Même à sa besta elle lui avait rien dit, juste qu'il était pas mal. Elle n'aime pas montrer ses sentiments. Ou alors c'est pas vraiment sa meilleure amie. *On dit tout à sa BFF, non ?* Elle avait loupé le bus. Forcée d'attendre. Elle calculait rien, personne, ses écouteurs dans les oreilles. Elle écoutait sa musique, pas du streaming. Frank Ocean et ses chansons tristes. C'est clair. Il met un truc dans l'eau. Elle rêvasse, elle est molle. *Bouge-toi avant qu'il revienne !* Elle entoure un bout de son bandana autour de la vis. Elle tire. Ça se déchire encore.

Monica est tendue. Elle tourne en rond dans sa chambre d'hôtel. Elle parle vite.

– Tu veux boire quelque chose, une bière, un verre d'eau ?

– De l'eau. Merci.

Il s'assied dans le fauteuil.

– Tu sais quoi sur le cabinet San Marco ?

– Tes nouveaux clients sont des gens puissants. Ils

ont beaucoup investi à Milan et à Rome. Ils sont partout, la mode, le luxe, la politique, les médias, les services, l'immobilier, les casinos...

– Mais ?

– Ils sont dangereux, violents.

– Ils font des affaires...

– David, tu m'as demandé conseil, alors écoute-moi !

– Scussi bella. C'est juste que...

– Tu n'es pas surpris.

– Non, pas trop.

– Ces Italiens, en fait, ils sont Sardes, Siciliens et Calabrais. Quelqu'un a réussi à fédérer leurs familles, du jamais vu.

– Qui ?

– David, même si je savais son nom... on dit que c'est un revenant, un ange du Mal.

Elle chuchote presque.

– Monica, sérieux, tu t'entends ?

Il remarque ses yeux cernés, ses pupilles affolées.

– On dit qu'il est jeune pour avoir ce pouvoir. Il conseille une de leurs familles, la plus puissante, des Calabrais de San Luca, la famille Marazzi. Ils ont fait fortune dans la cocaïne.

– Tu as traité un dossier contre eux ?

– Ils voulaient s'emparer d'un immeuble à Rome à moitié prix, je défendais les propriétaires. D'abord ils ont tenté de m'acheter et ensuite ils m'ont menacée.

– Directement ?

– Pas exactement, je me sentais suivie, observée, tout le temps, le jour, la nuit, même chez moi, je devenais dingue !

– Le surmenage...

– J'ai engagé un détective privé, deux mois après, il a fini dans une décharge, égorgé, la langue coupée.

– À cause d'un immeuble !

– Il enquêtait aussi pour d'autres propriétaires qui subissaient les mêmes pressions des mêmes personnes, le cabinet San Marco, la société Mitra. La banque ISP.

– San Marco, je connais, mais les autres ?

– Ces boîtes font partie de la société mère, Pandora, avec des dizaines d'autres. Ils contrôlent aussi Vincitore, un empire du jeu.

– Vincitore veut s'associer à mon père pour son casino.

– Ils vont le piéger.

– Les Marazzi, ils dirigent Pandora avec qui ?

– Avec les Barracato, des Siciliens, et les Sanna, des Sardes de l'île de Maddalena. Leurs clans se livrent à divers trafics depuis des siècles, ils se sont adaptés à l'époque. Ils font du business, ils financent les campagnes politiques de certains partis, ils ont même une fondation, la Santa Virginia.

– Cette fondation, ça me dit quelque chose...

– Et tu vas faire quoi ?

– Vérifier encore une fois les contrats. S'agissant des produits La Rouge, c'est un domaine que je connais bien. La propriété intellectuelle. Le droit des marques. Pour ce qui est du casino, je vais introduire une clause spéciale concernant l'apport financier de Vincitore. De manière à protéger mon père de toutes poursuites éventuelles. Et donc moi aussi par ricochet.

– Un casino, ça peut servir à blanchir du cash.

– En Italie peut-être, mais pas en France. Avec Tracfin, impossible. Ou alors pas longtemps.

– C'est pour ça qu'ils investissent dans ce projet dès la construction. Joseph Giacobbi est l'ancien Président du Conseil Général, un homme d'affaires connu, craint, respecté, et il a besoin de leur argent.

– Vu comme ça...

– Ils mettent combien ?

– 200 millions.

– Tu ne pourras jamais tracer cet argent...

– Il passe par des banques, donc c'est légal.

– Ils auront le contrôle ?

– Non. Mon père possède tous ces terrains, celui du futur casino, et ceux qui l'entourent. Sauf un. Il a prévu un hôtel cinq étoiles, une boîte de nuit, deux restaurants, un bar. Vu la superficie, il veut en profiter pour construire des villas de luxe. Pour ça, il a déjà d'autres associés.

– Et les Italiens ?

– Il va s'arranger avec eux du moment qu'il garde la main. Il tient tellement à son casino. C'était son rêve avec Matteu Casanova. Comme à Nice, Cannes ou Monte-Carlo.

– Ton père est un homme puissant ici, mais il n'est rien comparé à eux, Pandora pèse des milliards d'euros !

– Je ne peux plus revenir en arrière. Je lui ai dit que Gaïa Casanova voulait bien lui vendre la parcelle des vallons. La seule qui lui manquait.

– Tu m'expliques...

– Elle descend jusqu'à la mer. Des pontons seront

construits pour les yachts des joueurs fortunés. Des voiturettes les emmèneront là-haut. En toute discrétion.

Elle prend une cigarette et se lève.

– Ton mari, tes enfants, ils sont où ?

Soudain, il comprend la bêtise de sa question. Elle n'est pas en vacances sur la Côte en famille. Elle voulait juste le prévenir du danger.

– Ils m'attendent à Londres.

Le mari de Monica est anglais. Il travaille dans la finance.

– Rome, c'est fini ?

– Pour l'instant. Ça vaut mieux.

Elle sort sur le balcon et allume sa cigarette. Il la suit. Le soleil. Comme un vertige. Il cache ses yeux derrière ses Ray-Ban.

– Tu as peur ?

– Oui, elle répond.

– Oublie. La peur ne peut rien pour toi. La peur est le premier poison.

– C'est quoi cette connerie ?

– Une des maximes de mon père.

– Finalement, c'est pas si con !

– Tu souris, je préfère ça.

– Ton père, il est vraiment comme on dit ?

– On dit quoi ?

– Corrompu, mafieux...

– Il n'a jamais été condamné.

Un texto. Kader. « RDV à la Dolce Vita. » Un bar lounge avec une piscine en forme de cœur. Le top du kitsch sur les hauteurs de la ville. Il répond : « J'arrive KDR ! » Monica le regarde, elle hésite.

– Tu... tu pourrais m'emmener à l'aéroport ?

– Bien sûr.

– Mon vol est à 20 heures.

– Tu as prévu quoi d'ici là ?

– Je dois voir une ancienne amie. On s'est croisé à Rome récemment.

– Je serai en bas vers 18 heures 30.

David l'embrasse. Elle a peur. Mais pas assez pour garder le silence. Dans l'ascenseur, il se remémore. Les Marazzi. Les Barracato. Des Sanna, il y en a aussi en Corse. Et ce type. L'Ange du Mal. Ça sonne ringard, un nom de catcheur du passé. Sampieri, on l'appelait le Vengeur Masqué. Il se souvient des affiches jaunies de ses combats. Il conduit comme un zombi. Manque griller un feu. Plus il remonte, plus les rues sont vides. Toutes abruties de soleil. Il croit voir un chat devant lui. Traverser. Il ralentit. Rien. Un message. Comme la fois où il a vu le bouc à la ferme de Vorane. Debout sur ses pattes arrière, il faisait mine de le charger. David savait le secret. Son grand-père lui avait dit : « Tu le prends par le bouc, petit, et tu le tiens. Mais bien tu le tiens ! » Il mettait des pièges pour les lièvres. Il lui avait appris. Les pièges. Et puis les tuer, palpitants, les égorger, les vider de leur sang, la tête en bas. Leur attacher les pattes de derrière à la ficelle qui pendait dans la grange. Inciser la peau autour des pattes, la faire glisser, toute chaude encore avec la fourrure. En douceur. Ne restait plus que la chair brillante et les os, les muscles et les nerfs. Les reliquats d'une vie enfuie.

Et cette tête atroce avec ces yeux morts. Il avait dix ans. À la radio, ils diffusent le message d'alerte enlèvement pour cette gamine. Julia.

Elle se souvient l'autre poème. Un vieux type. Pas un ado comme Rimbaud. Son nom, c'est Aragon. Il t'envoie des phrases qui tuent... « Le temps d'apprendre à vivre il est déjà trop tard Que pleurent dans la nuit nos cœurs à l'unisson. » Elle l'a dit ce poème, le dernier cours de français avant les vacances. Il n'y a pas d'amour heureux. Une fille, même jolie, elle sait ça. Les autres captaient pas, mais l'écoutaient tellement elle y croyait. La prof, elle était super étonnée. « Ce n'est pas au programme, vous êtes en avance pour votre âge. » « C'est mon père. » « Votre père ? » « Il aimait la poésie. » « Votre père ? » Elle se répétait. « Et alors ? En prison, il avait le temps pour lire ça, la poésie. » La classe, c'est devenu l'âge de glace. Un froid mortel ! La prof, elle savait plus ses mots de prof. À un an de la retraite, elle cherchait pas les problèmes. Elle bafouillait. « Vous... vous êtes... » *I am une championne !* Julia recouvre le bout de vis qui dépasse avec un coin du bandana et elle tire. La vis résiste. Elle tire encore. Elle pense aux haleurs. Ça vient. La vis tremble. À peine. Ça tourne un peu et ça bloque. Le bandana se déchire. Elle se décourage pas. *Je vais lui montrer à ce tordu que je suis pas comme les autres.* Elle l'entoure et recommence. *Mets-toi ça dans la tête, pas une nuit de plus ici !* Elle fait une pause pour achever les chips. Boit un peu d'eau, obligé. Vu comment elle dort, elle se doute qu'il met un truc dans la flotte, un calmant pour ses chiens. Mais elle a trop soif, elle résiste pas. Dans la cage en face d'elle, le pitbull a juste un œil, l'autre est crevé, blanc, et il a des cicatrices affreuses. Son œil dit viens je vais te déchirer avec mes crocs. *Même pas en rêve, sale bâtard ! Vite, Julia, vite ! Réfléchis si tu veux t'en sortir !* Elle cherche autour d'elle, rien qui pourrait servir. Elle a chaud. Et ça pue dans le chenil. *Putain. ÇA PUE !* Avec la chaleur qui monte, c'est pire. *Bouge-toi, Julia. Bouge !* Elle se tape contre les parois en ciment pour pas sombrer. Elle se met les doigts au fond de la gorge pour vomir. Ça vient pas. Elle insiste. Ça vient. Elle vomit dans le pot. Le liquide d'abord et puis les morceaux de chips.

La Dolce Vita. David s'amuse. Il danse avec Kader. Puis il l'entraîne à leur table et l'embrasse. Ici, ils peuvent se lâcher. Ils ont leur bouteille. Et des complices. Son amant lui verse une vodka lemon. Il reçoit un texto de Monica. Finalement, son amie l'emmène à l'aéroport. Qu'il profite de sa soirée. Elle lui fera signe dès qu'elle sera à Londres. Il hésite à la rappeler. C'est qui cette amie ? Putain, cette histoire le rend parano ! « Ça va ? » lui demande Kader. « Quand je suis avec toi, ça va toujours. » Ils trinquent en riant.

Monica sort de l'hôtel. Son amie s'excuse pour son retard. S'inquiète de savoir si elle a parlé d'elle à David. Lui dit qu'elle arrive, qu'elle la voit, une berline noire, oui, celle qui arrive. Raccroche. Monica range son smartphone dans son sac à main. Le voiturier lui ouvre la porte de la berline noire aux vitres opaques. Elle monte. La voiture démarre. Personne à l'arrière. Son amie n'est pas là ! Pourtant... elle... elle vient de lui parler ! Elle tâte la poignée de la main droite. Fermée. L'homme assis à l'avant à côté du chauffeur se retourne. Elle le reconnaît. Un homme de main des

Marazzi ! Il la frappe avec une matraque.

Julia s'allonge sur le dos et donne des coups de pied dans le cadre de la porte. Tant qu'elle peut. Elle s'arrête, en nage. Ses pieds saignent. Elle se retourne. La charnière s'est encore tordue et la vis bouge. Elle y accroche à nouveau un bout de bandana. Elle tire. Ça bouge, ça vient, elle voudrait crier. Sa bouche est trop sèche. Collée. Elle fait remonter la salive. *Tire !* La voix de son père. *Sois forte !* Ses mains saignent. Elle tourne. La vis vient. *Encore !* Elle a mal partout, elle cherche son souffle. La vis se teinte de sang. Il en reste une autre. Elle y arrivera jamais. Le taré va revenir et ça sera dead, mort de chez mort ! *Continue, ma fille !* Elle tire sur la charnière en s'appuyant des pieds contre la paroi. Ça craque. Elle se remet à quatre pattes et gratte le cadre en bois avec la vis. Il y a des griffures, des morsures. D'autres avant elle ont voulu s'échapper. Un dernier effort. La deuxième vis vient, la charnière se dégage du bois. Elle tire sur le grillage, libère un coin de la porte et y agrippe ses doigts rougis. Elle tire, de toutes ses forces elle tire. La porte se tord. L'espace est juste assez grand pour y passer les mains. Julia s'affale. Le courage, elle en a plus. La voix de son père. *Cherche.* Elle cherche. Au fond, y a toutes les saletés qu'elle a repoussées. Emballages, bouteilles vides, paille pourrie, déjections momifiées. Dessous, elle trouve une laisse. Elle la glisse dans le coin de la porte, comme elle peut. Elle tire. La porte se tord encore. Mais la laisse lâche. Elle recommence. L'espace s'agrandit. Et sa mère qui la trouve trop maigre. « Tu me dirais, si tu étais anorexique ? » « Oui, maman, je suis anorexique et je me scarifie pour me sentir vivante...

Je plaisante. » « Avec toi, on sait jamais si tu es sérieuse ! » Elle plaisantait à moitié. Tellement elle s'acharne, la porte finit par plier. Elle tire pour que ça vienne. Elle a soif. Elle a chaud. Elle passe la tête et les épaules. S'appuie. Force le passage. Sa robe de plage souillée s'accroche, se déchire. Son corps lui fait mal partout. Elle sent rien. La porte plie encore. La deuxième charnière succombe à son tour à moitié. L'espace est plus grand. Julia se tord. La douleur. Elle sent rien. Contorsionniste. Son bassin franchit l'obstacle. Elle tend les bras vers le sol. Avec ses jambes, elle pousse, elle force. Petit à petit, tout son corps passe. Elle se fracasse sur la terre sèche. En plein soleil. *Tu l'as fait, tu l'as fait ! You did it !* Elle se relève. Elle tremble. Regarde autour. Elle trace jusqu'au robinet, boit de l'eau, recrache, boit, se met la tête dessous. Elle court, remonte le chemin. Tombe, se relève. Court jusqu'à la porte coulissante. Elle pourra jamais l'ouvrir. Rien ne vient. Elle doit trouver une autre sortie. Quelque part. Elle longe le mur surmonté de barbelés comme la porte. Des grognements. Son pit, il le laisse en liberté dans le chenil. Il l'a pas emmené avec lui. Julia saute et s'agrippe à la branche d'un gros figuier. Ses jambes suivent. Son frère se moque toujours d'elle, de ses concours de gymnastique, de sa passion pour le cirque. Là, ça lui sert. Le pit saute sur le tronc, le griffe. Elle voit cette branche qui a poussé au-dessus du mur, entortillée aux barbelés. Lentement, elle s'approche. Délicatement. La branche tangue. Elle a pas le choix. Elle continue. Tangue encore. Les barbelés brillent au milieu du feuillage. Bientôt, elle doit sauter. Elle se prépare. La branche ploie. Elle saute...

5
UNE LENTE AGONIE

Djemila se réveille tard ce lundi. 10 heures moins dix. Bon, le lundi, une coiffeuse ça bosse pas, mais quand même. Feignasse ! Elle baille. Ça faisait longtemps qu'elle n'avait pas dormi comme ça. Le salon, c'est fini. Elle peut tourner la page. Souffler après ces années de lente agonie. Venus, l'héroïne de « Passions dangereuses », elle dit ça à son ancien amant, qu'elle vit une lente agonie. Djemila a tout lu, les cinq livres. Dans le genre roman sentimental, c'est le must. Elle se lève. Batterie faible indique son smartphone. Elle ouvre le volet de la chambre à moitié. *Il est où ce chargeur ?* Elle a fait des recherches sur Google avant de s'endormir, ça tournait dans sa tête. Les acteurs clés du marché. Les attentes des consommatrices. Et plein d'autres formules. Elle a tout noté. Elle s'attache les cheveux et rentre dans la cabine de douche. Lance le jet. Elle qui rêvait de diriger un salon La Rouge. Représenter les produits capillaires La Rouge en France, c'est autre chose ! Elle imagine déjà la tête de son père. Depuis le temps qu'elle végétait dans son salon. *Dany t'offre une seconde chance. Prépare-toi pour ton nouveau job, ton nouveau rôle ! Une femme d'affaires. Une lionne du business.* Elle sort de la douche, se sèche rapidement. Vu la chaleur ambiante, on évapore vite ! La clim' en continu, elle déteste. La nuit, elle coupe. Elle enfile une petite culotte noire. Se glisse dans le peignoir en soie fuchsia. Relâche ses cheveux. Devant le miroir, elle esquisse un pas de danse, s'arrête, le regard conquérant : « Bonjour, Djemi. Les produits La Rouge. » Elle rit. Dehors, des enfants chantent. Elle met un vieux CD de Mariah Carey. « Butterfly ». Sa jeunesse. Sortie de l'école de coiffure, elle avait bossé pour d'autres, mais elle voulait être sa patronne. Juste avoir son salon à elle. Pas dépendre de son père. Alors elle avait demandé à Matteu Casanova de lui prêter. Quelle conne ! C'est bien après qu'on réalise ses erreurs de jeunesse. Il faut le temps de vieillir. Elle file dans sa chambre et note ça sur une page vierge de son journal intime. Les deux phrases. Sa mémoire a des blancs, des lignes blanches.

Julia somnole, recroquevillée dans la cage. Émerge par moments. Essaie de se souvenir. Ça revient. Des flashs. Elle se reçoit mal en sautant de l'arbre. Sa tête cogne contre une pierre. Assommée sur le coup. Le taré qui ricane. Son pit aussi. Un cauchemar. Son odeur. Une infection. Il la balance sur le matelas maculé. Elle sombre. Se réveille. Son épaule lui fait mal, et son crâne a pris cher. Pas de forces. Pas de forces. Elle retient ses larmes. Le soleil joue avec le grillage. Il chauffe les planches du toit. Se glisse dans les fentes.

Vers midi trente, elle s'esquive, enfin prête. Coiffée, un maquillage discret, une robe d'été légère, de l'or dans ses cheveux. Sa mère l'a encore appelée. Elle menace de passer la voir. Leïla est déprimée. Djemila a sauté sur l'occasion : « Passe me prendre, on va faire du shopping. » Le capitaine Spinosa lui a laissé un message. Si jamais elle se souvient d'un détail. Quel détail ! Elle lui a sorti des trucs qu'elle savait pas avec son hypnose, alors...

Sa Hyundaï lui ressemble. Elle vieillit mal. Djemila

doit aider sa vieille copine. Elle peut pas la laisser comme ça. Au salon où elle bosse, Leïla s'arrange, bien coiffée, bien maquillée, une jolie robe, la même depuis... depuis... elle sait plus depuis quand. Mais autrement, c'est la cata !

– Toi aussi tu dois tourner la page.

– Quelle page ? Vendre son salon et divorcer, c'est pas la même !

– Tu gardes les enfants, l'appart et tu lui serres les couilles pour la pension alimentaire.

– Djemila, comment tu parles...

– Dis, tu vas pas te laisser faire !

– Non.

– Pour le divorce, tu as pensé à l'avocat ?

– J'en connais pas.

– Je m'en occupe.

– Merci.

– Merci de quoi ! Merci de rien.

Leïla prend la bretelle. Un nouveau centre commercial. Encore plus grand. Encore plus tentant. Avec des dizaines de boutiques pour tous les prix. Des cafés. Des restaurants. Le bonheur climatisé. Elle appelle Kader. Il demande que ça. Soutenir sa belle-sœur. Il sait déjà qui. Une avocate spécialisée dans le divorce. Efficace. Très efficace. Elle va faire cracher Yacine.

Kader repose son smartphone. Finit sa pizza. Boit un peu d'eau et relance David.

– C'est bizarre, non ?

– Quoi ?

– Normalement, je ne devais pas être présent à ce

rendez-vous pour le casino

– Pourquoi ? Tu travailles pour eux, alors...

David s'inquiète. Aucune nouvelle de Monica, ni un appel, ni un texto. Rien. Hier, comme son amie l'emmenait à l'aéroport, il est resté à la Dolce Vita avec Kader. Il aurait dû s'assurer qu'elle prenne bien l'avion. Il ignore comment joindre son mari. Et son téléphone coupe dès qu'il tente de l'appeler.

– Je te laisse, je veux relire certaines pièces du dossier au calme et au frais. À plus.

Kader vit quelques rues plus loin, au cœur de la vieille ville. Au troisième étage d'un ancien hôtel particulier. Son bureau jouxte son appartement. David y va rarement. Leur refuge, c'est chez lui à la Bastide, plus discret, plus tranquille. Son téléphone sonne sur la table. Appel inconnu. Il décroche. Une voix inconnue comme l'appel. Un flic. Le capitaine Mercier. Un nom pas courant dans la région. C'est Jeanne, son assistante, qui lui a donné son numéro. Une urgence. Le mari de Monica a contacté la police. Il l'a attendue en vain à Heathrow. Aucune nouvelle. Il leur a dit qu'elle devait voir David Giacobbi. Et prendre un vol pour Londres en fin d'après-midi. Il confirme. Mercier lui demande de passer au commissariat central.

Il longe le front de mer au volant de son Coupé Classe S gris argent. Tourmenté. Envahi par un mauvais pressentiment. Il voit les gens d'ici, les touristes, insouciants. La mort rôde, il voudrait leur crier, la mort rôde et vous riez ! David se souvient de Renard Pâle. Son frère François. Les disparus. Ange. Salomé. Il se gare dans une petite rue à deux cent mètres du commissariat. Devant un café. Entre la terrasse et les poubelles du resto d'à côté. Un de ces cafés où son père les emmenait, lui et ses frères. L'arrière-salle était blindée de machines à sous. Il dit au fils du patron de garder un œil sur sa Mercedes. Le soleil plombe la ville.

Le temps d'arriver, sa chemise blanche le colle. David tombe la veste. Se prépare aux questions. Impossible de lui parler des Italiens, de ce que Monica lui a raconté sur eux. Pour l'instant. Les contrats ne sont pas encore signés. Mercier lui fait répéter plusieurs fois la même chose pour l'embrouiller. Pourquoi ce rendez-vous à son hôtel ? Qui est cette femme, cette amie de Monica ?

– Nous ne nous étions pas vus depuis deux ans au moins...

– Il n'y avait pas de raison spéciale ?

– Non, c'était juste amical. Je vous l'ai déjà dit, nous sommes de vieux amis.

– Et cette amie qui devait passer à son hôtel après vous ?

– Monica n'a pas précisé son nom.

– Vous me la faites pas à l'envers, là ?

– Et pourquoi je ferais ça ? C'est mon amie. Vous avez une piste ?

– C'est moi qui pose les questions, monsieur Giacobbi.

– Les caméras, vous avez accès aux caméras. Monica ne s'est pas envolée !

– Calmez-vous.

– Capitaine, je m'inquiète. Vous avez une piste ?

– Une berline noire est passée prendre votre amie, un

quart d'heure après votre départ. Vitres fumées. Impossible d'identifier un visage.

– Et les plaques...

– Fausses. Six minutes plus tard, le véhicule suspect s'est engouffré dans un parking souterrain. Il est ressorti au bout de dix minutes. Après, on l'a perdu. Un problème technique.

Problème technique mes couilles. Quelqu'un a hacké le réseau des caméras.

– Comme je l'ai dit à son mari, nous faisons tout pour la retrouver.

Mercier sent qu'il manque de conviction. Mais bon, entre la délinquance ordinaire et les vacances de certains collègues, plus la gamine qui a disparu, ça tombe mal ! Et si c'était juste une histoire de couple à la con. Il tente le coup.

– Avec son mari, tout allait bien ?

– Oui. Enfin, je pense.

David sent son téléphone vibrer dans la poche de la veste.

– Je peux y aller ?

– Je vous appelle dès que j'ai du nouveau.

Son père bout comme un gamin à l'idée de réaliser son rêve, son casino. David lui répond qu'il monte à Villedieu. À peine arrivé au domaine, il reçoit un texto de Monica : « Ne t'inquiète pas pour moi. » Il répond : « Tu plaisantes ? Tout le monde s'inquiète ! » « Ne t'inquiète pas pour moi. » On dirait une mauvaise blague. « Ne t'inquiète pas pour moi. » Une troisième fois. Il tente de la rappeler, mais ça coupe aussitôt. Téléphone désactivé. Joseph l'attend dans son bureau. Il lui ouvre une bière fraîche. David s'assied, lui explique la situation, l'affranchit sur les Italiens.

– Tu penses qu'ils l'ont enlevée pour faire pression sur toi ?

– Sur moi, sur toi, sur son mari, j'en sais rien.

– Et alors, on fait quoi ?

– Tu connais du monde, tu as des oreilles et des yeux partout.

– Oh, on dit ça.

– La modestie, ça te va mal.

– Je vais lâcher mes chiens.

David se fige. Ces mots lui rappellent la trahison de ses frères. Et son sentiment de culpabilité. Envers Ange et Salomé.

– Fils, c'est une image, je pensais pas à...

– Je sais. J'y vais.

Il retrouve Jeanne au bureau. Juste après le rendez-vous avec les Italiens, il lui a déposé le dossier complet. Pour qu'elle revoie les derniers détails pendant qu'il déjeunait avec Kader. La pauvre, elle a juste avalé un sandwich, noyée dans les détails.

– D'un simple point de vue juridique, je n'ai rien à dire. Mais... ce casino, c'est une grosse opération.

– Et des emplois pour les gens d'ici.

– Votre père peut faire confiance à ces Italiens ? Ils arrivent de nulle part avec tout cet argent.

– Le cabinet San Marco est très puissant en Italie.

– Et ce fonds d'investissement ou la société Vincitore, vous savez qui ils sont... vraiment ?

– Vous sortez du domaine juridique.

– Je pense à vous, à votre père.

– Merci, c'est gentil. Si on me demande, je ne suis pas là.

Il s'enferme dans son bureau pour réfléchir. Ouvre la penderie insérée dans le mur, entre les deux bibliothèques remplies d'ouvrages de droit. Échange sa chemise auréolée contre un polo Lacoste saumon. Enfile un pantalon en toile blanc. Vire ses chaussettes. Éteint son téléphone. S'allonge sur le canapé. S'assoupit. Il rêve à des animaux morts tout secs comme des momies pétrifiées. De l'eau coule du plafond. Il ne sent rien. Il voit une petite boule sur le plancher qui roule. Qui roule.

– Maître Giacobbi.

Une petite boule qui parle. Impossible. La voix de Jeanne.

– David.

– Oui.

– Le capitaine Mercier. Il a rappelé. Il dit que c'est urgent. Vous devez le retrouver au marché aux poissons, au port de pêche.

Drôle d'endroit pour un rendez-vous. Des vieux bâtiments attendent la démolition. Il se gare près de la Criée. Dehors, le ciel bleu dur, le soleil qui frappe. Des voitures de flics. La gendarmerie maritime. Une ambulance. Et un monospace blanc. L'odeur. Forte. Son père achetait le poisson ici le matin, tout frais du bateau. Ça braille. Un vacarme. Des nuées de gabians et de mouettes se disputent les déchets d'un conteneur.

– Monsieur Giacobbi.

Le capitaine Mercier l'attend dans un nuage de fumée. Il écrase son mégot par terre.

– Merci d'être venu aussi vite. Suivez-moi.

David tente de ne pas salir ses mocassins. Ils traversent la grande halle du marché. Vide à cette heure. Pénètrent dans un local annexe, près des frigos. Ça pue le poisson, la javel, autre chose. Deux femmes et un homme en combinaisons blanches rangent leur matériel. Il a la nausée.

– Venez.

Mercier écarte les flics et les gendarmes, lui dévoilant la scène. Elle repose dans un grand bac rempli de glace juché sur des caisses à poisson. Une couverture de survie masque son corps nu. Ses yeux clos. Son visage violacé. Les traces autour de son cou.

– Monica.

– Ne la touchez pas

Il murmure. Non non. Pas elle. S'accroche aux bords du bac. Il s'agrippe. Pas ça. Pas elle. Un voile qui l'aveugle. Ses jambes le lâchent. Il aurait pu... Ses tripes se tordent. Vite, Mercier lui tend un seau. Son déjeuner, il gerbe tout. Ténèbres. Il s'essuie la bouche de la main. Se redresse. Se reprend. Tout surmonter en apparence. Comme toujours. Ses failles. Ses doutes. Le capitaine lui file du sopalin. Il crache dedans.

– Pourquoi m'avez vous fait venir ici ? Vous outrepassez vos attributions.

– L'avocat reprend le dessus sur l'homme.

– La procédure, vous vous en tapez !

– Je fais comme vous, je m'arrange avec. C'est la règle par ici, non ?

David ne relève pas. Ce flic, il cherche quoi ? Le faire venir là juste pour voir le cadavre de Monica, c'est presque pervers, pas seulement illégal... Ils sortent du local. Traversent à nouveau la halle. Il se débarrasse du sopalin souillé.

– Puisque je suis là, je peux en savoir plus ?

– En passant devant une remise qui ne sert plus, un type de la sécurité a remarqué le cadenas cassé. Il a ouvert la porte. Elle était cachée par des palettes. C'est son chien qui l'a trouvée. Après, avec un collègue, ils ont mis son corps sur de la glace pour le conserver en nous attendant. Ils pensaient bien faire. Et puis, ce n'était pas une scène de crime. On l'a tuée ailleurs. Hier soir, un peu avant minuit.

– Elle est morte comment ? Elle a souffert ?

– Oui.

– Putain, lâchez le morceau.

– Étranglée à petit feu. De longues minutes. Une lente agonie. Une cordelette reliait son cou et ses chevilles. Tout relâchement des muscles et c'est la strangulation. Une vieille technique sicilienne.

Dehors, le soleil toujours aussi ardent. David tremble. Il dissimule ses larmes sous les lunettes de soleil.

– Je sais pas pourquoi je vous dis tout ça.

– Son mari est au courant ?

– Oui, je l'ai appelé. Mais il parle aussi bien français que moi anglais.

Monica est morte et ce putain de flic a envie de faire de

l'humour. Quel crétin ! Ou alors les cadavres, à force, il en a plus rien à carrer.

– Je vous laisse.

– Nous allons nous revoir, Monsieur Giacobbi.

Pas si crétin avec ses sous-entendus. David claque la portière de sa Mercedes. Le visage livide de Monica flotte comme un reproche. Elle est morte à cause de lui. Ces putains d'Italiens. Jamais il signera leurs contrats ! Ni pour Dany ni pour le casino. Jamais ! Il appelle son père. Messagerie. Il retourne au bureau dans un brouillard total. À Jeanne, il dit juste : « Elle est morte, on l'a tuée. » Il ouvre le frigo, prend deux canettes de Coca et s'enferme dans son bureau. Sort une bouteille de rhum de la penderie et se sert un verre. Aussitôt bu. Un autre. Encore. Kader aussi est sur messagerie. Assis sur le canapé, sans pouvoir pleurer. Monica avait grandi à Rome. Un père italien, une mère française. Divorcés. Pourquoi il l'a laissée ? Il ne l'a pas protégée. Il protège mal ses amis. Un texto de Kader : « Problème ? » « Gros problème. Pire. Passe chez moi ce soir. » « OK. »

Kader repose le gros dossier du casino. Il pense à l'argent qu'il va gagner. Il a choisi ce job pour ça. Pour gagner de l'argent avec le droit, avec la Loi. Pour éviter les magouilles de son père. Ibrahim. Le Roi des Poubelles. Et l'emprise de sa mère, la reine mère impitoyable au nom biblique. Lady Dalila. La Reine du Recyclage. Tu parles d'une famille royale ! Il baille et s'étire. C'est quoi ce pire problème ? Il se lève. Marche pieds nus sur les tomettes fraîches. Range le dossier au coffre. Volets mi-clos, le soleil dessine des lignes. Des photons qui dansent. Ses chaussures à la main, il ferme son bureau. Personne sur le palier. Il marche doucement jusqu'à la porte de son appartement. Sa voisine, avocate elle aussi, il fait tout pour l'éviter. Il a couché une fois avec elle. Depuis elle le lâche plus. Amoureuse. Jolie et tout, intelligente, cultivée. Trop parfaite, trop collante !

Djemila remarque le type qui monte dans un Kangoo pourri, sa silhouette, sa parka. C'est pas vrai, on dirait... Elle dit à Leïla de s'arrêter, mais ça klaxonne derrière. Une fois dans la file pour sortir, on est forcé de suivre les flèches. Le parking du centre commercial est blindé. Le temps de revenir, le Kangoo a disparu. Elle appelle le capitaine Spinosa. Messagerie. Elle recommence. Une fois. Deux fois. Toujours la même. Elle s'énerve. Un moment pareil où elle est quasi sûre que c'était lui le taré du bus, et monsieur répond pas ! Furieuse. Leïla lui dit de se calmer. Elle répond qu'elle pense à cette gamine. La pauvre, entre les mains de ce monstre ! Elle finit par laisser un message.

Calé dans le canapé, Kader somnole. Il se revoit enfant. Il était vif éclair, rapide. Et le préféré de leur mère folle. Son Prince. Son Royaume. La sonnerie du smartphone le tire de sa torpeur. Un appel de sa sœur. « Djemila, calme-toi, tu parles trop vite... Si tu penses que c'est le type qui a enlevé la petite, même si tu as des doutes, tu dois voir ça avec ton flic, là, celui que tu kiffes... Spinosa, c'est ça. » Elle s'excite à nouveau. « Ça fait longtemps que tu cherches à le joindre ? » ... « Il est peut-être occupé. Tiens-moi au courant. » Kader connaît le capitaine joli cœur. Sa sœur l'ignore. Spinosa bosse pour son ami Castel. Le commandant Castel. Le nouveau directeur de la police n'apprécie pas ses méthodes. Il voulait lui retirer l'enquête sur les filles disparues. Il lui a collé Spinosa dans l'équipe pour l'espionner. Mais Joli cœur n'a pas l'âme d'une balance, il a affranchi Castel. Et le directeur ne peut lui plus retirer l'enquête vu qu'une nouvelle fille a été enlevée. Un texto de David : « Pas en état de conduire, passe me prendre au bureau. »

Il gare sa Porsche en bas de l'immeuble, en double file. Attend quelques minutes. Assez pour se faire klaxonner par un excité. Le type rougeaud sort la tête de sa Clio hors d'âge. Gueule. Une Cayenne Hybrid, ça énerve les jaloux qui roulent dans des poubelles. David monte. Il pue l'alcool. Kader démarre.

– Monica, elle est morte.

Il lui balance ça, sans préliminaires. Pendant leurs études, Kader était sorti avec elle. Une brève liaison.

– Tu as bu, tu...

– Elle est morte j'te dis. On l'a tuée. Les Italiens. Ces fils de pute !

– Tu es sûr ?

– Qui ? Qui d'autre ? Elle a remué la merde, et voilà...

– Quelle merde, de quoi tu parles ?

– Quand je l'ai vue, elle m'a révélé des choses sur eux, San Marco. Ces salauds l'avaient menacée à Rome.

– Et tu me dis ça maintenant !

– Désolé. Je vais t'expliquer.

– On va chez toi ?

– Non, après. D'abord je dois voir mon père à Villedieu.

Kader serre ses mains sur le volant. Il se souvient, cet

été à Rome avec Monica. Ils étaient heureux. Tous les trois. Le feu passe au vert. David commence à lui raconter ce qu'elle savait. Sa peur.

– C'est pas logique.

– Tuer, c'est jamais logique.

– Tu en sais quoi ?

– Mon père, mes frères, tous des meurtriers, des assassins !

– Et si elle avait dealé avec les Italiens...

– Cette pseudo amie, ça serait eux ?

– Oui. Si elle avait fait un deal avec eux et que ça avait foiré.

– C'est trop tordu ton idée !

– Alors pourquoi elle t'a parlé de cette amie sans même citer son nom ?

– J'en sais rien, merde ! Je sais plus rien. Sauf que c'est eux qui l'ont tuée.

Kader quitte la route de la corniche et monte vers les collines. Pour échapper aux embouteillages du bord de mer. Il pense à Monica. Son rire. Sa manière de le toiser. Intelligente, drôle, parfois cinglante. Il n'avait plus aucune nouvelle depuis son mariage avec l'anglais. Une gêne entre eux. David la revoyait. Rarement. Le soleil couchant caresse le capot de sa Porsche noire.

Joseph Giacobbi est pressé. Un dîner entre associés. Le casino et l'hôtel, c'est avec les Italiens. Mais le reste, les villas, la boîte de nuit, les restaurants, c'est pour lui et ses amis. Et pour l'hôtel, ils auront les marchés des fournisseurs. *Putain, il fait quoi, David ?* Le voilà, enfin. Il lui fait la bise. Il a bu. Son amie Monica a été tuée. Il accuse les Italiens. Il lui parle de ce flic, Mercier, ce fouineur se doute qu'il lui a pas tout dit. Oui, il va retrouver ceux qui ont fait ça. Mais il faut signer le contrat du casino. Malgré tout. Malgré la mort de son amie.

– Le business, fils, c'est pas des sentiments, c'est du sauvage. Les innocents perdent toujours.

– Tu t'entends ? Tu parles comme dans un film à la con !

– On m'attend.

Il monte dans le Land Rover Discovery, baisse la vitre.

– Pour ton amie, tu peux compter sur moi.

David reste planté, immobile, à regarder le SUV s'éloigner sous les pins. L'odeur du jasmin monte avec le soir. Mais l'odeur de la mort ne le quitte pas. Il sursaute. Sarah. Elle les invite à dîner.

– Kader m'a dit pour votre amie.

– Ils l'ont tuée.

– Vous restez ?

– Oui, répond Kader. Il a besoin de manger après ce qu'il a bu.

– Et Simon, il est rentré ?

– Non.

– Même le lundi, il fait pas relâche ?

– Si le lundi, il se lâche, mais ailleurs et avec une autre.

– Mes frères sont des porcs.

– Parfois tu es si naïf, David, c'est trop mignon.

Mary dresse la table sur la terrasse, attentive. Quand elle voit David, le verre manque lui échapper. *My God, là il est en front de moi !* À nouveau, elle perd ses mots de français. Penser dans une langue étrangère, ça vous aide à la parler. Mais leur français d'ici, ça l'embrouille. Pauvre idiote. Stupide fille. Elle se ressaisit. Pose le verre.

– Mary, ça va ? lui demande Sarah.

– Oui, elle murmure.

– Vous rajouterez deux couverts pour nos invités.

– S'il vous plaît, Mary, ajoute David.

Le même temps il a l'air triste, le même temps il sourit en la regardant. Il s'éloigne avec Madame Sarah dans le jardin. Cet homme, l'ami de Monsieur David, il s'assied, pose deux téléphones et un carnet sur la table. Lui aussi est très beau. Il se sert un verre d'eau. Elle ne comprend pas la situation. Chez elle, dans la banlieue de Londres, on la croit jolie stupide. On se moque d'elle. Elle rougit vite. Ici c'est pire, elle est chez des aliens !

Djemila est nerveuse. Et toujours un peu furieuse. Pas la moindre nouvelle du capitaine Spinosa, même pas un texto. Elle allume une cigarette, se sert une autre vodka pomme. Et là, miracle, son 06 s'affiche enfin. Il s'excuse. Désolé, il est désolé. Sur le terrain toute la journée, il ne pouvait pas lui répondre. Bien sûr, il a eu son message. Ils ont aussitôt établi des barrages filtrants autour du centre commercial, mais ça n'a rien donné. Il lui demande de tout lui raconter dans les détails. Elle se lance. Avec son amie Leïla, elles avaient passé au moins trois heures au nouveau centre commercial. Entre le shopping, un déjeuner léger, les potins, la manucure, les trucs de filles, vous savez... Non, il sait pas. Après, juste quand elles partaient, qui elle voit ? Le type en parka, celui du bus, sur le parking, qui montait dans un Kangoo bien pourri. Joli cœur insiste. Si elle est sûre que c'était bien lui. Un type comme ça, on l'oublie pas ! La plaque d'immatriculation, elle n'a pas eu le temps. Juste deux lettres, WP. Elle croit. Et encore... la voiture était sale. De la terre. Du sable. Elle était sous le choc, le revoir, ce monstre ! Le temps de faire le tour du parking, plus de Kangoo. Et puis c'est pas un travail pour coiffeuses ! Spinosa sourit au téléphone. Elle le sent à sa voix. L'habitude...

Planté devant sa cage, il braque une torche sur elle. La porte est ouverte. Il pose un thermos, une bouteille d'eau par terre et lui lance une couverture, plus propre que l'autre. Julia a froid. Elle lui dit merci. *Quelle débile tu es ! Remercier ce taré.* Il sourit. Referme la porte. Il a rajouté un gros cadenas. Elle se traîne pour récupérer le thermos et la flotte. C'est quoi sa surprise ? Enveloppée dans la couverture, elle goûte. De la soupe. Presque chaude. Elle capte pas. Elle a voulu s'échapper et il prend soin d'elle. Ça veut dire qu'il veut pas la tuer. Mais il veut quoi ?

6
PAS DE TRACES

Marlène se repose dans la chambre aux volets clos. Elle regarde « La vengeance de l'amour ». À la fin de l'épisode, l'amant infidèle, il enterre quelque chose dans un trou, un grand trou, plus que pour César. On lui voit que le dos. La dernière image, le visage à Carla. Horrifiée elle est, titanisée ! Elle éteint la télé. Choquée. Ça lui fait penser. Elle aime pas trop penser si c'est compliqué, ça lui chauffe au cerveau, les neurones. Quand même, elle est choquée. Son Pascal, il est parti en ville avec sa mère. La Donna a une voiture, une Alfa toute jolie. Mais elle aime pas conduire. Juste quand elle veut être seule pour aller quelque part on sait pas où. Il l'a emmenée au notaire pour la parcelle des vallons. Et ensuite madame Casanova, elle avait un déjeuner. Tout ça des secrets. Pas pour la grosse idiote que tout le monde croit. Marlène aussi elle a des secrets. Elle les a entendus. Il râlait. Il voulait pas qu'elle leur vende aux Giacobbi, c'te parcelle ! Alors elle lui a dit son prénom à Pascal avec la manière dure et méchante. Il a fermé sa bouche comme un enfant. Sophie surveille les enfants. Qu'ils sautent pas dans la piscine tout juste après le manger. Elle leur invente des jeux, elle leur apprend des trucs. La cousine, elle est gentille, c'est une perle. Ce matin, Marlène a eu les nausées. Elle veut pas se retrouver enceinte encore. Les trois qu'elle a déjà, ça lui suffit ! Pourtant, elle la prend la pilule. La vérité, pas toujours. Des fois elle oublie. Des fois elle en a marre. Ou ça lui met l'angoisse. Que ça donne des boutons, le cancer du sein, que c'est les Chinois les Indiens qui les font dans leurs usines ! Elle l'a vu sur les trucs d'Internet. Les gens qui parlent bien, ils disent que c'est des conneries tout ça pour les débiles comme elle. Salauds, salauds ! Comme les assassins à César. Comme Gaïa. Ils l'ont pas le cœur ! Marlène finit sa citronnade. Elle se lève pour entrouvrir les volets et retourne sur le lit, calée contre les oreillers. Un air d'été tout chaud tout sec se glisse dans la chambre. À entendre les cris des enfants et leurs plongeons dans la piscine, elle se sent mieux. Tous les jours, elle va sur la tombe à César. Le soir. Elle arrose les fleurs pour pas qu'elles crèvent. Son bichon mérite pas ça. Déjà qu'il est mort ! Cette nuit, elle pouvait pas dormir. Elle se tournait, se retournait, se tournait. Pascal parlait dans son sommeil. Il rêvait, il répétait : « Pas ça, pas ça », et puis : « Non. Non ! » Il lui cache un truc. Il prépare un sale coup.

Hier soir, il lui a lâché comme ça : « Bientôt, tu verras, je serai le roi ! » « Eh, de quoi tu parles ? Tu l'es déjà, mon roi ! » « Je peux rien te dire, mon cœur. Les affaires. » Quelles affaires ! Les affaires, c'est Gaïa Casanova. Même du temps où c'était Matteu le boss, il faisait rien sans elle. Avant son accident. Un accident si on peut dire vu que c'est le tout beau, le tout parfait, l'Ange, qui l'a poussé sur la terrasse ! La Donna dirige. Pascal, c'est le bras armé. Il dit ça, le bras armé, elle aime pas. « Rassure-toi, ma belle, c'est une image. » Il a dit un autre mot qu'elle connaît pas, une métasfore, un truc du style. Son chéri, c'est pas un tueur. En dehors avec sa mère, il a son caractère. Il a joué au rugby, pas au foot comme le petit frère. À envoyer des pains, à balancer des quiches avec ses grosses mains. Mais pas à tuer des gens. Ou alors il pourrait, mais des personnes très méchantes, pour les protéger, sa famille. Pascal, il est vivant, il est fort. Et alors ? Elle s'entend des pensées tristes, ça lui donne des douleurs partout. Matteu aussi avant il était fort, pas un infirme avec la voix de robot. Léa s'occupe de lui. Et presque il revit. Un miracle ! Sauf qu'il marche pas et qu'il parle pas le miraculeux ! Elle a vu ses yeux dimanche. Son regard, il te brûlait comme un soleil, mais avec du noir dedans. Un personnage dans sa telenovela, lui aussi il l'avait l'anésie, il se souvenait plus son nom ni rien. Allez, zou ! Elle se lève, remet sa robe, ramasse le verre vide. S'arrange les cheveux sans lâcher son smartphone. Descend les escaliers jusqu'à la cuisine. Elle a chaud. Sa robe lui va mal. Rien lui va ! *Fais pas ta pleureuse, pense à ton César qui repose pour l'éternité comme il a dit Dany.* Elle se sert une autre citronnade. S'assied à la petite terrasse qui donne sur la cuisine.

Elle appelle sa vieille copine Vanessa. Messagerie. La seule copine qu'elle avait au collège, du temps où elle était amoureuse de David Giacobbi. Pas amoureuse ! Raide dingue comme dans la chanson. Vanessa lui disait : « Il est trop beau pour toi, lâche l'affaire. » Et pourquoi elle le voyait jamais avec une fille ? Il traînait toujours avec Ange et Salomé. Les inséparables. Et après, en troisième, il quittait plus le nouveau, Kader Benaissa. Alors lui, un séducteur, et un rapide. À peine arrivé au collège, il était sorti direct avec la plus belle fille de la classe ! Hier, Vanessa est venue au domaine. Son jour de repos, le lundi. Elle a un restaurant avec son frère. Un petit restaurant sans chichis qui tourne bien en été. Elle s'est jamais mariée, elle a pas eu d'enfants. Elle a eu des hommes, des couillons, ou alors des tordus dans le style à JP Guerini. Et cette imbécile a remis ça avec monsieur le député ! Ce taré de JP ! Elle dit qu'il est gentil, il s'est calmé avec les années, cette fois il va l'épouser. Il lui a offert une bague avec un diamant. Un gros diamant. Des fois, Marlène se sent perdue, elle sait pas pourquoi. Elle bloque. Elle se sent toute triste. Alors elle pense très fort à son Pascalou, aux enfants. Et ça revient. Des fois, elle pense qu'elle est pas normale, une folle, ou juste une grosse idiote. Ou les deux. Elle a chaud. Elle remonte dans la chambre mettre le maillot. Un joli deux pièces que Pascal lui a offert pour la fête des mères. Rose et prune. Elle dissimule ses kilos de trop sous un paréo et file à la piscine. Sophie nage avec les enfants. Elle nage super bien. Pas comme elle. Ça la complesque. Elle en a plein des complesques.

– Maman, maman ! crient les deux petits.

– Je suis là, mes chéris. Maman se pose.

Dylan et Carla s'amusent dans l'eau. Elle bouscule Brian assis au bord, ses écouteurs sur les oreilles à écouter sa musique.

– Et le téléphone, tu veux qu'il tombe à la piscine, dis !

Il roumègue et va s'allonger sur sa serviette du Capitaine America. Trois poils au menton et ça se prend pour des caïds ! Ces films de super héros, elle aime pas, elle préfère les vieilles comédies musicales où tu rêves que tu danses, que tu voles, que tu es belle. Sophie bronze sur un transat. Bien foutue pour son âge, et moi qui ressemble à rien, se lamente Marlène. Elle se pose sur le transat à côté. Se met l'huile solaire sur les jambes et le haut, les bras, les épaules. Sophie lui tend un kleenex. Elle s'essuie les mains.

– Encore des nausées ?

– Oui.

– Tu as fait le test ?

– Lequel de test ?

– Marlène, le test pour la grossesse !

– Non.

– Je vais à Villedieu tout à l'heure. Je t'en ramène un.

– Merci, ma Sophie. Tu es brave.

– Et oui que je suis brave !

Elles rient de bon cœur.

– Pourquoi vous rigolez ? demandent les minots.

– Pour rien, répond Marlène. Pour rien.

Son smartphone sonne. Vanessa. Elle rit plus, elle l'écoute sans rien dire, sauf à la fin : « Tu es sûre ? » Sa copine confirme, elle doit la laisser, les clients, ça n'arrête pas. Marlène lève ses fesses et se remet le paréo en grognant. Elle pourrait en parler à Sophie. Non, elle peut pas. Elle se mord la lèvre. Réfléchis, réfléchis ! À part son reflet sur l'eau de la piscine, elle réfléchit rien. Ça tombe bien, Pascal est de retour. Elle enfile ses tongs et fonce sur lui.

– Elle est où ?

– Qui ?

– Ta mère.

– Là-haut.

– Viens. Et pas un mot.

Elle le tire par la manche du polo. Ils descendent au

jardin. Pourquoi elle l'emmène là-bas ? Juste là où il a enterré César, près les framboisiers. Il flippe. Il transpire. S'essuie le front avec la main. Elle se fige devant la tombe.

– Je sais que tu vois JP Guerini.

Pascal se sent mal. Le cœur lui tape à la poitrine. Elle sait quoi ?

– Et alors, je vois qui je veux !

– Tu magouilles pas avec lui, au moins ?

– Mais non...

– Jure-le sur la tombe à César !

C'était juste ça. Il respire.

– Je le jure.

– Lève la main et recommence.

Il s'exécute, soulagé.

– Je le jure.

Elle se jette dans ses bras, débordée par ses pleurs. Son refuge. Son héros. Il la console, l'embrasse tendrement.

– Je suis bête, je suis bête, elle répète.

– Mais non, ma chérie.

Il lui pose les mains sur le visage.

– C'est normal que je vois Guerini, il est député, et moi je représente les intérêts de la famille Casanova.

– Oui, tu as raison. Je me suis faite un film.

– Viens, j'ai une surprise pour toi.

– C'est quoi, c'est quoi ?

Elle saute comme une gamine. S'arrête.

– Tu me fais languir. Tu es méchant.

– Allez...

Pascal lui prend la main. Il est rassuré.

– Dépêche.

Ils traversent le jardin. Le jasmin court sur les treillis du mur, plein sud. C'est le grand-père qui l'a planté.

– Tu m'aimes ?

– Bien sûr que je t'aime, ma chérie.

Comment elle pourrait deviner son business avec JP ? Marlène, elle est ailleurs. Elle est spéciale. Il la laisse à la piscine avec les enfants et retourne au salon lui chercher la surprise. Un petit paquet cadeau. Quand elle l'ouvre, elle en revient pas. Une bague. Une bague avec un diamant.

– Elle te plaît ?

– Oui, elle est belle, trop belle pour moi.

– Marlène...

– Je plaisante. Merci, merci.

Elle l'embrasse plusieurs fois. Les petits sortent de la piscine.

– Tu sais que JP aussi il a offert une bague à Vanessa ?

– Et pourquoi je saurais ! Bon, j'y vais, j'ai un rendez-vous, le travail.

JP l'a appelé, il veut le voir, une urgence. Pascal s'esquive au garage avant que les minots tout mouillés lui sautent dessus. Il attendait sa mère. Elle est sortie du resto avec ce petit pédé de David Giacobbi. Même elle lui a tapé la bise. Elle l'a toujours bien aimé avec sa sœur, Salomé. Bien plus que lui, le raté de la famille ! Paul, il était beau gosse et malin. Il faisait rire les filles, il leur sortait des poésies... Et au final, Paul, il est mort.

Djemila est scotchée sur son ordi. À étudier le marché des produits capillaires. Elle connaissait déjà un peu. Mais là, elle doit assurer. Dany bosse en secret sur le projet depuis deux ans avec une amie graphiste et un conseil en communication. Il lui a donné une clé USB avec plusieurs dossiers. Image, positionnement, marketing. Et des visuels des gammes La Rouge Beauty et La Rouge Deluxe. Flacons, packaging, le top fashion ! Classe internationale. L'objectif ? Lancer les marques pour les fêtes de fin d'année. La fabrication doit commencer dès la semaine prochaine, après la signature du contrat. On trouvera les premiers échantillons dans les kits promo pour les futurs clients. Dany lui a déjà préparé le terrain. Grâce au succès des salons La Rouge et sa collaboration avec des stars, on l'invite souvent à la télé. Et il s'affiche sur les réseaux depuis des années. Des vidéos où il se met en scène. Ça plaît aux mômes et ça fait rire ses clientes. Dany est devenu une vraie célébrité. On lui a même proposé de participer à une émission de télé-réalité. En plus, il tient des secrets de sa grand-mère, pour préparer des teintures et embellir les cheveux. Et ses secrets, il va pas les vendre aux ritals, il est pas si couillon ! La fabrication, il va la faire ici, dans la région, avec une entreprise locale qui possède plusieurs usines. La patronne est une de ses clientes. Depuis le début. Privilégiée. Il va parfois la coiffer chez elle, quand elle a un dîner important.

Un putain d'abruti grille le feu, juste quand il démarre !

– Eh, couillon, tu fais quoi ?

Pascal voudrait oublier. Il peut pas. Le passé, ça te colle à la peau, ça te pourrit la vie. Il voudrait oublier sa trahison. C'est grâce à lui si les frères Giacobbi ont trouvé la planque à Paul, dans la garrigue. Une bergerie. Personne a jamais su.

Personne s'est jamais douté. Il a trahi son frère, son sang, sa famille, pour devenir le chef. Et il est resté le larbin de sa mère. Un esclave riche, mais un esclave. Il touche sa part sur les affaires de la famille. On le craint. Il impressionne. Mais jamais il décide pour rien. Toujours elle, la Donna. Alors quand Guerini lui a proposé ce business de diamants, il n'a pas hésité.

La Jaguar descend la rampe d'un parking souterrain. JP l'attend au troisième sous-sol. Il fume un cigarillo, adossé à sa Mercedes.

– Ton téléphone. Éteins-le et enlève la SIM.

– C'est quoi c'te parano ?

– Juste tu le fais et tu me suis.

Ils roulent vers le nord. Le port de pêche. La Mercedes S 500 bleu nuit pénètre dans un hangar et se faufile entre deux murs de containers. Pascal l'imite et se gare à son tour.

– Les Siciliens sont pressés, lui lance JP. Ils veulent savoir si ton acheteur est sûr.

– Oui. Et il n'a aucun lien direct avec moi ou la famille Casanova.

– Tu le connais comment ?

– Je t'ai déjà dit, c'est un ancien, un type sûr. Il est dans les diamants depuis trente ans. Au moins.

– Tu le connais d'où ?

– Mon grand-père a caché sa famille pendant la guerre.

– Il est juif ?

– Bien vu. On s'est rencontré par hasard. Au Pacific.

Le Pacific, c'est le nouveau restaurant des Casanova. Très bon, très cher. Avec une jeune chef révélée par la télé.

Elle n'a pas gagné le concours, mais sa cuisine plaît, et son histoire à la con de jolie môme qui a souffert, ça plaît aussi.

– Il a entendu une serveuse m'appeler par mon nom. Il savait pour la guerre, son père lui avait dit. On a sympathisé.

– Je préfère. Il cherchera pas à t'embrouiller au moins.

– Pourquoi ils sont pressés les Siciliens ?

– Une fois l'argent sur un compte off-shore, ils pourront l'affecter à des activités légales. Ils investissent beaucoup.

– Je suis nul pour tous ces trucs, mais ça je connais. Ça marche toujours ?

– Demande à ta mère. Tu mélanges l'argent sale et l'argent propre, enfin, plus propre. Un truc magique, les billets, ils valent tous pareil.

– Et les nouvelles lois ?

– T'inquiète. Les banquiers pas clairs, les fiscalistes trop gourmands, tous bien sapés, tous bien polis, ils te les arrangent à leur sauce.

JP s'agite sur place. Pascal le trouve nerveux. Il n'aime pas ça.

– Tu le revois quand ton acheteur ?

– Ce soir. Tard.

– Tu y vas seul ?

– Non. Je suis pas si con. J'y vais avec le Serbe et le Gitan.

– Une dernière chose, c'te pute que tu baises depuis des années...

– Quelle pute ?

– Me prends pas pour une courge. Tu dois plus la voir. Jamais.

– Pourquoi ? Elle...

– Elle parle, elle est pas fiable.

– Elle sait rien !

Pascal s'est vanté un soir. Il avait bu, sa mère l'avait encore humilié.

– On l'a vue avec Marco le Marseillais. Lui aussi c'est un vieux client et un fidèle.

JP tire sur son cigarillo sans le lâcher des yeux.

– Bon, je pars le premier. Et attends un peu pour remettre la SIM.

Assis au volant de sa Jaguar, Pascal se souvient plus trop, ce soir-là. Ce qu'il a dit. Les détails. Juste il s'est vanté. Putain, si jamais il lui a parlé de JP, c'est déjà remonté aux oreilles du vieux Giacobbi. Bordel de merde, tu t'es encore cagué dessus ! Il doit nettoyer ses conneries. Seul. Pas de traces. Il démarre. Ne pas remettre la SIM. Ne pas rallumer le smartphone. Il repère l'enseigne Web Planet. Une boutique Internet. Se gare plus loin. Se fait discret, casquette et lunettes de soleil, pour envoyer un mail à Claudia. Il attend sa réponse en tapotant le bord du clavier. Elle est dispo. Il passe aux Flèches, la cité des quartiers sud. Ici, les armes tombent du ciel plus souvent que la pluie. Il roule jusqu'à la plage des Pointes et prend la route qui monte vers les collines. Sa garçonnière. Une petite maison au milieu des pins. Claudia est déjà là. Sa Fiat garée au bout du chemin. Elle fume une cigarette fine. Il lui fait la bise et ouvre la porte. Elle s'étonne. Se retrouver ici, la journée, c'est pas habituel. Dans la cuisine américaine, il sort une bouteille de rosé du frigo, deux verres et les pose sur un plateau. Claudia lui parle de cette gamine qui a disparu. On l'a toujours pas retrouvée.

Sûrement elle est déjà morte. Elle sait. On voit toujours ça dans les films et les séries. Au bout d'un moment, c'est trop tard, tu peux plus rien faire.

– Dehors, on sera mieux.

Il met un CD, pas Céline Dion comme elle voudrait. Des airs d'opéra. Verdi, Puccini, Bellini... Pour couvrir leurs voix. Et aussi il aime ça. Ils vident la bouteille sur la terrasse. Le jardin est masqué par des canisses, les lauriers-roses, le figuier. Elle lui raconte des potins. Il s'en carre, il fait semblant. S'intéresser. Surtout faut pas qu'elle saigne ! Pas trop. Sous son polo, le 9mm lui colle au ventre. Elle a envie de pisser. Il la suit à l'intérieur, sort le flingue, récupère le silencieux glissé dans sa chaussette et le fixe au canon. Un silencieux bricolé. Il ripe. Finalement, il arrive jusqu'au bout. Pascal cache le 9mm dans un gant de cuisine XXL, le genre pour sortir les plats du four. L'ironie, c'est elle qui lui a offert, Claudia. Elle revient et sort sur la terrasse. Elle marche jusqu'au figuier et tente d'en attraper une, de figue. Il la voit de dos se dresser sur ses sandales compensées.

– Viens m'aider, couillon, elle lui dit sans se retourner.

Il se précipite, le gant à la main. Se colle contre elle, l'embrasse dans le cou. Son bras libre entoure sa gorge. Palpitante. Il la fait tomber sur la bâche pour les figues. Pour pas qu'elles pourrissent, lourdes et gorgées. Elle se débat. Il la frappe avec le gant plombé par le flingue. Elle se débat plus. Une poupée molle. Il la met sur le dos, enlève le cran de sûreté, lui tire dans le cœur et le ventre. Soulève la bâche. Vérifie si une balle l'a pas transpercée. Banco ! Un trou. Il fouille la terre avec le 9mm. Nettoie la balle avec sa robe et la lui enfonce dans la bouche. Lui fourre le gant avec le flingue entre les cuisses. L'enroule dans la bâche. Au garage, il chope un rouleau de gros scotch et des sacs poubelles 100 litres. Après ça, son corps, on dirait une momie. Il la traîne dans le garage attenant à la maison. Une porte donne sur le jardin. Inutile d'effacer les empreintes à Claudia, elles sont partout. Il se déshabille, polo, pantalon, chaussettes, caleçon. Balance ses sapes dans un sac poubelle 20 litres. Monte prendre une douche. Réfléchis. La maison appartient à une société basée au Panama. Officiellement. Il la tient de son père. Avant son accident. Un cadeau. Tu parles ! C'est là qu'il baisait ses putes, Matteu. Quand Paul est mort, il la voulait plus c'te maison. Grand seigneur, il la lui avait donnée. Les flics pourront pas remonter jusque là, si jamais... Les « si jamais », Pascal voit pas comment ils arriveraient ! Prévoyant, il a des fringues en double. Des polos Lacoste. Les mêmes couleurs. Les pantalons, en été il met toujours le même style. À pinces en toile claire. Le soir, il aime le lin. Il redescend, enfile des gants en latex, planque la Fiat au garage. Respire un coup. Il appelle le Serbe. Qu'il vienne avec le Gitan pour récupérer la caisse et la cramer quelque part. Le soleil décline. Il rapproche la Jaguar et balance le cadavre dans le coffre avec un jerrycan d'essence. Dessus, il met un parasol, une planche de body-board, une serviette de plage. Sur la terrasse, il récupère les affaires de Claudia. Vire la coque rose de son téléphone et la SIM. Jette le tout dans son sac à main Chanel. Plus bas, dans la maison voisine, c'est la fête. La musique braille. Des gens rient, parlent fort. Il sera en retard au domaine.

Il roule vingt kilomètres vers l'intérieur des terres, se gare. Une ancienne carrière. Il éteint les phares, enfile des gants. Enculé, on n'y voit rien ! Traîne le cadavre façon momie dans l'obscurité jusqu'à une ravine. Le jette dans un trou assez profond mais pas trop. Rajoute la poubelle avec ses sapes. Putain, il a oublié le sac à main ! Il retourne à la Jaguar. Mais le Chanel, quand il le balance dans le trou, déjà il atterrit à côté, ensuite il s'ouvre. Il remet le bordel éparpillé à l'intérieur. Le sac rejoint le reste dans le trou. Il arrose le tout d'essence. Beaucoup d'essence. Lâche une allumette. Se recule en vitesse à distance. Crépitements. Le souffle chaud du brasier. Il attend un peu, pour être sûr. Ça pue le plastique, la chair cramée. Il a soif, une putain de soif ! Une fois dans la Jaguar, il vide la bouteille d'eau. Démarre phares éteints. Personne vient jamais dans le coin. Et avec ce qui restera de Claudia. Règlement de compte ou crime de taré... Dans son mail, il a juste signé « ton gros loup ». Elle l'appelait comme ça. À Web Planet, personne se souviendra de lui. Tous vissés sur leurs écrans. Il se détend. Il a fait pire. Il a vendu son frère Paul aux Giacobbi, il a trahi Ange. Alors tuer une pute que tous ils s'en moquent ! Il a déjà tué des ordures. Une pute, une femme, c'est la première fois.

Son téléphone est blindé de textos de Marlène. À son arrivée au domaine, ils ont déjà mangé. Elle lui a gardé son plat au chaud. Un loup avec du riz et des petits légumes. Salade de tomates. Du potager. Pas des tomates de supermarché. Il se sert un verre, un rouge du Lubéron. Sophie est chez elle. Sa mère là-haut, dans ses appartements. Marlène et les enfants regardent un film au salon. Pascal expédie son repas et descend dans le jardin. Il court presque jusqu'à l'appentis. Enfile le bleu qui pend à un clou, les bottes du jardinier, récupère la pelle. File jusqu'au mur. Enlève les plants de fleurs et la terre. Sort la grande boîte en forme de cœur, puis le sac avec César et les diamants. En ouvrant, il recule d'un coup tellement ça pue, tellement ça refoule. Putain sa race ! Il glisse une main pour récupérer le coffret avec les diamants. Essuie sa main souillée sur le sac. Le remet dans la boîte en forme de cœur. Et la boîte dans le trou. Et la terre dessus. Puis les plants de fleurs. Tapote du dos de la pelle pour aplanir. Reviens à l'appentis. Quitte le bleu et les bottes. Nettoie le coffret avec un chiffon. Le glisse dans une poche plastique opaque comme ils font maintenant, des recyclées. Retourne à la maison. Boit un grand verre d'eau à la cuisine. Il attend un chouia. Le temps de se remettre. Pour que la tension baisse. La transpiration, qu'elle sèche. Marlène et les enfants le calculent même pas ! Captivés par un film avec des monstres. Pascal espère que les petits feront pas des cauchemars après. S'esquive. Appelle ses gars, le Gitan et le Serbe. Ils sont déjà sur place, en bas du palace. Rien de spécial à signaler. Il passe par le haut de la ville et pique vers le front de mer, vers son rendez-vous. Il passe devant l'Intercontinental, se gare plus loin. Une place pour handicapé. Il préfère arriver à pied. Ses gros bras le suivent à l'intérieur.

Son acheteur occupe une suite au dernier étage. La plus chère. Samuel Goldman est seul. Il dit au Serbe et au Gitan de se servir en désignant le bar. Puis il l'entraîne dans un petit salon et referme la porte. Sur une table basse, un ordinateur portable, du matos de diamantaire. Il examine les pierres. Pascal attend son prix. Goldman propose vingt millions, en euros. Les diamants valent bien quatre fois plus ! Facile. Des roses, très rares. Des émeraudes, des rubis, des saphirs !

– Trente millions.

– Vingt cinq. Je le fais pour vous, pour votre famille...

Pascal s'en tape. Il pense juste, trois pour moi, trois pour JP et le reste pour les Siciliens. JP lui a dit, tu descends pas sous les vingt. Il a fait mieux !

– Vous avez des contacts en Centre-Afrique et au Cameroun ?

Goldman est trop curieux. Ou trop bien renseigné. Ou les deux. Quelque chose chez lui ne va pas.

– Je m'occupe du versement. Il me faut les références des comptes à créditer et les montants pour chacun.

– Oui, voilà.

Il sort un petit papier de son portefeuille.

– Mes connections sont cryptées, donc ça prend un peu de temps, le prévient Goldman.

Ça devrait le rassurer. Pourtant, Pascal a un mauvais pressentiment. Gérer les restos, les boîtes, les bars à hôtesses, il connaît. Mais les diamants, il a jamais fait. Comme la drogue. Matteu était contre. Il le voulait pas cet argent-là. L'oncle était mort à cause de ça. Il voulait contrôler le trafic de cocaïne, sur la Côte et dans tout le Sud.

– Monsieur Casanova.

– J'appelle mon associé.

JP décroche. Il suit le transfert des fonds. À distance. Ça dure. Il lui confirme. Pascal raccroche, se lève. Goldman lui serre la main. Putain, c'est trop facile ! Il a gagné trois millions comme ça !

– Si vous avez d'autres pierres, contactez-moi.

Il se contrôle. Marmonne un oui. Il va pas sauter en l'air comme un cabri. Il oublie pas sa soirée de malade à tuer, cramer, déterrer. Au final, c'est bien payé. La prochaine fois, il n'aura personne à descendre. Il espère. Pas sûr. Il sort de la suite, escorté par le Gitan et le Serbe.

– Suivez-moi jusqu'au domaine. On sait jamais.

C'est couillon, leur demander ça, il pense. Il a tué sa maîtresse, il a profané la tombe à César. Si Marlène savait... Elle saura jamais. Quand il rentre, elle dort. Il prend une douche rapide, met ses fringues au sale. Marlène parle dans son sommeil. Des mots mélangés tous les sens. Il capte rien. Se couche. Elle se tourne, toujours endormie, et se colle à lui. Il l'enlace. Lui caresse les cheveux en murmurant : « Ça va aller, ça va aller. »

7
GARDIEN DES DISPARUES

Djemila s'étire sur la chaise longue. Hésite entre la piscine et la plage. Se décide pour la plage. Le midi, c'est plus tranquille. Une plage privée et un serveur trop mignon sauf qu'il aime les garçons. Elle clique sur l'icône de son smartphone, pour la voiture avec chauffeur. Indique sa localisation et sa destination. Il sera là dans huit minutes. Moussa lui a téléchargé cette appli. S'est moqué d'elle. Comme quoi elle serait pas assez connectée... Elle passe le deux pièces. Un maillot de bain Versace, acheté à prix cassé lundi au centre commercial. Des promos pour l'ouverture. Se recoiffe devant la glace. Une robe de plage, le sac, les lunettes de soleil, le smartphone, les clés. Elle est prête.

En sortant de la berline noire, elle manque se cogner à une fille blonde et la peau qui aime pas le soleil. Elle lâche un « putain » sonore et une rafale de mots comme quoi elle pourrait faire attention. La fille s'excuse avec son accent anglais, trop gênée. Djemila trouve ça mignon, tellement elle est jeune, innocente. 17, 18 ans. Cette jeunesse, elle l'aura plus. Jamais. Elle pousse la porte en raphia du Beach Club.

Mary s'en veut. Toujours si maladroite. Elle sait que s'excuser. Les gens dans ce Sud, ils parlent trop vite, trop fort, avec leur accent. Ils sont pas dans les excuses, ils te bousculent, te disent : « Ça va cousine ? » Et ils rient. Pourtant c'est pas drôle. Madame Sarah l'a déposée en ville. Elle lui a donné sa journée. Monsieur Simon, l'obsédé, et son frère, Monsieur Nathan, l'autre obsédé, ils sont partis ce matin avec les enfants. Un centre nautique avec des toboggans géants, des cascades, des lianes au dessus des lagons. Non ça, maybe not. Elle continue à longer le front de mer jusqu'à la plage publique. Trop de monde pour elle. Trop de « Ça va cousine ? ». Elle achète une petite bouteille d'eau fraîche au Carrefour Market. S'assied sur un banc. Boit un peu. Elle marche encore, dépasse la plage, les rochers. À flanc de colline, elle voit ces belles maisons, ces belles propriétés. Elle remonte la rue, tourne à gauche. Les pins embaument. Elle transpire dans sa robe légère. À un croisement, une voiture s'arrête. Une voiture comme le type qui vient faire des travaux chez les Giacobbi. La marque elle sait plus. Kangourou, quelque chose comme ça. Un homme sort de la voiture. Il porte une parka. En été. Avec la chaleur. Elle recule. Voudrait courir, mais ses jambes non ne bougent pas. Il brandit une drôle d'arme, tire, elle sent une décharge. Là, ses jambes bougent encore moins et le reste aussi. Elle tombe. Il la traîne à l'arrière de la voiture. Ce type sent trop mauvais. Il pue. Terrific ! Elle se débat. Il la frappe au visage. Fort. Il l'attache. Lui envoie une autre décharge.

Après le noir, c'est comme une vague. Mary s'essuie le visage avec la main. Elle crie. Elle crache. L'homme à la parka a vidé un seau d'eau sur elle. Il a une tête de monstre et une méchante cicatrice. Comme le pitbull qui la fixe avec ses yeux globuleux. Elle entend les chiens. D'autres chiens. Il la prend par le bras et la soulève de terre. Il serre fort. Elle regarde autour. Une vieille caravane. Un chenil. Des molosses. Ils aboient. L'homme donne des coups de matraque sur les portes grillagées. Il la jette dans une cage vide. Referme la porte avec un gros cadenas. Tire dessus pour voir si ça tient. Elle a peur. Elle tremble. Juste à côté, dans l'autre cage, une fille très jeune la regarde. Accrochée au grillage qui les sépare. Elle est sale, sa robe déchirée, et ses yeux. Elle la reconnaît. *Oh my God ! C'est... la fille qui a été enlevée !* L'homme à la parka retourne vers la caravane.

– Julia ! Tu es Julia ?

– Oui.

– Moi, c'est Mary. Ça va ?

– Pas trop. Lundi matin, j'ai réussi à me casser.

– Te casser ?

– Me barrer, m'enfuir... Tu captes ? Non, tu es pas d'ici, ça s'entend. J'ai sauté du mur et je suis mal tombée. Après, le streum, il m'a retrouvée, ce fils de pute !

– Le streum, c'est...

– Le monstre. Le type qui pue, qui enlève des filles. Le Rat.

– Le Rat !

– Remarque, il m'a pas frappée. Il a un côté humain. Il m'a soignée.

– Il va nous faire du mal ?

– Une fille est partie. Elle est pas revenue. Une autre, je l'avais pas vue au début celle-là. Il l'a mise dans une cage à l'écart. Totale niquée. Crazy ! C'est la loose. Capiche ?

Mary regarde souvent sur le web pour comprendre leur argot. Mais là, avec le choc, elle tout oublie, elle oublie tout. Sauf le dernier mot.

– Je comprends pas tout bien.

– J'ai remarqué. Tu es anglaise. La loose, ça veut dire c'est mort. Presque.

Julia dévisage la fille. Plus vieille qu'elle. Mais on dirait une gamine. Petite et menue.

– Quoi ?

– Rien. Je réfléchis.

Elle s'assoit sur le sol en terre battue. Mary l'imite. Elle se demande comment elle fait. Si jeune et si forte.

– Tu fais quoi dans la région ?

– Je suis nounou chez les Giacobbi.

– Non !

– Tu les connais ?

– Tout le monde les connaît. Mon père travaillait pour Joseph Giacobbi. Je suis allée au domaine avec lui, avant...

– Avant ?

– Il est mort. On l'a tué.

– Mon Dieu !

– Laisse Dieu où il est. C'est pas lui qui l'a tué. C'est la poésie.

– La poésie ?

– Tu poses trop de questions. J'ai soif.

Julia tend le bras pour choper la bouteille d'eau. Beurk ! Elle est tiédasse avec ce soleil. Elle a oublié de la mettre au fond de la cage, à l'ombre, là où elle dort. Le chenil pue la merde et le sang. Plus le désinfectant. Il nettoie les cages avec ça, un truc puissant venu direct de l'enfer. Qui te pique la gorge, qui te brûle la peau.

– Je connais ma mère. Elle a sûrement filé chez Joseph Giacobbi pour lui demander son aide. Avec toi en plus, le patriarche va devoir se bouger. Fissa !

– Fissa ?

– Putain, avec toi, parler c'est un calvaire. Quickly ! Fissa, c'est arabe. Capiche ?

– Oui. Désolée.

– Stop avec les « désolée » ! C'est mort. Même si les larmes te viennent aux yeux.

– Qui t'a appris à parler comme ça ?

– Mon père. Les gens. La rue. Les films de gangsters. Les séries. Les livres. La poésie. Et mon débile de frère. Je suis une éponge.

– Tu es plus bien que ça.

Mary regrette. Elle est confuse. Elle voudrait tellement se réveiller dans sa petite chambre, dans la petite maison de ses parents. Depuis le premier jour, elle regrette son choix. Elle rêvait aux belles images de la Côte. Les photos du Domaine Giacobbi. Sa famille était éblouie.

– Tu penses à quoi ? À chez toi ? Au prince charmant ?

– Comment tu sais...

– Moi aussi, j'ai pensé à ça, sauf le prince charmant. Déjà avant j'y croyais pas.

– Je connais des filles comme toi. Pas loin de chez moi. Elles vivent des choses dures, elles parlent rude. Et elles ne rêvent pas au prince charmant.

– Tu fréquentes des racailles ?

– Racailles ?

– Voyous, bandits !

– Non ! Mais leurs frères, leurs pères, ils élèvent des chiens dans les caves. Ils les dressent.

– Pour protéger leurs trafics et pour des combats. C'est ça ?

– Oui.

– Ici aussi, c'est la même... Ah oui, je t'ai pas dit, le Rat, il parle pas et il est sourd. Des fois, il met son appareil pour entendre, des fois pas.

– Il revient !

– T'affole pas. Je vais te crier dessus, mais c'est du cinéma.

– Un jeu ?

– Style...

Elle se relève et tape sur le grillage qui les sépare.

– Putain, tu veux quoi, salope ! Je vais te crever ta race. Mange tes morts !

Elle hurle des cris de bête. Mary flippe. L'homme à la parka s'approche avec une poche plastique. Le pitbull le suit. Il s'arrête devant la cage de Julia, l'ouvre et lui lance une petite bouteille de Coca avec un paquet de chips. Elle joue la folle. Lève les bras en l'air. Trop contente. Se calme. Vide à demi la bouteille et pousse un rot bruyant. Se goinfre de chips. Finit le Coca. En redemande : « un autre, un autre ! » Le Rat sourit. Elle l'avait jamais vu sourire. *Ce taré, elle le fait marrer !* Il lui jette une bouteille d'eau. Après, il s'occupe de Mary. Quand il ouvre la porte, elle recule au fond de la cage, en panique. Il lui refile aussi de l'eau, un Coca et des chips. Referme et s'occupe des chiens dans les autres cages. Ils l'accueillent avec des aboiements étouffés. Julia a remarqué ça. Les molosses ont peur de lui.

– Ça va ? lui demande Mary. Tu dis plus rien.

– T'inquiète, je suis aux taquets.

Avec la chaleur de la journée, ça pue grave. Mais Julia fait plus attention. Tellement elle pue. Elle en a rien à carrer. Juste trouver un moyen pour se casser de cet enfer. Sortir de cette putain de cage. Elle pense aux filles stupides du collège. Elle les imagine ici ces connasses de bourges avec leurs grands airs. Jamais elles tiendraient. Elle pense à la fille qui n'est pas revenue. Et celle qui comate dans sa cage à l'écart. De temps en temps, elle pousse des cris.

– C'est quoi, Julia ?

– La fille dont je t'ai parlé.

– C'est comme... un cri de l'animal !

– Elle est là depuis trop longtemps. Foutue, fada, passée de l'autre côté.

– La pauvre...

– À deux, on peut s'en sortir.

– Tu crois ?

– On l'a pas le choix. Les flics nous trouveront jamais ici.

– Et monsieur Giacobbi ?

– Don Joseph, il est pas tout puissant. Il lui faudrait un signe. Une piste. Quelqu'un qui parle. Et le Rat, c'est un vicieux. Il opère en solo.

– Alors ?

– Tu devais rentrer comment au domaine ?

– Avec le bus. Il part de la gare routière à quatre heures et la demie.

– Il est quelle heure ?

Mary regarde sa montre.

– Six heures vingt. Et je suis toujours punktuelle...

– Ponctuelle, my dear. Donc, ils sont déjà un peu inquiets.

– Surtout madame Sarah, je devais l'appeler pour venir me chercher à Villedieu, à l'arrêt de le bus.

– Joseph, il a des amis chez les flics.

D'un coup, Julia se sent molle. Il continue à les droguer.

– J'ai oublié autre chose. II met un truc dans le Coca et la flotte.

Mary pique du nez et s'écroule. Julia se sent seule, perdue, abandonnée. Elle pense à son père. Il la protège de là-haut. Son ange gardien. Rien de mal peut lui arriver tant qu'il veille sur elle. Elle tente de résister, mais ça marche pas. Son corps. Son cerveau. Toute molle de partout.

Au domaine Giacobbi, Sarah dresse la table sur la terrasse pour le dîner. Perturbée par l'absence de Mary. Ça ne lui ressemble pas. Une fille aussi timide, aussi réservée. Si elle avait raté le bus, elle l'aurait prévenue. Son téléphone ne répond pas. Le vieux truc sans internet qu'elle lui a prêté, avec des forfaits prépayés. Une sonnerie et rien, le grand vide. Et si elle avait eu un accident ? Elle appelle les urgences de l'Hôpital Saint-François, le plus grand de la ville. Une voix débile de robot lui dit : « Délai d'attente... dix minutes ». Elle retourne à la cuisine. S'agace. Jette un œil sur le four où cuit une daurade. Pour les autres, ce sera burgers. Et cette voix qui lui décompte le délai d'attente à chaque minute écoulée ! Elle se pose, se sert un verre de rosé. Enfin, quelqu'un répond. Une infirmière débordée. Elle cherche. Ne trouve personne du nom de Mary Smith.

Sarah lui décrit son physique. On sait jamais. Toujours rien. L'infirmière la met en attente. Elle vérifie si elle n'aurait pas été admise ailleurs. Une musique insupportable tourne en boucle. Sarah active le haut-parleur et pose son smartphone sur la table. Elle se lève, sort des feuilletés du congélo et les dispose sur une plaque. Les recherches de l'infirmière restent vaines. Elle la remercie, met les feuilletés au four, et monte voir son beau-père. Dans le petit salon, Sampieri et Marco regardent la télé. Elle frappe, pousse la porte du bureau. Une pénombre troublée par l'écran bleu de l'ordinateur.

– Joseph, je me fais du souci pour Mary.

– Pourquoi ?

– Elle devait rentrer par le bus, vers cinq heures et quart. Il est presque huit heures. Et son téléphone coupe dès la première sonnerie.

– Peut-être elle a rencontré un garçon.

– C'est pas son style. Elle est trop timide pour ça.

– Ou au pire, elle a eu un accident.

– Non plus. Comme j'étais inquiète, j'ai appelé les urgences de Saint-François. Ils ont vérifié chez eux, à l'Hôpital Sud et dans les cliniques. J'ai un mauvais pressentiment.

– Tu penses à quoi ?

– Vous allez me prendre pour une folle. Mais si... si on l'avait enlevée ? Comme la petite Julia...

– Sa mère m'a appelé dimanche.

– Vous la connaissez !

– Julia est venue ici avec son père, en novembre, mais je ne l'avais pas vue.

– Et son père, c'est qui ?

– C'était. On l'a descendu en janvier. Franck Molina. Le beau Franck pour les intimes.

– On aurait pu enlever sa fille à cause de ça ?

– Non. On l'a buté. Point barre. Dossier clos. Dans la vie, tu dois éviter de piquer son argent ou sa femme à quelqu'un. Et il a fait les deux au même homme.

Sarah évite de poser trop de questions. Depuis le temps, elle connaît les règles.

– Et puis y a un suspect. Des témoins l'ont vu dans le bus où était Julia. Un type bizarre.

– Vous êtes bien renseigné !

– Je connais le flic qui dirige l'enquête, le commandant Castel. Un flic bien. Il lâchera pas l'affaire.

– Alors appelez-le, faites ça pour Mary.

– Tu es sûre ?

– Elle est injoignable, elle n'a pas eu d'accident ou de malaise ou je sais quoi. On ne disparaît pas comme ça.

– Je l'appelle.

– Après vous descendrez pour le dîner.

Elle referme la porte. Castel a la voix lasse. Joseph lui explique. Cette nouvelle disparition qui le touche de près. Même si Mary n'est pas de la famille, elle est sous leur responsabilité, sous sa responsabilité. Il lui envoie un mail avec sa photo. Celle qui était dans son dossier de recrutement. Ils vont d'abord la diffuser dans tous les commissariats de la ville et de la Côte. Attendre les remontées. Si ça donne rien, ils lanceront l'alerte enlèvement. Joseph se lève, pousse les volets, sort sur le balcon. Et si c'était les Italiens ? Derrière tout ça. *Pauvre fada, tu te fais la parano. Pense au Casino. La parcelle des vallons, tu as signé hier, elle est à toi !* Il revient dans la chambre. Le petit salon est vide. Il descend l'escalier en soufflant. Sampieri et Marco se bâfrent à la cuisine, dévorant leurs burgers comme des morts de faim. Joseph rejoint la famille sur la terrasse.

Dans son bureau, Spinosa achève une pizza en rêvassant. Le téléphone le tire de sa méditation. Le commandant veut le voir. Il se précipite dans le couloir en finissant de mâcher. Une jeune trans assise entre deux flics lui lance une œillade. Il se sert un verre d'eau à la fontaine. Frappe à la porte. Entre. Castel semble totalement épuisé.

– Ton témoin, celle qui était dans le bus, celle qui a vu deux fois le suspect. Appelle-la. Et montre lui le portrait robot retouché. Avec un peu de chance, un truc lui reviendra... Je te laisse gérer.

– Je m'en occupe.

– Bien. Je sors dîner avec ma femme. Elle me voit plus. Elle crise.

Spinosa ne sait pas quoi dire. Aucune femme ne l'attend. Il appelle Djemila Benaissa, esquivant au passage les regards enamourés de la jeune trans. Elle prend l'apéro au Café Paradis avec des amis. S'il peut venir la chercher ? Oui. Il peut. La circulation est fluide. Dix minutes plus tard, iI se gare en double file devant la terrasse bondée. Comme il ne la voit pas, il sort de la 305. La caisse la plus pourrie du commissariat. Une antiquité. Là-bas, avec elle, ce type qui a des salons de coiffure, Dany la Rouge. Et un jeune mec. Il s'approche. Elle se lève. Leur fait la bise.

– Bonsoir, capitaine. On ne se quitte plus !

– Désolé de vous déranger, mais...

– Vous ne me dérangez pas. J'espère juste que ce ne sera pas trop long. J'ai faim.

– Ne le mange pas tout cru, lui lance Dany en gloussant.

Au commissariat, elle le suit jusqu'à son bureau. Elle commence à connaître les lieux. Elle s'assied. Lui aussi, devant son ordi. Il lui demande de faire un effort, si elle se rappelle mieux la plaque d'immatriculation. Ou quelque chose, un petit détail.

– J'essaie, j'essaie. Franchement, vous abusez. Je vous ai tout dit lundi soir.

– Madame Benaissa...

– Vous avez avancé sur son tatouage ? L'étoile avec le 11.

– On a plusieurs pistes. Une secte fasciste, une église vaudou, des mafieux géorgiens et siciliens. Des éleveurs de chiens aussi, qui marquent leurs bêtes avec une étoile et un nombre.

– Vous êtes sérieux ?

– C'est toujours comme ça une enquête. On part sur toutes les pistes, même les tordues, même les bancales.

– Té, ça vous fait du travail !

Il lui tend le portrait robot du malade.

– Le dessinateur l'a retouché depuis vos dernières déclarations. Vous en pensez quoi ?

– Il fait peur ! On le dirait, c'est presque lui...

Et là, sur le mur, derrière le capitaine Spinosa, elle voit la photo. Elle tend le doigt.

– Elle... elle fait quoi là ?

– Pourquoi...

– Je l'ai vue. J'allais à la plage privée, le Beach Club, et j'ai manqué lui rentrer dedans. Une brindille.

– Vous l'avez vue ?

– Oui. Juste à peine. Elle s'est excusée, la pauvre. Une jeune, timide, une anglaise vu l'accent.

Spinosa est tellement surpris qu'il a oublié de noter les propos de Djemila.

– Une minute, s'il vous plaît.

Il ouvre un nouveau fichier, tape ce qu'elle vient de lui dire.

– Pourquoi sa photo est là ? Elle aussi... Non !

– Elle semble avoir disparu. Mais on n'a aucun témoin. On n'avait... Vous réalisez ? Vous étiez dans le même bus que Julia et vous avez vu Mary...

– À peine je l'ai vue.

– Elle est fille au pair chez les Giacobbi. Joseph Giacobbi a appelé le commandant Castel pour signaler sa disparition.

– Les Giacobbi, elle murmure. Je suis poursuivie par la malédiction.

– Quelle malédiction ?

– Vous ne connaissez pas ma réputation. Vous n'êtes pas d'ici.

– Non, de Toulouse.

– Ça vous plaisait plus la ville rose ?

– C'était une promotion. Devenir capitaine. Et puis, ici y a la mer.

– Vous n'avez pas cherché à en savoir plus sur moi ?

– Madame Benaissa, vous êtes un témoin, un témoin capital, pas une suspecte.

Le capitaine joli cœur a de longs cils qui palpitent quand il monte en tension. Elle a déjà remarqué ça.

– Revenons à Mary. Elle est partie dans quelle direction après votre, euh, collision ?

– Vers la plage publique. C'est tout. Je ne peux pas vous aider plus.

Djemila a chaud dans ce bureau trop petit.

– Mais si, vous pouvez. Concentrez-vous.

Se concentrer ? Il est saoulant. Elle a soif. Et faim. Moussa, son petit frère, l'a invitée à dîner chez Luigi. Le meilleur italien de la ville. Rien que l'odeur, tu meurs ! Soudain, elle percute. Le type du bus, il sentait la bête, il sentait le fauve...

– Capitaine, ça me revient !

– Vous voyez.

– Ce type, il puait, un truc de malade. L'odeur, ça me rappelle un ex. Pauvre, il sentait pas aussi mauvais, mais il avait des chiens. et c'est ça l'odeur. Mais ce taré, il sentait aussi une autre odeur, un truc âcre, qui pique le nez, un truc chimique.

Le visage du capitaine Spinosa s'éclaire.

– Ça vous aide ?

– D'abord le tatouage, comme ces chiens marqués par des éleveurs. Et puis cette odeur. Si c'était pas seulement lui qui puait, mais l'endroit où il vit, parmi des chiens...

– Et le truc chimique ?

– Un désinfectant pour nettoyer les cages ou les boxes

des chiens.

– Comment vous faites pour deviner tout ça, capitaine ?

– Je ne devine rien, je m'imprègne, je dissèque, j'analyse. Et vous m'avez bien aidé.

Elle ne relève pas le compliment. Mais sa bouche, ses yeux, ses seins, parlent pour elle.

– Vous êtes une grosse tête, pas seulement un flic, comme l'autre, là...

– Qui donc ?

Ses cils de gazelle palpitent furieusement.

– Vous savez, Charloc...

– Sherlock Holmes ?

– Voilà, il devine tout on sait pas comment, vous aussi.

– Merci pour le compliment.

– Pour la petite, ça va vous aider j'espère.

– Vous saviez que c'était la fille de Franck Molina ?

– Le beau Franck ! Non. Juste qu'il était divorcé.

– Vous aviez... vous étiez...

– Sa maîtresse ? Non. On sortait souvent dans les mêmes endroits le soir, la nuit. Sa femme, ses enfants, il en parlait pas.

– Il avait des ennemis ?

– Tout le monde l'aimait, mais il était comme mon premier mari, les règles, il s'en moquait.

Spinosa sort son flingue du tiroir et le glisse dans son holster. Il se lève, enfile son blouson. Tente de rester calme. Cette femme l'attire. Sa sensualité le trouble. Il a enfin une piste sérieuse. Grâce à elle.

– Je vous dépose quelque part ?

– Chez Luigi, je veux bien.

Ça roule mal. Elle insiste pour qu'il mette le gyrophare. Comme il est pressé, il se fait pas prier. Elle lui sourit. Il se faufile entre les voitures, remonte l'avenue, prend à droite. Puis à gauche. Évite un SDF et son chien famélique. S'arrête devant le restaurant.

– Bonne chance pour vos recherches, elle lui lance.

Il ne lui résistera pas longtemps encore. Des semaines qu'il n'a pas baisé, alors, faire l'amour avec elle, ça serait... indescriptible. Couillon, va ! Reprends-toi. Il appelle un contact à lui, un journaliste surnommé la Fouine. À Toulouse, il bossait pour la Dépêche. Depuis, il est free-lance. Une sangsue. Il s'est établi ici. Il sillonne la Côte et l'arrière pays. La Fouine a sorti une enquête sur les combats de chiens et les chenils clandestins. Il dîne avec une amie. Spinosa insiste. L'autre cède. Il démarre. Tente d'effacer la voluptueuse Djemila de ses pensées. Ébauche un scénario, ces gamines enlevées seraient dans un chenil clandestin. Celui du suspect. Une planque idéale. Dans un coin paumé. Et si la belle Djemila lui racontait n'importe quoi ? *Réfléchis un peu. Pourquoi elle ferait ça, pour te plaire, pour attirer ton attention ?* Non. Elle lui a dit ce qui lui venait. Et puis la secte de fachos, l'église vaudou, il n'y a jamais cru. Les mafias, ça serait possible, pour le trafic, la prostitution infantile. Sauf que le suspect ne colle pas avec. Un solitaire. Il vit dans un autre monde.

Sa femme le saoule avec ses reproches, il se venge sur le vin. Elle a changé. Avant, il était son héros. Elle était sa princesse. Aujourd'hui, deux étrangers. Castel allume un petit Montecristo. Elle lui dit, ça pue. Avant, elle aimait cette odeur. Elle aimait tout de lui. Et là, tout la hérisse. Pourquoi l'amour ça finit toujours comme ça ? Minable. Étriqué. Lamentable. Une purge ce dîner.

La Fouine est en compagnie d'une rousse aux formes généreuses. Il la bade comme un gamin. Elle se lève, les laisse seuls. Spinosa lui balance quelques infos. Lui demande juste de ne rien sortir avant que l'on retrouve Julia.

– On se connaît. Tu peux me faire confiance.

Son amie discute avec un couple à l'autre bout de la terrasse. Il lui envoie un baiser.

– Tu la bades... grave !

La Fouine sourit, gêné. Il sort un carnet de sa sacoche.

– Les chenils clandestins, ça va, ça vient, mais pour les combats de chiens, j'ai entendu parler de nouveaux endroits. Je te note ça. Je connais un gars, Flaco on l'appelle, un gitan. Il parie sur tout, les chiens, les chevaux, le foot. Il traîne souvent au Rialto, un bar de voyous. Prévois des fonds. Ou de la coke. Il est toujours en manque d'argent et il carbure pas qu'au jeu.

– Tu es brave.

– Ça me tuera ! Fais attention si tu vas traîner par là. C'est du gros gibier. Les hommes et les bêtes.

– Je suis flic...

– Ça aussi tu dois oublier.

– Et ce tatouage, ça te dit vraiment rien ?

– Des types marquaient leurs chiens comme ça. Mais pas des êtres humains. Ou alors...

– Quoi ?

– Rien.

– Putain !

– Une fois, j'ai entendu une conversation. Mais avec le bruit, les chiens, les cris des mecs excités par le sang, la fureur, c'était juste des bribes. Des vieux truands. Ils parlaient d'un type, un taré, un monstre ils disaient. Ils se moquaient de lui. On l'avait tatoué comme un clebs.

– Tu sais pas son nom, rien ?

– Spinosa, je t'aime bien. Mais j'ai passé des mois en immersion dans ce milieu. Et j'ai pas envie d'y replonger.

– Tu as mieux à faire.

– Oui, j'enquête dans les beaux quartiers. Ils sont aussi féroces, les bonnes manières en plus. Tu t'y connais en chiens de combat ?

– Non, à part ton enquête, c'est pas un sujet... et puis j'aime pas les chiens...

– Eux non plus.

– Moi, les chiens, je les sens pas.

– Con, tu as peur !

– Je les sens pas. Les petits encore ça va, mais là...

– Là c'est du lourd, du gros bestiau, du féroce. Tu vas te régaler !

Spinosa quitte le restaurant, poursuivi par le rire de la Fouine. Castel est sur messagerie. Il lui demande de le rappeler. Il slalome dans les rues de la vieille ville. Retourne au commissariat. Tout le trajet il pense aux chiens. Pitbulls. Mastiffs. Staffs. Le diminutif affectueux des Staffordshires terriers. Des molosses. Il sent qu'il tient quelque chose. Mais putain, il sait pas comment il va surmonter son aversion pour les chiens. *C'est ton boulot, con, tu poursuis les méchants !* Il s'arrête chez l'arabe pour acheter des bières fraîches.

Slimani lui a laissé un post it sur son ordi. Le portrait robot du suspect ne matche pas avec leur base de données. Il se demande pourquoi elle utilise ce genre de formule. Matcher ! Tous, ils disent ça. Des mots ricains à la con. Il se verse la bière dans un grand verre. Il n'aime pas le contact avec le métal. Ni les verres sales. Le sien est planqué dans un tiroir de son bureau. Il localise les sites indiqués par la Fouine pour les combats de chiens. Une vieille usine désaffectée. Un bâtiment du port voué à la démolition. Un camp de gitans coincé entre le chemin de fer et l'autoroute. Une ancienne carrière. Une ferme isolée. Les amateurs savent où et quel jour ça se passe. Ils fréquentent tous les mêmes bars en ville. Castel le laissera jamais y aller seul. Justement, il surgit dans son bureau.

– Spinosa, c'est quoi c'te piste !

– Madame Benaïssa a vu Mary avant sa disparition. Par hasard, devant la plage privée, le Beach Club.

Il se penche vers lui.

– Continue.

– Elle a eu un souvenir concernant le suspect. Il puait un mélange d'odeur, la sienne, plus une odeur animale, des chiens. Un ex à elle avait des chiens. Et il sentait aussi une odeur chimique. J'ai pensé à un désinfectant...

Castel se pose sur le fauteuil des habituels suspects ou des témoins choqués.

– D'où l'idée d'un chenil clandestin.

– Et d'où l'idée d'un rapport avec le tatouage !

– Je viens de voir un de mes contacts, la Fouine...

– Le journaliste ? Celui a qui a fait l'enquête sur les combats de chiens ?

– Oui. Il a entendu des types, ils se moquaient d'un gars qu'on avait marqué comme un chien.

Castel frappe le creux de sa main gauche avec son poing droit.

– Et on le trouve où le tatoué ?

– Ça... Il m'a donné une liste de sites potentiels pour les combats.

– Bien, bien.

Castel regarde la liste. Il digère mal son repas. Le message de Spinosa lui a permis de s'échapper. Une urgence, il lui a dit. Elle s'en foutait. Elle était soulagée.

– Il m'a parlé aussi d'un type, Flaco, un gitan accro au jeu qui parie sur tout.

– Flaco, il est toujours vivant ?

– Il traîne au Rialto, le bar...

– Il les a pas changées ses habitudes. Suis-moi...

– Où ?

– Aux Stups. J'ai pas d'enveloppe pour ses infos. Mais un peu de coke, il refusera pas.

– C'est pas très...

– Très quoi ? Légal ? Moral ? Putain, je m'en bats les couilles. Du moment qu'il nous aide à retrouver les gamines. Trois ans que je cherche ce taré.

– Vous croyez que c'est le même que pour les autres disparitions ?

– Pas toi ? Un petit génie comme toi !

Aux Stups, Castel tombe sur un collègue arrangeant. Il y a toujours une petite réserve pour les urgences. Prélevée sur les saisies. Dans la voiture, il passe plusieurs coups de fil. Un contact à lui sort tout juste du Rialto. Il a bu un verre avec Flaco. Il lui donne son 06. Castel l'appelle.

Spinosa se gare un peu plus haut dans la rue. Coupe le moteur et les phares. Flaco ouvre la portière et s'assied à l'arrière.

– Commandant, ça fait plaisir !

– On cherche le taré qui a enlevé cette gamine, Julia. Il aurait un chenil clandestin et un tatouage sur la main, une étoile avec le chiffre 11 dedans. Ça te parle ?

– Je vois pas.

– Les combats de chiens, tu y vas ? Tu paries dessus ?

– Commandant...

– Putain, Flaco, me fais pas languir.

– Mon cerveau, il est fatigué.

– Tiens, ça va te rafraîchir les idées.

Il lui balance le petit pochon avec la coke. Spinosa l'observe dans le rétro. Flaco sort une lame de rasoir, une paille et un petit miroir d'un étui. Se prépare deux lignes et les sniffe. Après, il essuie les traces de poudre avec son index et se frotte les gencives.

– Alors, ça te revient ?

– Ce gars, je l'ai vu une fois à un combat, il t'avait une sale gueule avec une cicatrice et des chiens pareils. Des mauvais. Il tenait son pitbull. Et là j'ai vu son tatouage, sur la main. Ça m'a frappé. Mais son chenil, je sais pas où il est.

– Tu l'a vu où ?

– Une vieille usine. Elle doit être démolie. Le gardien ferme les yeux. Il arrondit ses nuits.

– Elle est où c't'usine ?

– Sur la route des Cyprès, après les Flèches.

– Et les prochains combats, c'est quand ?

– À l'usine ? Demain soir. Ça commence vers 10 heures.

– Tu vis toujours aux Flèches ?

– Ça dépend. Pour le chenil, je vais voir. Appelle-moi demain. Pas avant midi.

Il sort de la 305. Spinosa démarre, la vitre baissée. Dans les rues, les gens rient, parlent fort. Un illuminé clame : « Il est venu pour vous sauver ! »

– On va se servir de lui comme cheval de Troie, lui dit Castel.

– Flaco ? Il est fiable ?

– Il connaît ce milieu et on le connaît. Il fait partie du décor. Le reste...

– Je pensais...

– Tu pensais quoi ?

– J'aurais pu y aller, m'infiltrer...

– Tu va te ramener à un combat de chiens avec ta jolie gueule ? Direct tu seras grillé !

– Mais...

– Une infiltration, ça se prépare, Spinosa, une couverture, ça s'improvise pas.

Dans un sens, il est soulagé. Il peut pas dire au commandant que les chiens ça le fait flipper depuis qu'il est petit.

– Le problème, c'est qu'on n'a pas le temps, il réplique.

– Déjà, on va voir avec Flaco.

Castel récupère sa moto devant le commissariat. Spinosa le regarde s'éloigner. Il rentre chez lui. Un T2 dans une résidence vieillissante. Il vire ses fringues et prend une douche. Pour plus péguer. Pour plus sentir cette odeur. Celle du tueur. Pourquoi il enlèverait ces filles si c'est pas pour les tuer au final ? Un peu d'eau avec vingt gouttes de théralène et il s'écroule sur le lit. Le sommeil tarde. Bercé par le ronronnement du ventilateur, il pense à la belle Djemila. Il se fond dans ses bras. La nuit s'empare de lui.

Petite Fiancée ronge l'os. Le Rat regarde elle. Deux étés sa présence ici. Tête cassée. Vierge Folle. Doit servir encore une fois une. Combat des Ombres va venir avec elle et Nouvelle Fiancée. Celle qui a courage. Veut s'échapper. Colère colère. Fiancée morte enterrée, coupé les bras les jambes avant, donné aux chiens. Un os à Vierge Folle. Et du sang frais. Les prend pas seulement l'été comme ils croient le même jour. Les prend loin. Les choisit bien. Des petites putes personne en veut personne qui va pleurer. Des Migris. Une fois il achète Petite Rome aux parents d'elle. Dix des années il fait ça. Toujours il suit le plan du Seigneur des Rats. La voix qui lui parle. De l'Autre Monde. Enlevé nouvelle pour remplacer Fiancée morte. Fille était là. L'attendait. Petite Fiancée Blonde aux yeux à novembre. Pas les yeux vides comme souris Disney. Pas les yeux mangas, les Sournois. Les prend dans son Royaume. Gardien des Disparues. Sa Légende.

8
SANTA VIRGINIA

« Le monster, il va tuer nous ? », elle lui demande encore une fois. Julia la rembarre : « Quand tu paniques, ton français est nul ! » « Il veut nous tuer, tu crois ? » « Je crois rien. Je réfléchis. » Tu parles qu'elle réfléchit. Encore moins quand le streum ouvre son box grillagé et la traîne dehors par le bras. C'est le matin. Tôt. Le soleil est encore bas dans le ciel. Il l'emmène jusqu'au hangar au fond du chenil. Son pit la colle. Il la pousse à l'intérieur, referme la porte. Le soleil passe par les vitres sales, pas grand chose de soleil mais assez pour voir un tas de pneus attachés par des cordes. Ça fait comme un cercle, plutôt ovale. Pour délimiter quelque chose elle sait pas quoi. À côté un chien tire sur sa chaîne. Un staff. Ça, elle sait. Son frère l'a assez saoulée avec les combats de ienchs, comme il dit ce débile. Sauf que le débile, elle aimerait bien qu'il soit là, qu'il arrive avec ses potes aussi débiles que lui, qu'il la délivre, qu'il la libère, comme la naine des neiges. Elle chantonne l'air, cette chanson, juste pour se rassurer. Une chaise. Il la pousse dessus à s'asseoir. Lui colle un truc sur la bouche. Lui fait une piqûre. Elle part. Après, on dirait un rêve. Elle joue avec le staff. Mais c'est pas un jeu. Elle a du mal à bouger au début, elle porte une carapace. Un insecte. La loose. Transformée en araignée pince-oreille cafard volant. Le chien voudrait la bouffer cette bestiole qui s'agite. Elle fait des bonds. Lui saute dessus. Elle griffe. Peut pas parler. Un truc dans la bouche. Ça la gêne pour mordre.

Ça mord aussi. Mieux. Elle entend, ça aboie, elle entend des bravos, non, pas des bravos, quelqu'un qui applaudit avec ses mains. Et une musique. Loin.

Monica s'avance vers lui, les bras tendus. Elle glisse sur le sol. Ses yeux clos. Lui parle avec sa bouche morte : « Tu vois, c'est lui qui a fait ça. » David se réveille en sursaut. Pâteux, la bouche sèche. Abruti par les somnifères. Et une sale gueule de bois. Il attrape la bouteille d'eau. Depuis lundi, il n'a pas quitté la bastide, sauf pour le rendez-vous chez le notaire avec Gaïa Casanova. Au restaurant, il lui a dit pour Monica. Ce qu'elle savait sur San Marco et le clan Marazzi. Quand ils se sont quittés, elle l'a embrassé. Il peut compter sur elle. Quel jour on est ? Jeudi. La clim ronronne. Il boit un verre d'eau, remonte le store de la chambre. À peine. Quelques centimètres. Le soleil est trop fort. Un message de Jeanne. Elle s'inquiète pour lui. S'il va bien. Non. Franchement, il ne va pas très bien. Pris au piège, entre son père et les Italiens. Le reste aussi, ses secrets, ses mensonges. Comme si son monde s'effondrait. Comme si l'air lui manquait. Il se réfugie sous la douche. Ne pleure pas. N'a plus de larmes. Juste la colère. La vengeance. Pousse le jet au maximum. Les autres ne savent rien de sa fragilité, ni ses gouffres. Un seul, Kader. Les autres le croient fort. Un homme à qui tout réussit. Différent de son père, de ses frères. Et pourtant, la même violence en lui. Il coupe le jet, sort de la douche. S'essuie. S'étire. Évite de croiser son reflet dans la glace. Il ouvre la porte du dressing et s'habille. Jean blanc. Chemisette noire. Boots noires. Il glisse ses affaires dans une sacoche en cuir. Smartphone, portefeuille, dossiers, les clés du cabinet.

Au café d'en bas, il s'envoie un double expresso suivi d'un Bacardi. Double aussi. Servi sur un lit de glace pilée. Il revoit le corps de Monica gisant sur la glace. Encore et encore. Dehors, la lumière l'aveugle. Il remet ses Ray Ban. Marche dans la rue comme si tout lui était étranger. Hébété. Hagard.

Il se regarde dans le miroir de l'entrée. Grimace. Il lui faut un remontant. Pour tenir. Faire illusion. La porte du bureau de Jeanne est ouverte. Elle lève les yeux de ses dossiers.

– Bonjour, David. Vous tombez bien. San Marco, ils ont rappelé ce matin. Ils veulent finaliser les contrats.

– Quand ?

– Pour le contrat La Rouge, je me suis permis, je ne voulais pas vous...

– Et ?

– Ils vous attendent à 15 heures à l'Hôtel Eden.

Le palace, juste à côté de chez Dany.

– Merci, Jeanne. D'avoir géré en mon absence. J'étais...

– Ne dites rien.

Elle marque une pause. Il se sent tellement merdique. À côté de la plaque. Et cette putain de barre qui lui serre le crâne.

– J'ai revu le contrat La Rouge une dernière fois. Une seule chose m'étonne.

– Quoi ?

– Ils acceptent toutes les exigences de Monsieur Padovani, comme ça ?

– Dans la coiffure, Dany est une star. Ils achètent son nom, sa marque.

– Tout de même, le contrôle du brevet de fabrication, la production ici, dans la région ?

David ouvre la porte de son bureau et se retourne vers Jeanne.

– Vous doutez de mes capacités de négociateur ?

– Pas du tout, maître Giacobbi ! C'est juste...

Il referme la porte. Pose sa sacoche sur le bureau. Ouvre les fenêtres et les volets. Dany est le roi de la com, il lancera sa chaîne YouTube en Italie dès la signature du contrat. Ses nouveaux associés vont adorer. Il envoie un texto à Kader. Écoute ses messages. Le capitaine Mercier lui demande de le rappeler. Son père aussi. Et là... cette voix... Salomé ! Elle a réservé une table au Pacific. Elle l'attend. Ce soir. 21 heures. Il tremble. Repose le smartphone. Quinze ans après, elle choisit le restaurant des Casanova pour leurs retrouvailles ! Quelle idée tordue. Gaïa lui a dit que Dany l'avait vue. Il appelle son client flamboyant.

Toujours si sûr de lui, Dany cache mal sa nervosité. Il arpente la moquette rouge en se dandinant. Lovée sur le canapé, sa chatte l'observe d'un œil.

– Tu comprends, ce deal, c'est tellement important pour moi. Quelle aventure, ma Cléopatra. C'est... un nouveau challenge.

Assis dans un fauteuil, David finit son café.

– Gaïa m'a dit pour Salomé.

Dany bafouille. S'écroule sur le canapé. Cléopatra sursaute et miaule.

– Je l'ai vue la semaine dernière, le hasard pur !

– Et tu ne m'as rien dit.

– Elle ne voulait pas qu'on sache. Même toi.

Dany hésite et se jette à l'eau.

– Après, j'ai fait un rêve. Salomé, elle me disait qu'il allait revenir, Ange.

David manque renverser la tasse de café vide posée sur la table basse.

– Toi et tes rêves !

– Tu peux parler...

– Salomé m'a laissé un message. Elle m'attend ce soir au Pacific.

– Au Pacific ! Quelle idée...

– Moi aussi, je trouve ça bizarre.

– Ils acceptent mes conditions, tu es sûr ? C'est presque trop beau. Tu as bien revu toutes les clauses du contrat ?

– C'est bon, Dany. J'ai tout revu. Jeanne aussi.

– Madame Marie ? Madame Marie Jeanne ?

Il s'esclaffe de sa vanne, se lève, traverse le salon.

– Elle déteste...

– Et alors, réplique Dany, son mari s'appelle bien Monsieur Marie, non ?

Il sort sur la terrasse, poursuivi par David.

– Tu t'esquives avec une vanne pourrie. On parlait de Salomé. Elle était comment ?

– Comment ?

– Putain, Dany ! Tu fais quoi là, perroquet ?

– Elle était toujours aussi belle. Plus belle même.

– Pourquoi tu grimaces ?

– Elle ne montrait rien, non, rien... mais elle semblait triste. Et seule.

– Tu es sûr ?

– Pourquoi je te mentirais, David ? Tu le sais, je sens les choses, j'ai des flashs.

– Puisque tu parles de flashs, j'aurais besoin d'un remontant...

– De la Cé, tu veux dire ?

– Oui, avec deux c. Et aussi le contact du fournisseur.

– Ça, j'en sais rien, moi. C'est Mehdi qui le connaît.

Ils retournent au salon. David se demande s'il fait pas une connerie. Et puis, merde, il s'en bat les couilles. Au point où il en est. Dany revient avec un petit pochon et sa boîte noire extra plate, contenant miroir, pailles et lame de rasoir plaqué or. David se fait deux grosses lignes. Tout de suite, ça va mieux. Fini la gueule de bois. Le cerveau lent. Il boit un verre d'eau. Son téléphone sonne. Kader. Il écoute son ami. « Tu es sûr ? »... « Non, mon père ne m'a rien dit. » ... « On se rappelle. »

Kader se tourne vers le commandant Castel et commande un autre café.

– Alors tu vas divorcer toi aussi ?

– Oui. Elle est...

– Elle a un amant ?

– Putain, Kader !

– Ok, j'insiste pas. Et pour les gamines, vous avez une piste sérieuse ?

– Ta sœur nous a bien aidés.

– Grâce à vous, la police.

– Explique...

– On lui a retiré le permis. Sinon, elle n'aurait jamais pris le bus.

– Spinosa, je crois qu'elle lui a tapé dans l'œil !

– Ma sœur ne laisse aucun mec indifférent.

– Surtout lui. Je m'arrache. Il m'attend.

Castel quitte la salle climatisée du restaurant. Enfile son casque. Monte sur sa moto. Longe le front de mer en se faufilant entre les véhicules. Il a appelé Flaco à midi comme prévu. Pas bien réveillé, il attendait l'info pour le chenil. Et pour son petit cadeau, si le commandant pouvait faire un effort. Il lui fallait du cash en plus du reste. Castel est retourné voir son pote des Stups et il a prélevé 8000 euros dans la caisse noire alimentée par les saisies.

Il remonte la rue du Rialto et s'arrête à la hauteur de la 305 de Spinosa. Avachi à l'arrière, ce crevard de Flaco baisse la vitre et lui sourit. Té, il pense à son petit cadeau, comme une pute après l'amour !

– Suis-moi. Et toi Flaco, mets ça sur ta tête. Et planque-toi.

Castel lui tend une poche en plastique noir opaque, avec un trou pour respirer.

Elle se réveille au fond du box. Couchée en boule sur la couverture. La voix de Mary : « Julia... Julia... ça va ? » Pas super. Pas la super forme. Elle sent quelque chose de presque frais contre elle. Un coca. Elle ouvre la canette et boit. Se traîne hors de l'ombre. Le soleil au zénith. Elle compte. Ça fait sept jours qu'elle est là, prise au piège. Donc c'est vendredi aujourd'hui. Compter les jours, compter les heures. Elle se raccroche à ça. Pour pas péter un câble.

– Julia. Il te fait quoi le monster ?

– Je sais pas. Quand ?

– Ce matin. Il te prend avec lui et tu reviens pas longtemps.

– J'ai dormi. Le reste je sais plus. J'ai rêvé. J'étais un genre de bête comme dans le livre...

– Le livre ?

– Le type se réveille et il est devenu une espèce d'animal.

– Kafka.

– Tu lis des livres ?

– Oui. Je l'étudie à l'école, Kafka. Le monster, il prend l'autre fille, comme toi, il l'emmène là-bas.

Mary tend l'index vers le hangar au fond du chenil. Julia essaie, se souvenir, il s'est passé quoi. Ça vient pas. Le brouillard. Elle voit une trace de piqûre au creux de son bras. C'est quoi ça ? Deux traces. Ou alors elle voit double. Trop fatiguée. Elle retourne au fond de la cage et se couche sur la couverture.

Castel gare sa moto devant une librairie-presse à vendre. Les vitres sont peintes en noir. Il sort les clés de son blouson et ouvre le rideau de fer, puis la porte. Flaco râle.

– Putain, j'y vois rien, c'est quoi ce bin's ?

Castel le pousse à l'intérieur sans ménagement.

– Eh ! Je me fais beau et on me colle une poubelle sur la tête !

– Arrête, déjà tu seras jamais beau et c'est pas une poubelle...

– Désolé, monsieur Flaco...

Castel lui enlève le sac plastique de la tête et se moque de Spinosa.

– Monsieur Flaco, il te donne du monsieur ! Tu vois qu'il est pas si méchant.

Il referme la porte à clé derrière eux et allume la lumière. Un néon au plafond.

– Assieds-toi là.

Il lui désigne la table au milieu de la pièce. Flaco se pose sur une chaise. Tâte la poche de sa chemise pour vérifier qu'il a pas paumé les Ray Ban. Il mate les murs couverts de panneaux avec des photos, des papiers, des plans avec des flèches, un tas de trucs comme dans les films à la télé. Se gratte la tête. Castel s'assied face à lui.

– Tu as quoi pour moi ?

– Té, j'ai cherché. Un collègue, il connaissait un ancien, Mario, il avait des chiens. Il est mort depuis longtemps ça fait. Mario, il l'avait pris dans son chenil le taré que je vous ai dit, commandant.

– Et il est où son putain de chenil ?

– Le collègue, il se souvient plus trop... Ça date. Sa mémoire elle périme. Une fois il a été dans son chenil. Juste une fois. En plus la nuit et il était raide.

Castel lui balance le pochon de coke. Flaco répand un peu de poudre sur la table, sort sa lame. Se prépare deux lignes. Ses pupilles s'élargissent un peu plus à la vue des billets de 100 euros qui suivent. Il en roule un et sniffe les rails avec.

– Tu files 500 euros à ton collègue pour lui éclaircir la mémoire. Et 500 de plus quand il aura l'adresse du chenil.

Capito ?

– Claro.

– Il te reste 3000 pour tes frais, ce soir. Et si tu me trouves le taré et le chenil, je te file 4000 de plus.

Castel se lève.

– Une petite bière pour fêter ça ?

Ça aussi, sa femme lui a dit, qu'il buvait trop, qu'il fumait trop.

– Je veux bien, répond Flaco.

– Capitaine ?

– De l'eau si vous avez, je préfère.

Le commandant disparaît dans l'arrière-boutique. Spinosa se lève pour mieux examiner les panneaux accrochés aux murs. Toute l'enquête sur les gamines disparues est là. Leurs photos. Leurs noms. Plus d'autres affaires similaires. D'autres disparitions. Dans la région, mais aussi bien plus loin. Son patron lui fait un cadeau empoisonné en l'emmenant ici. Une planque. Un deuxième bureau. Et pour seule maîtresse, son métier.

Castel revient, pose les deux bières et une petite bouteille d'eau sur la table. Puis le coffret qu'il avait sous le bras. Il l'ouvre, sort un micro, un boîtier et un câble. Brandit un petit harnais.

– Enlève ta chemise, je vais t'harnacher.

– Commandant, proteste Flaco.

– Quoi ! La maille, tu en veux plus ?

Le gitan se tait. Rien que l'idée, paumer cet argent si facilement gagné. Il s'exécute. Se lève. Tombe la chemise, révélant un débardeur d'un blanc douteux. Castel enfile le harnais sur son torse maigre, fixe le micro, le câble et le boîtier.

– Remets la chemise.

Il s'équipe d'une oreillette.

– Marche maintenant et parle.

– Té, je dis quoi, je dis bonjour, ça va ? Un deux un deux... Ici Wouston, vous recevez ? Anasa vous parle, répondez.

Spinosa se détend. Ce con de Flaco, Houston, la NASA, tout ça, il mélange, il aménage à sa sauce.

– Ça marche, commente Castel. On te lâche plus.

Flaco s'assied et se refait deux lignes.

– Vas-y mollo avec ça, la journée sera longue.

– Justement, commandant. C'est pour tenir...

– Putains de toxicos, toujours une excuse !

Flaco essuie la poussière blanche avec le doigt, se le passe sur les gencives. Le goût âcre de la coke remonte. Il se racle la gorge. Ouvre sa bière, boit une longue gorgée, allume une cigarette, avant de roter.

– Et comment je fais pour prendre la douche avec ça ?

– Tu t'en passes, lui répond Castel. Tu te laves à l'ancienne.

– Quand même. Je vais péguer.

– Tu y vas comment au combat à l'usine ce soir ?

– Avec le collègue que je vous ai dit pour le chenil.

– Ton collègue, c'est juste un joueur ou il a des chiens ?

– Commandant. Je parle pas sur les collègues.

Extatique, défoncé, Flaco fume son garo. Tous ses sens aiguisés. Un feu d'artifice dans son cerveau. Castel s'énerve.

– Putain, je m'en carre de son biz !

– Oh, il a deux, trois chiens.

Flaco finit sa bière et jette sa clope dans la canette vide.

– On s'arrache. Spinosa, tu lui remets le sac poubelle sur la tête.

– Non, gémit Flaco.

– Eh si. Baisse-toi en sortant, que personne te voie, tu rentres direct dans la caisse.

Spinosa l'aide à monter et referme la portière. Castel lui refile deux oreillettes et une tablette. Il l'entraîne à l'écart, lui dit de pas lâcher cette sangsue de Flaco jusqu'à ce soir. Inutile de le coller. Il a planqué un mini traceur GSM dans son harnais. Histoire de pas le perdre en route.

Julia émerge, sa bouche la colle. Elle prend la bouteille d'eau. L'ouvre et boit longtemps, recrache un peu. Elle voit aussi deux bananes, une canette de coca et une barre chocolatée. Le streum prend soin d'elle. Chelou. Elle a pas vraiment faim. Elle se force. Mange une banane. La moitié. Boit encore.

– Julia, tu dors plus ?

Mary. Toujours en panique. Elle se traîne à l'extérieur, dans la partie grillagée.

– Regarde !

Le puant revient du hangar. Il tient en laisse la fille. Celle qui a le cerveau grillé. Au passage, elle se jette sur leurs cages, déchaînée, ses yeux révulsés genre zombi. Elle saigne. Elle crie. Elle crache. C'est quoi c'délire ? Le pit suit derrière, piteux, amoché. Mary tremble. Tous ses membres. Elle a peur, elle gémit. Julia voudrait réagir. La rassurer. Faire quelque chose. Mais pas la force. Il tire sur la laisse et ramène la fille dans sa cage, à l'écart. Elle crie encore. Comme une bête. Il retourne à sa caravane. Julia cherche une idée pour se tirer de cette merde. Ça défile, rien qui aille, rien qui vaille. Le goût du sang dans la bouche. Une envie de gerber. Son cerveau déraille.

Le capitaine le dépose à quelques rues du Rialto. Flaco s'esquive, la coke dans son caleçon. *Anda, hombre ! Pas moyen se faire serrer quand c'est la chance la belle qui te sourit.* Il palpe les billets dans la poche du jean. Avec ça, il va pouvoir participer au combat ultime. LE truc qui fait bander tous les joueurs. Et c'est le taré qui régale. Les Albanais, ceux qui organisent les combats de chiens, ils ont kiffé son idée au taré. Juste trois quatre fois dans l'année. Le ticket d'entrée à mille euros. Ça, il l'a pas dit à Castel. Il peut pas tout lui balancer comme une seiche ! Non, que non. C'est trop précieux. Des diamants. Par morceaux, les infos, par morceaux. Le commandant, les gamines disparues, ça lui tourne au cerveau, ça lui donne la faiblesse. Tellement qu'il est accro à son enquête. Claro, y a encore des euros à prendre. Son problème, c'est ce putain de micro qu'il lui a collé ! Il évite des poubelles qui débordent. Traverse la rue. Se fait insulter par un jeune en scooter. Pour une fois Flaco se sent l'utile à la société. Il a un plan. *Pendejo ! Un plan de ouf !* En plus de jouer et de gagner, c'te gamine, il va la sauver ! *Ça sera qui le héros ?* Il tourne à droite, une petite rue. Il sonne. La Gazelle lui ouvre. Tout le monde l'appelle comme ça, la Gazelle. Ou Marcia. Ils ont grandi dans ce quartier. Quand elle était encore un garçon. Il monte les cinq étages en sifflotant. Elle l'attend sur le palier. Il se souvient de sa beauté. Elle a encore de jolis restes. Plus que lui. Un peu moins ravagée. *Madre de Dios !*

– Alors, ces étages, tu les aimes ? Ou c'est moi ?

Elle lui fait la bise et le laisse entrer. Son appart est petit mais nickel. Un cocon. Ça lui change sa zone. Ils se posent au salon. Elle lui sert un café.

– J'ai mieux.

Flaco défait le bouton du jean, récupère la coke et pose le pochon sur la table basse.

– Toi, tu sais parler aux femmes !

La Gazelle sort un petit miroir et une lame de rasoir d'une boîte en nacre. Les pailles, elle les coupe et les jette après usage. Par hygiène comme elle dit. Flaco s'en bat les couilles ces conneries, mais respect. Il verse un peu de coke sur le miroir. Chaque fois qu'il a plongé, elle lui a pas manqué, Marcia. Les mandats pour cantiner, les parloirs pour pas finir zombi. Elle trace deux lignes et les sniffe. Se touche les narines. Pousse un cri de satisfaction.

– Putain, elle est bonne. Tu l'as eue où ?

– Secret d'état.

– Flaco !

– Une tombe.

– J'aime pas les tombes.

Elle le connaît trop bien. Il peut pas lui dire, pour l'enquête, le micro.

– Et toi, tu en prends pas ?

– Je suis déjà chargé.

Il enlève ses Ray-Ban et les pose sur la table basse.

– J'ai un souci, Flaco.

– Si je peux aider.

– C'est Claudia. Elle devait voir un client mardi soir. Depuis, aucune nouvelle.

– Peut-être elle est partie en voyage...

– C'est toi qui voyages ! Les putes, ça part pas à l'arrache sans prévenir les copines !

– Calme, tranquille.

– Tu pourrais te renseigner. Marco, celui qui bosse pour Giacobbi...

– Marco le Marseillais ?

– C'est un client à Claudia, un régulier.

Flaco se sert un verre d'eau. Grimace. La Gazelle s'emporte.

– T'y as un problème avec lui ?

– Non.

– Alora ?

– Pour la bande à Giacobbi, je suis juste une sous-merde. Mais ça va changer !

– De quoi tu parles ?

– Rien.

– Sinon... tu pourrais voir ça avec ton ancien pote, le flic, là, le grand, mal rasé...

– Castel. C'est pas mon pote.

Il se tortille sur le canapé. Putain, si elle savait !

– Il t'a bien aidé pour ton histoire en 2009. Dix ans tu aurais pu prendre, facile, plus même, et tu as eu combien ?

– Un an ferme.

– Cache ta joie !

Elle le regarde, son air de moqueuse, son air de charmeuse. Sauf qu'il est pas un serpent. Ni vipère ni crotale.

– Ok. Je le contacte. Moi aussi, j'ai un service à te demander. Tu fais quoi ce soir ?

– À ton avis ! Je bosse. Les clients du jeudi soir. Et un nouveau qui m'a contactée sur le site.

– Tu vois toujours ton vétérinaire ?

– Oui, mais pas le jeudi.

– J'ai besoin d'un truc fort pour calmer des chiens, des gros enculés bien méchants. Pas un truc qui te les assomme. Juste leur ralentir les réflexes, que ça les mettent cool, moins furieux des crocs.

– Pour quand ?

– Pour ce soir. Vers les huit heures.

– C'est court.

Il hausse les épaules, sait pas quoi dire.

– Je l'appelle. Laisse-moi un peu de coke. Je passerai à son cabinet une heure avant.

– Et tu vas lui raconter quoi au véto ?

– Oh, tu me connais, je vais l'embrouiller.

– Pas trop, je veux pas qu'il se plante sur le dosage.

– Fais-moi confiance. Moi, je te demande pas pourquoi tu veux ça.

– Je te dirai rien. Pour ta protection.

– J'espère que tu vas pas faire une connerie.

– T'inquiète. Yalla, je me casse.

Il se lève. Remet ses Ray-Ban. Elle le raccompagne à la porte.

– Je t'envoie un texto quand je l'ai ton truc...

– Et surtout, il t'explique bien comment ça marche. Adieu ma belle !

Flaco dévale les escaliers. Pourquoi elle a parlé sur Castel ? Elle saurait quelque chose ? *Non. Tu délires !* Elle sait pour le passé, pour les histoires d'avant. C'est tout. Nada. Son plan fonctionne nickel. Il a deux arcs à son jeu comme on dit. Tous les cas, champion ! Il s'étonne à lui-même tellement qu'il est fort. De verdad. Castel lui a collé un micro, mais il est pas fourré dans sa tête le micro. Il peut pas lui espionner ses neurones ! Et même si ça l'étonne qu'il cherche un calmant pour les molosses, le commandant captera pourquoi il demande ça à la Gazelle. Et pas au collègue qui l'emmène au combat ce soir. Ça pourrait lui monter les soupçons à Rambo. Bien vu. Encore bien vu. Il marche à l'ombre, vers l'avenue et les taxis.

Spinosa prend le taxi en filature. À distance. Il suit Flaco sur la tablette. Il reçoit aussi le signal sur son smartphone. On sait jamais. Castel est au commissariat avec Slimani. Elle gère les écoutes du 06 de Flaco. Comment elle doit râler, Mariam, elle qui aime le terrain, les tontons, les filatures, toutes ces conneries ! Lui, son kiff c'est rentrer dans la tête des gens. Décortiquer, disséquer, analyser. Fouiller dans leur passé. Mettre à jour leurs pulsions, leurs peurs. Le taxi se dirige vers le sud de la ville. Vers les quartiers chauds, comme les Flèches. Spinosa pense au couillon d'architecte qui a donné ce nom élégant à ces tours en 71. Un bouffon pétri d'humanité. Aujourd'hui, elles tombent en ruine. Les moins pauvres ont fuit ailleurs depuis longtemps. Les autres survivent entre les dealers et les rats, les allocs, les combines, les barbus ivres d'Allah. Un mail de Mariam. Le gitan a reçu un texto d'un certain RBO, ils ont rendez-vous au bar tabac la Cigale, juste avant les Flèches. Spinosa jette un œil à la tablette posée sur le tableau de bord. Le taxi vient de s'arrêter. Trente secondes plus tard, il passe devant le bar, continue deux cent mètres, prend le rond point, revient en arrière et se gare derrière un camion. De là, il aperçoit Flaco et son collègue en terrasse, à l'ombre d'un parasol.

Ils parlent du combat de ce soir. Flaco se lève. Il dit qu'il va pisser. Spinosa sort une lunette de la boîte à gants. Il s'en sert pour regarder les étoiles les nuits d'insomnie. Le collègue du gitan boit son pastis. Tranquille. Débardeur noir, musclé, tatoué. Pas grand, mais costaud, tout comme le chien à ses pieds. Un Staffordshire. Dans l'oreillette, il entend des petits sons. Puis un bruit caractéristique. Flaco se fait une ligne dans les chiottes. Après, il pisse un bon coup et tire la chasse. Le staff bouge, se relève, regarde son maître, et s'assied sur le cul. Il a pas l'air aimable. Spinosa entend le gitan se laver les mains. Ça s'éternise. Il le pensait pas si maniaque. Ou c'est pour les emmerder. Il sifflote même. Active le séchoir à mains qui vrombit et expire soudain. Tape dessus. Gueule « Maricón ! » suivi de « Putain de couille ! »

Nouveau mail de Mariam. Flaco cherche à joindre quelqu'un, elle sait pas qui, elle cherche. Il ne figure pas dans sa liste de contacts. Sûrement un pré-payé. Le fils de pute, tout ce bordel pour masquer son appel ! Spinosa a envie de pisser lui aussi. Une furieuse envie de pisser. Mais pas dans une bouteille d'eau vide. Et il a soif. D'abord pisser. Flaco va pas s'envoler. Il démarre, traverse la rue pour retourner vers le rond-point. Le gitan plaisante avec son collègue, il se moque de son chien. L'autre lui répond : « T'inquiète, ce soir, il va tout déchirer ! » Spinosa s'arrête à la station Total, cent mètres plus loin, et court vers les toilettes. Pendant qu'il se soulage dans l'urinoir, il entend le nom que Flaco donne à l'autre. Rambo ! Ça explique le RBO. Mort de rire, il manque se pisser dessus. Il se lave soigneusement les mains. Le gitan offre sa tournée. Il parle à Rambo du chenil : « Toi, tes chiens, tu les aimes, mais lui, le taré, c'est un grand malade. » L'autre arrive pas à se souvenir. Ce soir, en le voyant avec ses chiens balafrés, peut-être ça lui reviendra. Flaco l'encourage : « Putain, j'en ai cinq cent de plus des euros si tu te souviens là où il est le chenil ! C'est pas joli ça ? » Rambo répond que oui. Son staff aboie. « Ah si, que ça m'avait marqué sur le coup. La caravane. Y'avait une caravane dans le chenil. » « C'est tout ! Il était gitan ou quoi le vieux ? » « J'en sais rien. Faut que je parle à un ancien. Il a plus trop sa tête. Mais lui, il saurait. » Spinosa fait de l'essence et achète de quoi tenir. De la flotte, une bière et un sandwich, du chocolat. Le temps de retourner à la 305, il reçoit un texto de Mariam. Elle confirme, le contact inconnu, c'est bien un prépayé.

Il se gare à nouveau derrière le camion. Et ressort sa lunette. Flaco et son collègue se lèvent. Le chien renverse une chaise. La serveuse se marre. Le costaud la drague gentiment. Tout mielleux. Ça marche, elle couine déjà. Spinosa ne les voit plus. Le gitan tchatche sur les femmes, comment elles lui mangent dans la main à Rambo. Il le flatte. Il l'endort. Un bruit de voiture qui démarre. Le tatoué passe au volant d'une Citroën break. Il roule en direction des Flèches. Une berline noire se gare devant la Cigale. Un jeune type enrobé descend. Costume sombre, chemise blanche. Sûrement un chauffeur Uber. Flaco réapparaît dans son champ de vision, s'arrête, sifflote. Il fait quoi, ce con ? Le jeune ressort du bar un paquet de clopes à la main. Le gitan l'interpelle. Ils se connaissent. Un vieil ami à sa mère. « Et comment elle va ? Tu tombes bien. » Il doit retourner en ville. L'autre veut juste en fumer une. Depuis ce matin huit heures il débande pas. À peine le temps d'avaler un grec. Et Flaco qui lui dit : « c'est pas bon ça, trop gras ! » Il n'arrête pas de mater son téléphone. Il attend le texto de Marcia. Autre chose aussi sans doute. Ils montent dans la berline.

Plus ils se rapprochent du centre ville, plus ça roule mal. Flaco parle de foot avec le jeune. Le prochain match du club. Comment il a parié la victoire sur les deux premiers matchs et comment il a gagné. « La saison, elle vient bien ! » Il embraye sur les filles. Il lui donne des conseils au jeune. « Faut les faire rire, mais pas au lit ! » Un mail de Mariam. Le gitan a reçu un texto. GZL lui dit que c'est bon, qu'il passe chez elle après huit heures. Spinosa regarde le tableau de bord. 19:01. Il pense à Djemila Benaissa. Ses seins. Sa bouche. Interdit. Interdit d'entretenir une relation avec le témoin d'une affaire sur laquelle on enquête. Des mois sans faire l'amour. Depuis sa mutation promotion sur la Côte, aucune liaison. À part une fois. Une très belle femme. Plus âgée que lui. Une nuit. Il avait bu. Une nuit seulement. Spinosa n'entend plus la voix de Flaco. Il regarde la tablette. Position fixe. À deux rues de là. Il tourne et tourne encore pour trouver une place. Passe devant le gitan assis à la terrasse d'un café. Il continue. Fait caguer, pas de place ! Il se méfie de Flaco. Ce type a des ressources cachées sous ses airs de toxico. C'est un joueur. Donc il joue. Mais là, il joue à quoi avec ce calmant pour les chiens et ce contact qu'il a cherché à joindre ? La clim de la voiture déconne encore. On se croirait dans un frigo. Il baisse la vitre, l'air chaud s'engouffre. Il peut pas continuer à tourner comme ça. Il finit par en trouver une de place, derrière les containers poubelle d'un restaurant. Vu les relents, un restaurant de fruits de mer. 19:12. Il remonte la vitre tellement ça pue.

Son sandwich expédié, il finit sa bière. Flaco fait craquer ses phalanges. Spinosa déteste ça comme il déteste le contact du métal ou même boire à même une bouteille. Il a acheté des verres en plastique à la station service. Le verre rejoint la canette vide dans la poche posée sur le siège passager. Il tente de régler la clim. Sans succès. Ça bouge. Il entend Flaco acheter des fleurs. Un vendeur ambulant. La voix toute en tressautements joyeux, cliquetis, trilles et roulements. Pakistanais. Ou Indien. Il voit un couple qui s'est fait beau pour aller dîner. Des touristes rentrent de la plage, ahuris de soleil. Pressés de prendre une douche. La sonnerie du smartphone. Castel. Il lui demande de revenir au commissariat. Il a besoin de lui pour préparer l'opération de ce soir. Spinosa démarre. Il tourne à droite, continue. Un Land Rover Discovery surgit et lui coupe la priorité. Il pile.

Au volant du SUV, Marco le Marseillais se marre.

– Tu l'as vue, c'te 305 ? L'épave !

Assis à côté de lui, Sampieri se tait. Les jumeaux Camara sont à l'arrière. Muets eux aussi. Ils veillent sur le colis qui se trouve au fond. La pêche a été bonne, se dit Sampieri. Grâce au réseau du clan Giacobbi. Ils l'ont chopé dans les bras d'une pute. Elle parlera pas. Elle sait. Et lui aussi, il sait. Il va crever. Et pas en douceur. C'est lui qui a conduit l'amie de David à son dernier rendez-vous. Mortel. Le chauffeur de la berline noire. Un ancien militaire. Ce couillon, au lieu de la cramer la caisse, il l'a revendue !

– Don Joseph est plus rapide que la police, se moque Marco.

Le patron, que le type cherche à refourguer la caisse, il y croyait pas trop. Des pros feraient jamais ça. Mais il a vu des gens. Et ça parle. Toujours ça parle. Chez les flics aussi il a des amis. Il a su pour la berline, pas de visuel du conducteur. Il a su pour le parking souterrain où il s'était posé dix minutes, au troisième sous-sol, pile là où il fallait, avec la caméra en panne pour pas le troncher. Et qu'ils l'avaient perdu après quand il était sorti. Les caméras, un problème technique à la con. Le patron, il s'arrête pas aux détails. Les Russes l'ont branché sur un jeune, le style pirate des ordinateurs. Sampieri, ça le dépasse. La formatique, tous ces trucs modernes. Il a toujours son vieux téléphone. Ou des prépayés à la vie brève. Le jeune, ce couillon, il est tombé sur un plus fort encore. Il a juste retrouvé une image du conducteur. Avant de sortir, il a baissé la vitre pour mettre son ticket et que la barrière du parking elle se lève. Il a dû tendre le bras. Entre son gant en cuir et la manche du blouson, ça montrait un tatouage. Genre une petite pyramide. Ou un triangle. Avec écrit SV dedans. Les flics, ils ont rien, ils savent rien.

– Ces crétins, pareil pour les gamines et le taré qui les enlève !

– Marco.

Le Marseillais, il ferme sa bouche en deux temps, comme la valse dans la chanson. Sauf qu'une valse, ça se danse les trois temps. Il souffle, chouine, et au final, il lâche l'affaire. On dirait un fruit bien mûr qui s'écrase au sol. Sampieri, quand ça lui vient, il se sent poète. Mais c'est pas l'heure à la poésie. C'est l'heure aux confidences. Après le cimetière et l'usine fermée. Un ancien garage. Sur sa façade délavée, on lit encore : Garage Blanc, Père & F... Sampieri descend ouvrir la grosse porte coulissante fermée par des chaînes. Le Land Rover pénètre à l'intérieur.

Les Camara sortent le colis et le traînent au fond du garage. Vers le palan entouré de bidons. Le type voit rien. À poil. Un sac en jute sur la tête et le haut du corps. Les mains attachées dans le dos. Ils le détachent, ce con il doit espérer, quelque chose, il sait pas, à l'armée on lui a pas appris à crever cette manière-là, fait comme un rat. Ils virent le sac et l'adhésif sur sa bouche. L'autre, il ferme les yeux pour pas les voir. Les jumeaux lui accrochent les bras au palan. Suspendu au dessus du sol. À peine. Assez pour faire mal. Sampieri s'approche, une grosse clé à la main.

– On veut savoir une chose, qui t'a payé pour ce job ?

– Quel job ?

Ça commence mal. Il lui fracasse le genou gauche. Le type, évidement il hurle. Marco ricane. Les jumeaux font rouler un gros bidon jusqu'à lui. Un des deux approche une chaise rouillée.

– Ton dernier de job, la femme que tu sais.

– Je vois pas.

Mauvaise pioche. Sampieri lui pète le genou droit. L'autre abruti, c'est trop pour lui. Il s'évanouit. Les Camara redescendent le palan et posent le type sur la chaise. Il respire mal. Marco ouvre la mallette posée sur un tas de vieux pneus. Dedans, son matos. Des seringues et des ampoules. Il en remplit une de seringue, fait un garrot et le shoote. Des amphés pour le secouer un peu. Les jumeaux remontent le palan. Il rouvre les yeux. La douleur. Défoncé. C'est pas lui qui a mal, c'est celui pendu par les bras. Délire. Il voit. Couleurs. Silhouettes tordues. La Lumière. Le Royaume.

– C'est quoi ton nom ?

– Kovalski.

– Pour qui tu bosses ?

– Des Italiens.

– C'est quoi ce tatouage ?

– Ils...

– Articule, on t'entend pas !

– C'est eux... m'ont piégé.

– Comment ?

– Une livraison. Bien payée.

– Genre ?

– Coke. Un kilo. Savais pas pour la dope. M'ont baisé... des photos là... quand j'ai livré.

– Tu savais qui elle était ?

– Qui...

– La femme, celle de l'hôtel.

– Non. La prendre à son hôtel, l'emmener au parking. C'est tout.

– Et tes Italiens, ils ont un nom ?

– Les ramassis....

– Putain, c'est quoi ces conneries !

Sampieri lui balance un coup de clé au bas ventre. Kovalski crie et se tord.

– Tu choisis. Mon collègue, il t'injecte un truc qui va te brûler de partout. Tu imagines pas. En feu tu seras. Personne résiste. Ou alors il te donne la morphine et tu la sentiras plus la douleur.

– Sais pas leur nom, les ai jamais vus... on échange... un forum sur Internet. Les messages codés.

Sampieri regarde Marco. Même devant une loque, il veut pas passer pour le débile. Le Marseillais lui fait signe que c'est bon.

– Quand ils t'ont baisé, t'as pas voulu en savoir plus sur ces ritals ?

– Si.

– Et...

– Marazzi.

– C'est qui ?

– Des Calabrais.

Il fait signe aux jumeaux de le redescendre sur la chaise. Marco lui injecte la morphine. Une dose massive. Kovalski sourit bêtement. Il est plus bon à grand chose. Le nom du commanditaire, comme il a dit le patron. Après... basta ! Les Camara remontent le palan plus haut et collent le gros bidon dessous. Sampieri dévisse le couvercle. L'odeur d'essence lui pique les narines. Le palan redescend. Kovalski plonge à l'intérieur. Trop défoncé, il réalise pas. Sampieri scotche une charge explosive sur le bidon. Ils s'esquivent. Remontent dans le Land Rover, Marco démarre en trombe. Sampieri attend quinze seconde et appuie sur la télécommande. Les vitres du garage explosent sous le souffle. Les flammes jaillissent, dévorent la façade. L'ancien catcheur est fatigué, mais affamé.

Le streum fait tourner le moteur du fourgon garé derrière la caravane. Son Kangoo suffirait pas pour l'occasion. Il les emmène, elle et l'autre fille, avec sa bande de molosses. Courts sur pattes mais épais du garrot. Mâchoires d'acier. Concours de cicatrices. Sauf un pit, jeune. Une femelle. Elle aussi, c'est sa première fois. Julia se rassure comme elle peut. Enfermée dans une petite cage. Impossible se lever, s'allonger. Plus les secousses. Ça tangue. Elle s'accroche aux barreaux. Bientôt la nuit. Dans sa tête aussi. Elle prie son père, elle prie Rimbaud. Elle prie un Dieu vengeur qui punit les méchants. Elle prie pour qu'un Sauveur vienne les délivrer. Des conneries tout ça. Des trucs pour les enfants. La faim. Elle s'est habituée. Il lui fera pas manger sa viande crue ni des os à ronger comme les clebs. Le problème, elle manque de forces. La route est meilleure. Les secousses ont fini. Elle se laisse bercer par le bruit du moteur. Zappe le reste, les clebs dans leurs cages, l'autre fille qui pousse des petits cris, le streum au volant. Elle pense à Joseph Giacobbi. Le seul qui pourrait les sauver. Il connaît du monde. Il est puissant. Il est méchant.

Joseph Giacobbi repose son téléphone sur la table. Un restaurant discret où il a ses habitudes et une table à l'écart. Sampieri l'affranchit. Les Marazzi. Il accuse le coup. Ces putains de mafieux dont David lui a parlé. Les mêmes qui seraient derrière tout ça, le cabinet San Marco, avec leurs potes Siciliens et Sardes. Ses futurs associés pour le Casino. Le contrat est presque finalisé.

– Champagne !

Il ouvre la bouteille posée dans le seau et fait lui-même le service. Garder la face. Ne rien montrer. Il note quelques mots sur un papier et fait signe à Mehdi de s'approcher. Il lui tend le papier plié.

– Tu donnes ça à David. Il dîne au Pacific.

– Je fonce, monsieur Giacobbi.

– Roule pas comme un fada et mets le casque.

Joseph, ça l'arrange pour Mehdi. Que Dany Padovani le couvre de cadeaux. Un espion de plus. Le jeune lui doit tout. Un orphelin. Sa grand-mère l'a élevé. Sans argent. Sans personne pour l'aider. Elle coule désormais une retraite paisible dans une résidence privée pour seniors. Grâce à lui, Joseph Giacobbi. Elle pourrait jamais se l'offrir avec son minimum vieillesse !

– David, il dîne chez les Casanova ?

Sampieri. Ça le démangeait. Joseph le regarde en souriant.

– Tranquille. Ton entrecôte frites, elle arrive.

– Les émotions, ça creuse.

Le Sampieri, ça lui suffit pas. Il marmonne.

– Quand même, ça se fait pas.

– Basta !

La serveuse dépose son assiette sur la table, puis celles des jumeaux Camara où trônent deux énormes burgers. Ils se jettent dessus. Giacobbi connaît les goûts de ses hommes. Du basique. C'est pas eux qui iraient au Pacific. Trop chic, trop sophistiqué. Tout ça leur échappe. C'est Mehdi qui l'a affranchi pour Salomé. Padovani parle quand il dort. Elle est revenue. Sa fille. La reine de la coiffure raconte sa vie dans son sommeil. Forcément, il faut déchiffrer, c'est pas clair, surtout pour Mehdi qui connaît rien à leurs histoires. Un puzzle. Lui, il sait, il comprend. Il a remis les morceaux ensemble. Fait jouer son réseau. Pour vérifier les réservations du Pacific. Même chez les Casanova il a des espions. Une seule correspondait, une femme, italienne, une inconnue. Ce soir. Il a posté quelqu'un dehors. Pour surveiller. Prendre en photo les clients. Il l'a pas loupée. Une Bentley l'a déposée. Salomé. David est arrivé juste après.

Il regarde sa sœur. Dany a raison. Sa beauté attire toujours autant les regards. Mais son innocence s'est envolée. Quelque chose de triste dans son regard. De dur et de froid aussi. Elle pue l'argent en toute discrétion, ses bijoux, sa robe, ses manières. Il sent quelqu'un lui toucher l'épaule. Se retourne. Mehdi. David le suit à l'extérieur.

– Monsieur Giacobbi, il m'a dit de vous donner ça.

Il lui tend un papier. David s'approche. Lui chuchote qu'il a besoin de coke. Lui glisse des billets de cinquante euros. Mehdi enfile son casque et démarre. Donc, son père l'espionne. Il sait déjà pour Salomé. Des jeunes passent. Ils parlent fort. Ils rient comme au premier jour. David shoote dans un gobelet emporté là par le vent du soir. Il cherche des yeux. Ne voit rien. Ouvre le papier. Les Marazzi. Ceux dont Monica lui a parlé. Ceux qui dirigent Pandora avec les Barracato et les Sanna. Ceux qui contrôlent Vincitore, Et la Fondation Santa Virginia. SV. Comme le tatouage. Son père a été rapide, mais il doit maronner. Pour le Casino, ça sent mauvais. Il rejoint Salomé.

– Excuse-moi.

– C'est ton petit ami ?

– Non, celui de Dany.

Le serveur veut savoir s'ils ont terminé les entrées et s'ils sont satisfaits et si le vin leur plaît. Enfin, il s'adresse surtout à Salomé, il la regarde, fasciné. Et s'esquive avec un soupir retenu.

– Et toi, tu ne m'as toujours pas dit ce que tu fais.

– Je dirige la communication d'une fondation...

David craint la suite, un sale pressentiment.

– Quelle fondation ?

– Santa Virginia. Tu connais ?

– Non.

En fait, il se souvient maintenant. Quatre ans plus tôt, pour son anniversaire, elle lui avait écrit sur du papier à lettres à en tête de la Fondation Santa Virginia.

– Et ton mari, il fait quoi ?

– Des affaires.

– Il est riche ?

– Très riche.

– Alors pourquoi tu es si malheureuse ?

Un silence. Le sommelier a remarqué leurs verres vides

et s'empresse d'y remédier. Avec délicatesse. Un Bourgogne. Gevrey-Chambertin. Plus précisément un Chambertin Grand Cru. Le sommelier a tiqué sur ce choix. Pour une entrée comme les ravioles aux truffes sur une émulsion de foie gras et copeaux de truffes blanches, ça n'allait pas. Bon, il ne l'a pas dit. Mais il le pensait. Il conseillait plutôt un blanc. Quel idiot ! Elle l'a renvoyé dans ses 22. Madame est riche. Madame ordonne. « Et puis, ça conviendra parfaitement avec la suite, le veau braisé revisité sur un lit de soja avec mousse de gingembre et confit de figues. Quelle recette à la con ! Mais je vais la goûter. » Le sommelier a fui. Figé dans sa dignité.

– David, tu es fâché ?

– Non, jamais, pas ce soir.

Il ment. Il ment bien. En tout cas, il espère.

– Ça fait longtemps que je suis malheureuse.

– Je croyais...

– Quoi ?

– Ange.

Sa main serre le verre en cristal. Elle se ressaisit.

– Tu veux savoir quoi ?

– S'il est toujours vivant, si tu l'as retrouvé, s'il va réapparaître. Comme toi.

– Les choses ont changé.

– Tu pourrais être plus claire ?

– Plus rien n'est comme avant. Les gentils. Les méchants. L'amour. La haine. Le silence. La fureur. Tout se confond, David, tout se mêle.

– Tu l'as revu, il est vivant ?

Salomé le regarde sans répondre, vide à moitié son verre.

– Ne me dis pas...

Ça se bouscule dans sa tête. Des images. Des souvenirs. Renard Pâle, la ferme de Vorane. L'odeur de la mort. Et l'argent. Ange et son sourire radieux. Ange et ses démons.

– C'est lui, ton mari ?

– David.

Une supplique. Elle marque un temps. Le serveur arrive avec leurs plats. Sent le malaise, dépose les assiettes, susurre un : « Bon appétit, madame. Monsieur. », et retourne en cuisine.

– Excuse-moi, je ne voulais pas te brusquer. Je suis...

Il a failli lui dire qu'il était bouleversé par la mort de Monica. Surtout se calmer. Se taire. Il a juste évoqué deux gros dossiers sur lesquels il travaillait. Sans plus de détails.

– Je suis un peu stressé.

– Bon appétit. Mange !

Il s'attaque à ses filets de rougets au riz sauvage et chips d'algues. Manger. D'abord. Avant d'affronter le monstre.

9
AFFRONTER LE MONSTRE

Castel finit son café lavasse, jette le gobelet plastique dans la poubelle sous son bureau. « Putain ! » Des reliquats liquides ont giclé sur son jean.

– Un problème, commandant ?

– Non. J'attends juste un signe.

– Un signe...

– Le destin, Slimani, le destin...

Son smartphone sonne sur le bureau. La « Marseillaise », massacrée par un groupe punk obscur. « Allonzenfantsdelapatrie ! »

– ... Mektoub !

Il répond. Giacobbi. Il arrive pas à en placer une. Se lance. « Vous savez bien que je ne peux pas tout vous dire. » Giacobbi remet ça . « Non, c'est pas une bonne idée, ça va foutre mon plan en l'air. » Mais Joseph a de la ressource. « Quoi ? Vous êtes sûr ? » Castel oublie sa fatigue, ses poumons encrassés. L'adrénaline. Une drogue dure. Il raccroche.

– Giacobbi. Quelqu'un l'a affranchi pour le combat de ce soir. Il veut envoyer ses hommes sur zone.

– Non ! Vous...

– La bonne nouvelle, c'est qu'il a une piste pour le chenil.

Spinosa les écoute d'une oreille. L'autre, c'est pour les conneries de Flaco. Parfois, il est drôle. Mais il tchatche, il tchatche.

– Spinosa, ça donne quoi là-bas ?

– Normal. Le gitan, il est aux taquets.

– Avec toute la coke qu'il s'est mis, il peut. Il...

Sa phrase reste en suspens. Castel se tourne vers le « joli capitaine ». Les filles l'appellent comme ça ici, toutes elles sont folles de lui, sauf qu'il en a pas baisé une.

Spinosa lève les yeux de son ordi. Castel commence à le connaître. Et il fait confiance aux intuitions du toulousain.

– Tu le sens pas, Flaco, c'est ça ?

– Je pense qu'il est pas franc. Son histoire de calmants pour les chiens.

– Continue.

– Si c'était pour son collègue, pour que ses chiens gagnent, ils auraient dû en parler, et là, nada. Donc c'est pour autre chose. Mais comme il est sur écoute, il se méfie.

– C'est quoi ces conneries !

Spinosa ignore les mots doux de Slimani.

– Il a du vice et il aime jouer.

– Un point pour le capitaine... commente Castel.

– En plus, il est chargé. La coke, ça agite le cerveau. Il pense qu'il a le contrôle.

– Et alors ? lui lance sa collègue.

– Tout va plus vite. Tout s'accélère. Comme si on agissait en se regardant agir, c'est...

Slimani le coupe.

– Tu t'y connais ou je suis conne, en brune.

Dans son oreillette, Spinosa entend des chiens gueuler. Rambo qui leur gueule à son tour de la fermer, « chiens d'abrutis ». Ça le fait marrer. Et la voix de Flaco : « Je fais un tour, voir ».

– Ça bouge !

Castel suit le gitan sur son ordi. L'écran affiche aussi le plan rudimentaire qu'il lui a dessiné. Un plan incomplet. Les Albanais bouclent une partie des lieux. Ils profiteraient de leurs sauteries canines pour faire bosser des filles, vendre de la dope, des armes. Qu'on lui a dit à Flaco. Lui, il vient juste pour jouer, l'ambiance, les amis.

– Pourquoi vous lui avez pas collé une GoPro, commandant ?

– Slimani, y a plus urgent.

Il contacte les trois équipes en planque près de l'usine désaffectée. En soutien, et encore plus discrets, une brigade cynophile et les robocops du RAID. Des fourgons sont garés à un kilomètre pour le ramassage des ordures du soir. Il a réquisitionné deux ambulances et une équipe médicale au dernier moment. Ils rejoindront le site où se trouvent les fourgons vers onze heures. Pour l'instant, personne qui ressemble aux gros bras de Giacobbi. Mais des clients connus. Voyous locaux. Joueurs invétérés. Les princes de la ville. Blacks sapés. Macs peroxydés avec leurs plus belles putes. Nouveaux riches. Gitans flamboyants. Chinois flambeurs. Un défilé. Benz, Ferrari, Porsche Cayenne. Le crime paie. Paranos, les Russes préfèrent les Hummer blindés. Parking gardé par des costauds armés. Supplément exigé. Le parking qui longe le côté gauche de l'usine, c'est pour les fauchés. Les joueurs de seconde zone. Et personne ne le garde.

Spinosa regarde les liens défiler sur l'écran du PC. La respiration rauque de Flaco, quelques mots au passage pour saluer des connaissances. Bingo. Il a enfin trouvé ce qu'il cherchait.

– Slimani, je t'envoie les plans de l'usine. Vous aussi commandant. Juste une manip pour les coordonner avec le signal du traceur.

– Flaco, il sort du plan. L'enculé… il fait quoi là ?

Spinosa tente de la rassurer.

– Il suit le lapin.

– Quel lapin ?

– Le lapin d'Alice. C'est comme dans un jeu vidéo, y a plusieurs niveaux. Il est passé dans la dimension cachée.

– Spinosa, je sais pas à quoi tu tournes…

Elle le fixe sans achever sa phrase. Castel remet son oreillette. Ce con de Flaco sifflote un air, un vieux truc.

– Il va où là ?

– Au fond de l'usine. D'après les plans, il y avait comme une piscine où on testait des conduites…

– Des conduites de quoi ?

Il aimerait bien répondre à Castel, mais il saisit mal les notes et les abréviations qui figurent sur le plan. Slimani affiche un grand sourire. Il comprend vite. Elle sait.

– Des conduites de gaz pour voir si elles résistaient à la pression de l'eau.

– Slimani, vous sortez ça d'où ?

– J'ai bossé au service du cadastre pour financer mes études. Alors, des plans comme ça, j'en ai vu des…

– Elle fait quelle taille, c'te piscine ?

– 20 mètres sur 10.

– Et autour, c'est grand ?

– Oui. Il faut de la place pour manœuvrer des conduites de 15 mètres. Cet espace est séparé du reste de l'usine.

– Combien d'entrées ?

– Je vérifie.

– Capitaine, je l'entends plus le Flaco, et vous ?

– Je sais pas. Il retient son souffle. On l'a surpris. Il a dû se planquer.

Un chien feule, il gueule pas, il feule et grogne. Une voix. Inconnue. Pas une voix. Un grognement aussi, mais humain. Et un coup sec. Le clebs couine. C'est lui, pense Spinosa, c'est lui. Un silence. Flaco respire un grand coup. Son signal bouge à nouveau sur l'écran. Et soudain une voix « Pas rester là, partir ! Ici, tu viens après. » Un Albanais. Un des gars qui assure la sécurité.

– C'est lui ! s'exclame Spinosa.

– Deux entrées...

Castel coupe Slimani.

– Lui qui ?

– Le suspect. C'est lui.

– Putain ! Il nous mijote quoi, Flaco ?

– D'après moi, il vous a pas tout dit.

– Alors Slimani, ça vient ces entrées ?

– Deux entrées et un accès direct à l'extérieur, pour les conduites.

– Spinosa, t'as envoyé le plan aux collègues ?

– Oui, commandant.

– Avec mon putain d'ordi, j'y arrive pas !

Castel regarde les photos des gamines sur le mur. Les sauver. Son oreillette crachote. Sur l'écran, Flaco est revenu à la limite du plan qu'il lui avait dessiné. Les anciens bureaux de l'usine. Ce fils de pute s'arrête pour se faire un rail. Plutôt deux, vu le son.

Quand tu sniffes, la coke elle te nettoie pas que les sinus, elle t'explose le cerveau ! Elle remonte âcre dans ta gorge. Il avale. Fait passer avec la salive. Enculé ! Comment il a failli se faire griller ! D'abord le taré avec son pit et après l'Albanais. Encore heureux il l'a pas palpé. Ni là ni avant. Ceux qui viennent avec des chiens pour les combats, on les fouille pas, on les connaît. Juste les clients. Pour éviter les engatses, ils laissent leur matos à l'entrée. Il est passé tranquille avec Rambo par la porte sur le côté. Flaco flippe. La sueur froide dans son dos. Ce putain de micro. *Pense à la maille, hijo ! Sois un seigneur.* Castel, il sait rien, il peut pas imaginer. Avec le plan à la con qu'il a gribouillé pour l'endormir. Il aime pas son collègue, le jeune fouineur. Joli que ça fait mal aux couilles de voir ça. Ses yeux, il a un truc, ce pédé, il te transperce, tranquille. Le regard du maure. *Calme-toi, Flaco, tu dérailles, pense à la maille.* Il peut tout expliquer à Castel. Pour le produit, il voulait juste les calmer ses chiens au taré, c'est tout. Il lui a pas parlé du combat après. La piscine. Ambiance à la Gladiator. Plus la chaleur, les mecs en transe, l'odeur du sang. Le montant des paris. En général, il peut pas suivre. Ce soir, il peut. Et il va gagner des masses de fric, tout leur fric ! En plus, il sera le héros, le tout beau, celui qu'a aidé pour serrer le taré. Il se mélange. Il va trop vite. Mais il peut rien faire. À force se charger, il cavale, il cavale. Son cerveau fait des bonds. Il arrive pas à suivre. Rambo l'engueule : « Putain, tu étais où ? » Flaco marmonne sans répondre. « Ça va commencer. Fais sa piqûre à Braquo. Il est inscrit au deuxième combat. » Il cale le pit entre ses jambes. Le gitan le shoote. Rocky, l'autre pit et Monster, le staff, ça sera pour plus tard.

Une des équipes postée près de l'usine a repéré Simon Giacobbi. Il est juste venu avec son chauffeur qui fait aussi office de garde du corps. Castel pige pas. Léger pour une descente en règle. Son père a fait des affaires avec les Albanais dans le passé. Lui aussi il a des chiens. Et des prête-noms pour participer aux combats.

– La garde rapprochée de Joseph Giacobbi n'est pas là.

– Il est juste venu pour le plaisir, Spinosa. Vous entendez ce bordel ?

– La fête commence, commandant.

Ça gueule, ça trépigne, ça veut du sang ! Et maintenant. Pas demain sur Mars comme ils disent où on ira vivre. Là, c'est brutal. Flaco se pose avec Rambo au bord de la piste. Un cercle comme au cirque. Le ring pour les clebs. Éclairé par des gros projos. Autour, les mecs s'accrochent aux barrières métalliques tenues par des blocs de ciment. Ça tangue. Ça braille. Autour encore, debout sur des madriers, d'autres mecs excités. Plus haut, le cul posé sur une estrade de palettes empilées, ceux qui ont de la maille. Tous, ils grognent. Les chiens aussi. Tous. La musique commence. Un truc d'opéra. Et le chauve en costard blanc, il annonce les clebs, leur palmarès, il chauffe le public. Premier combat. Un bull mastiff contre un bull terrier. Flaco le sent bien le terrier. Un nouveau. Kalash. Le style trapu, jeune et méchant. Il a misé 200 euros sur lui avant le combat. Les Albanais te donnent une fiche. Avec un numéro. Tu coches les cases comme au Loto. Tu choisis tes champions ! Les couillons qui s'excitent pendus aux barrières, les autres pareils sur les palettes, eux aussi, ils ont joué avant, mais ils bandent pas pour ça, ils bandent pour miser pendant les combats. Depuis le temps, Flaco la connaît la mécanique. Et comment elle est bien huilée. À l'entrée, les Albanais ramassent les fiches. La grande blonde en cuir noir, putain, une salope de luxe tu sais pas d'où elle sort, elle te met les fiches dans une machine. C'est la meuf à Marius. Le nain chicos, il voit tout ça dans son ordi. Les mises. Les montants. Avec les numéros des joueurs. Rapide. Efficace. C'est lui le boss. Presque. Le cousin à JP Guérini. Personne l'appelle par son petit nom. Personne l'appelle tout court.

Son mobile sonne. Joseph Giacobbi. Castel répond. L'écoute. Inutile de l'affranchir pour son fils. Le Vieux saura assez vite. Il se risque : « Mon contact m'a dit que le type s'en souvenait plus. » Une bordée d'injures pour réponse. Giacobbi raccroche.

– Il a trouvé le type qui connaît le chenil ?

– On dirait.

– Il ne pourra rien en tirer avec ses méthodes, prophétise Spinosa.

– Vous sauriez, vous ?

– Peut-être. On fait quoi ?

– On attend. Flaco doit m'appeler pour me confirmer que le taré est bien là.

– Il est déjà là.

– Une intuition, ça suffit pas.

Spinosa n'insiste pas. Se concentre sur l'écran et le boxon dans son oreillette. Les échos d'une boucherie. Une partouze de la barbarie. De l'autre oreille, il perçoit le murmure du soir par la fenêtre ouverte. Et la voix de Slimani. Vu le ton, elle parle à une vieille copine.

Elle lui demande un service. On ne refuse rien à la police.

Kalash a la gueule pleine de sang. Et le mastiff, les tripes à l'air. Flaco sourit. Tous ces cabrons, ils le croyaient gagner ! Et c'est lui qui empoche. Les esclaves aux Albanais, deux roms, ils te le foutent dans une brouette. Le plus vieux repart avec. L'autre, le minot, vire la sciure souillée par le sang et la merde. Il balance du détergent par terre et dessus, il remet la sciure propre. Deuxième combat. Le pit à Rambo. Il fonce sur le boxer. Un vieux. Vicieux il s'appelle. Des cicatrices partout, une gueule de pirate. Il évite Braquo. Une fois, deux fois, trois fois, il joue le fatigué, et là, bien sournois, bien comme il dit son nom, il saute dessus, ses crocs se plantent, à peine, le sang vole. Le pit l'envoie bouler. Ça lance des « olé ». Rambo gueule : « Crève-le, Braquo ! » Le pit ruse, feinte comme au foot, fait mine partir à droite, jaillit à gauche. Trop rapide pour Vicieux. Les chiens roulent dans la sciure. Ça s'emballe. Les mecs encouragent leur champion, braillent leurs numéros et leurs mises, sortent des liasses de billets. Le chauve en costard blanc, il note ça sur sa tablette à une vitesse pas croyable – ça va direct sur l'ordi à Marius – et deux Albanais ramassent les grosse coupures.

Le truc bien pensé. Simple. Efficace. Le cousin à JP, il mate jamais le spectacle. Sauf le spécial plus tard dans la piscine. Le rare. Le cher. Le tordu. Ç'ui-là, il rate jamais. Flaco sait. Il a des oreilles. On le prend pour une merde, ça aussi il sait. Il veut se revancher. Claquer leur face, leur mettre profond. Braquo saute sur les flancs du Vicieux. Le boxer évite mal le coup, il pisse le sang. Ça refroidit ces conos qu'ont misé sur lui. Rambo encourage son pit : « Braquo, tu le manges, tu le manges ! » Flaco mate autour de lui. Enculé, il est là ! Simon Giacobbi et son larbin baraqué. Le combat après, y a Killer. Son pit. Un putain de tueur. Officiel, il est pas à lui. La vérité, il aime trop ça, les molosses, les killeurs. La viande qui saigne. Alors il s'arrange, le fils Giacobbi.

Castel lit le mail qui vient d'arriver : « La femme à barbe sort en burqa ». Il se tourne vers Slimani.

– Le Gros est sur zone.

Spinosa est largué. Castel l'affranchit.

– Un homme à nous. Un infiltré.

– Et vous...

– Pourquoi je t'ai pas mis dans la confidence ? Dis-lui, Slimani.

– Il était en immersion depuis des semaines.

– Slimani a bossé sur une enquête avec lui. Pas toi. On le protège. La maison n'est pas étanche.

– Vous craignez les fuites ?

– Affirmatif. Slimani, il a activé son traceur. Tu les lâches pas, lui et Flaco.

Castel fonctionne à l'instinct, à l'humain. Les règles, il s'en bat les couilles. Agit en cow-boy. Cette affaire des disparues, elle le dévore tout entier. Pas étonnant qu'il ait des problèmes avec sa hiérarchie. Dans son oreillette, Spinosa entend le mec gueuler : « Prochain combat !... » Après, tellement ça crie, c'est inaudible.

Deux pits bien chargés. Le tout blanc, z'yeux rouges, l'écume à la gueule, le favori des parieurs. Killer. Il a déjà gagné des dizaines de combats. L'autre, tout noir avec une tache blanche autour son œil. Jeune. Une femelle. Nadja. Personne croit à sa chance. Flaco a parié 300 euros sur elle. Pas sur sa victoire. Sur un combat sans personne qui gagne, un 50/50. Ça arrive pas souvent, mais ça arrive. Vu sa côte, les autres l'ont moqué. *Pendejos !* Elle est au taré. On peut lui faire la confiance. Les chiens sont lâchés. Le combat commence. Killer se jette sur elle, sauf qu'elle est plus rapide. Esquive la charge. Il remet ça, encore et encore, elle court plus vite que lui. Ça gronde autour de la piste et sur l'estrade. Nadja l'attaque à la gorge, il la repousse, lui mord sa patte, ça gicle dans la sciure. Les gars se chauffent. Les trois quarts, ils ont parié sur Killer. Sur le temps qu'il va durer le combat, avant la mise à mort. Ça leur rapporte quoi ces couillons ? Nada. Dans leurs culs ! Lui, le Flaco, il sait. Aucun des deux va gagner. Les femelles, c'est pas bon pour les combats. Comme sur les bateaux, ça perturbe les hommes. Ils préfèrent se la mettre entre eux. *Enculés ! Je vais tous vous baiser.* Il a besoin d'un rail. Son plan. Les chiens au taré pour le combat à la piscine, faut les neutraliser. La seringue et le flacon sont dans son sac, derrière, là où y a l'autre pit à Rambo et le staff. Ils le surveillent, si un cono approche, ils le bouffent ! Nadja et Killer se matent, genre bien amochés. Le tueur bave, il la joue furioso, il te fausse les apparences, mais à la finale, il capte pas. Les autres chiens le craignent. Pas elle. Nadja respire fort, fatiguée, ses yeux fous qui sentent la mort. Et là, elle bondit sur lui, plante ses crocs au garrot. Il réagit l'abruti, l'envoie valser dans la sciure. Le sang pisse. Ses yeux à Killer. Vagues, bouffis par la colère. Elle se relève, lâche pas l'affaire.

Le Gros a repéré Flaco. Il reste à distance. Castel lui a envoyé le plan de l'usine sur son mobile. Et le portrait robot du suspect. Il salue deux, trois mecs au passage, s'attarde pas. Eux non plus, ils sont là pour les combats, pas pour tchatcher. Il voit Simon Giacobbi. Son chauffeur. Et ces putains d'Albanais partout. Nombreux. Jusque là, ça fait 18. Des masses. Et armés comme il faut. Glocks 9mm glissés dans la ceinture, bien en évidence. Fusils à pompe. Mini Uzis. Dans quel merdier il s'est encore fourré ! Il pouvait pas refuser ça à Castel. Et il connaît le dossier. Bien pourri. Des filles dont tout le monde se tape. À part le commandant. Il s'approche du combat. Parie 200 euros sur la femelle pit. Vérifie son nom sur la liste. Ne voit pas bien. Nadja. Voilà. Nadja. Elle résiste au gros pit. Killer. Un champion sur le circuit. Un vétéran. Malgré les blessures, elle résiste. À bout de souffle, elle résiste encore. Killer recule. Son maître doit pas aimer. Le vrai. Pas cet alcoolo de Martini qui lui sert de prête-nom. Confirmation. Simon Giacobbi sort de sa réserve. Il agonise son chien d'injures. Le Gros rêve d'une douche. Il sent le chacal. Pas eu le temps. Castel cherchait à le joindre depuis plusieurs jours. Dès qu'il a pu, il a roulé, roulé. S'est tapé les embouteillages à la con de l'été. La tronche explosée. La fatigue. Les nerfs à vifs. La parano. Tout le temps. Partout. Personne à qui faire confiance. Jamais. Il est devenu comme les mafieux qu'il fréquente. Le Gros. Bouffé par la parano. Une douche, une nuit de sommeil. Depuis des semaines, il dort d'un œil. Les Italiens ont des doutes, pas sur lui précisément, mais ils se méfient. Temps mort. Il mise encore 100 euros sur Nadja. Discret. Pas la peine d'attirer l'attention. Il voit personne qui ressemble au portrait-robot. S'éloigne du cercle. Observe les parieurs, les affamés de sensations. Assemblée frénétique. Cosmopolite. Des vrais méchants et des raclos comme le gitan. Mate sa fiche. Combat suivant : Vengeur contre Thor. Les voyous vont trop au cinéma. Un combat bidon sûrement. C'est pas les Albanais qui règlent la mise en scène. Marius Guérini organise tout. Certains combats doivent durer. Pas d'autres. Le nain est un esthète du crime. Le combat d'après. Sultan... Quel nom à la con, déjà pour un clebs normal, ça sonne cliché ! Sultan contre Python. Ce nom là, ça lui rappelle... putain, c'est quoi déjà ? Un vieux souvenir. Ses débuts d'infiltré. Une éternité. Il débarquait de son île. Petit flic inconnu. Une page vierge. Depuis, il a souvent changé de nom et d'apparence. Sa dernière créature, c'est le Gros. Les Italiens ne l'appellent pas ainsi. Pour eux, il est monsieur Halani. Ils sont très polis. Très méchants aussi. Le silence soudain le ramène au combat. Un silence brisé par le cri du fils Giaccobi : « Killer ! » Le Gros se rapproche du cercle. Les parieurs ont les dents sèches. Dehors, toutes dehors. Dedans, ça leur ferait trop mal. Comme ce poisson des profondeurs, le poisson-vipère. Les bouches écarquillées.

Muettes. Les yeux qui tombent. « Tu te fais mettre par une chienne ! », gueule Simon. Nadja se dresse face à Killer. Il pisse le sang méchamment. Bave. Elle tremble. Ivre. Ils s'écroulent dans la sciure. Giacobbi sauterait dans l'arène si son chauffeur le retenait pas. Le Monsieur Loyal en costard blanc annonce : « Pour ce combat des braves, ni vainqueur, ni vaincu ! 50/50. » Ça gueule dans l'assistance, ça siffle. Ils sont pas jouasses. Sauf un, Flaco. Il a ce genre de sourire du joueur heureux. Il plane. Pas qu'avec ça. Le Gros connaît ses vices. Ils voulaient du crime, un qui marave l'autre, les tripes à l'air. Ils voulaient que leur champion triomphe. Niqués. Nadja les a tous niqués en beauté. Martini se précipite vers Killer, lui parle. Des mots doux sans doute. Brute épaisse mais cœur tendre. Il se baisse, soulève le pit, l'emporte. Vite. Il flippe. Simon Giacobbi s'est pris la honte à cause de lui, et ça, il aime pas ! Un grand type en parka, la capuche sur la tête, fend les rangs, les parieurs s'écartent à son passage. Il s'approche de Nadja, se baisse, l'entoure doucement de ses bras. Se relève. Se retourne. C'est le suspect. Flaco surgit, se colle. Pourtant il refoule ce mec, on la sent son odeur, à plusieurs mètres. Il le félicite, lui tape sur l'épaule. Se colle encore. Le suspect le repousse. Le Gros oublie sa fatigue. Sort son mobile et envoie un court message à Castel. La cible marche vers le fond de l'usine, plongé dans une semi obscurité, vers ces machines imposantes qui reposent, silencieuses, inutiles. Vers cette piscine indiquée sur le plan. Disparaît.

– Il l'a en visuel !

– On fait quoi, commandant ?

– Pareil. On attend.

– Longtemps ?

– Putain, Spinosa, vous voulez quoi, qu'on se pointe dans ce bordel, qu'on tire dans le tas ?

– On les fume tous et après on a une médaille, ironise Slimani.

– On attend la fin du film, que ces cons se barrent.

Et le gitan, il est où ? Le Gros fait glisser son doigt sur le mobile pour afficher le visuel du traceur GSM. Flaco est parti dans la même direction que le suspect. Les combats ont repris. Il contourne les machines qui masquent une porte à double battant. Il la franchit. Néons HS. Plus il avance, plus c'est sombre. D'une main, il masque l'écran du smartphone. Flaco s'est arrêté. À une vingtaine de mètres. Quelque part. Planqué. Le gitan sait ce qu'il fait. De chaque côté, des conduites empilées, imposantes, retenues par d'énormes tenons rouillés. Une porte s'ouvre sur la droite, laissant passer une lumière jaunasse. Le suspect ! Il tient en laisse un drôle de clebs. Le Gros se planque entre deux tas de conduites. Se baisse. S'aplatit. Se fait petit. La lumière d'une torche. Les ombres qui dansent immenses menaçantes et s'effacent enfin. Il se relève péniblement. Se demande pourquoi les chiens du suspect sont là, à l'écart des autres. Et cette piscine, à quoi elle sert ? On lui a rien dit là-dessus à l'entrée. Il regarde son smartphone. Flaco a bougé. Le Gros se rapproche de la porte et l'entrouvre avec mille précautions, si on peut dire vu son état. Un vestiaire. Des armoires métalliques. Des bancs. Au fond une porte vitrée. Il entend la voix de Flaco. À peine, un murmure. Il essuie la poussière sur la vitre. Le gitan, à genoux, parle tout doucement au staff attaché à un pilier. Un monstre. Couturé de cicatrices. Il bronche pas. Bouffe un truc. Doux comme un chaton. Jaloux, les autres chiens grognent, tirent sur leurs chaînes. Nadja est couchée sur une couverture crade. Abrutie par son combat et les calmants. Une seringue à la main, Flaco pique le staff. Se recule aussitôt. Se relève. Le Gros comprend pourquoi il s'est frotté au suspect. Pour s'imprégner de son odeur et masquer la sienne. Ça plus une petite gâterie, ça aide. Flaco balance une barre chocolatée sous le museau d'un pit encore plus couturé. Puis une autre pour le bouledogue albinos, la gueule mauvaise. Il les a sûrement chargées avant. Pour les charmer. Il remplit à nouveau sa seringue, vérifie le dosage, shoote le pit qui se lèche les babines. Recommence son manège avec le bouledogue. L'albinos renâcle mais se laisse faire. Flaco range son matos dans sa poche intérieure. Regarde autour de lui. Se dirige vers la porte. Le Gros cherche où se planquer. Impossible. Les armoires. Trop petites. Il sort des vestiaires, court, se cogne, se couche près des conduites. Tellement grandes, il pourrait s'allonger à l'intérieur. Pas le temps. Flaco se casse sans le remarquer. Il soupire. Fatigué. Trop vieux pour ces conneries ! Pense aux gamines au lieu de te lamenter. Il tiendra pas sans CC. Ça aussi, ça fait partie de sa couverture, pour approcher les Italiens. Comme sa boîte d'import-export. Et ses études avortées de chimie. Viré de la fac parce qu'il fabriquait des amphés dans un labo. Un petit patron marron, accro à la coke. Avec des contacts précieux aux douanes et chez les dockers. Ils pensent qu'ils le tiennent, qu'ils l'ont piégé. Il arrive derrière les machines. La rumeur. Là-bas. Il s'abrite derrière une grue de levage. Sort l'inhalateur à coke de son blouson en toile. De la C déjà préparée, fine, concassée. Très pure. À consommer avec modération. Une prise pour chaque narine. Son cerveau apprécie. Chaleur. Plaisir. Excitation. Il passe le mur des machines, observe. Pas d'Albanais en visuel immédiat. Ils surveillent les invités du soir, captivés par le spectacle. Un rom se balade parmi eux, une glacière en bandoulière. Un autre ramasse les canettes de bière vides qui jonchent le sol. Le Gros se rapproche lentement. Sur le côté obscur. Protégé de l'éclat des projecteurs. En crabe. Prêt à reculer, à se dissimuler. Il observe. RAS. Ils sont en extase. Pas tous ravis, mais en extase. Il se fond dans les rangs.

Julia entend la respiration saccadée de l'autre fille. Le streum les a enfermées dans une espèce de remise. Il a enlevé le chiffon qui lui cachait les yeux avant de la pousser à l'intérieur. Il fait tout noir là-dedans. Les molosses sont pas loin. Eux aussi, elle les entend. L'autre meuf, la blonde chtarbée, il l'a attachée. Pour pas qu'elle lui saute dessus. C'est clair. Son séjour au chenil lui a pas réussi. Julia veut pas finir comme elle. Elle colle son oreille contre la porte. Rien. Tout à l'heure, un type est venu, pas le streum, un autre.

Le Gros achète une bière au rom et boit une longue gorgée. Vengeur s'est pris une branlée. Pire. Thor l'a égorgé. Il agonise en se chiant dessus. Les roms qui bossent pour les Albanais le balancent dans une brouette. Changent la sciure vitesse grand V. Autour, ni luxe ni calme, mais volupté bruyante. Ils communient par l'atroce. Tous. Tarés. Ça pue le sang, la merde, la sueur, le détergent. Il vit avec eux depuis des années, les tarés, les ordures. Monsieur Loyal annonce : « Sultan contre Python ! » Le Sultan en question, un bull mastiff à la gueule torve, plus tout jeune, les yeux injectés, fébrile. Python, c'est le chien du suspect. Le drôle de clebs qu'il a vu avec lui juste avant. Un pitweiler. Mélange explosif de pitbull et de rottweiler. Jeune et dangereux. Comme celui de ce vieux qui magouillait dans l'élevage clandestin. Le Gros l'a croisé à ses débuts. Sa première infiltration. Il enquêtait sur un trafic d'êtres humains. Organisé par ces fils de pute du Kosovo. Pseudo révolutionnaires et vrais mafieux. Des vérolés du cerveau. Le vieux en question leur avait fourni deux, trois chiens, dont un pitweiler. Livré à domicile. Dans leur repère. Une ferme isolée. Le Gros y était. Il s'appelait Michel à l'époque, le beau Michel, un mac bavard qui voulait leur acheter des filles, jeunes, très jeunes. Il paierait bien. Il en avait sauvé pas mal des filles et ces bâtards s'étaient fait serrer. Mais ceux qui tiraient les ficelles, on les protégeait. Raison d'État. Les enculades de la géopolitique. Ça crie autour de lui. Sultan et Python roulent dans la sciure. Se lacèrent mutuellement. Le pitweiler repousse le bull mastiff. La foule se lâche. Hurle ses paris. Chacun son champion. Il met 100 euros sur Python. S'éloigne. Ça va durer. Retourne à l'entrée voir le comité d'accueil. Sort un paquet de clopes, en propose aux gars. S'en allume une. Descend sa bière. Attend. Tire sur sa clope.

– Pourquoi tu regardes pas combat ?

Un Albanais trop curieux. Le poisson est ferré. Il se retient de sourire.

– Hmm, il marmonne.
– Tu veux combat spécial ?
– Oui.
– Cher.
– Combien ?
– Mille euros pour invité spécial.
– Quand ?
– Après. Accès limité.

Il se marre ce con et les autres avec lui. Il répète ces mots qu'on lui a appris. Et ça les fait marrer.

– Tu donnes argent à moi.
– Je vais chercher, dans la voiture.

C'est pas drôle, mais ils se marrent. Tant qu'ils le prennent pour un con, ça va. Le Gros contourne le Hummer de Marius Guérini gardé par deux cerbères, Mini Uzis en bandoulière. Vitres fumées. Un son techno s'échappe du véhicule. Sa voiture est au fond du parking plein de trous. À son arrivée, toutes les places étaient déjà prises. Sauf celle-là. Il bippe, monte dans l'Audi A8. Soulève le tapis, ouvre la trappe sous le siège, récupère un téléphone prépayé. Appelle Castel. Lui explique la situation, qu'il faut attendre avant d'intervenir, le dernier combat, le spécial, celui qui ne figure pas sur la fiche. Range le prépayé. Hésite à prendre le Luger 9mm planqué sous la roue de secours. Mauvaise idée. Cette arme, c'est le dernier recours s'il peut pas récupérer l'autre. Le marrant empoche ses dix billets de cent et le palpe. Il proteste. Pour la forme. Ils ont déjà son 7.65. L'inhalateur, l'Albanais s'en tape. Le Gros lui a dit que c'était pour la sinusite. L'autre a sûrement pas compris. La sinusite. Un truc de Français. Il retourne vers le cercle des charognards. Les cris, la rage, la lutte à mort. Sultan est moins fier. Il boite, grogne encore un peu, laisse derrière lui une traînée de sang. Un œil crevé, une patte brisée, le ventre ouvert, l'intestin qui sort. Python tourne autour de lui. Ils attendent tous la curée. Une rumeur. Ils se retiennent avant de jouir. La rumeur grossit. Quand Python saute à la gueule de Sultan et lui plante ses crocs, ils explosent. Flaco boit sa bière, un œil furtif braqué sur le suspect, de l'autre côté. Masqué par la capuche de sa parka. Python achève Sultan, lui pisse dessus et retourne vers son maître. L'éclat du projecteur révèle une balafre sur son visage.

– Ça vous dérange si je fume ?

Castel n'attend pas la réponse. Il allume son cigarillo. Ouvre une autre bière. Il fait chaud encore malgré l'heure tardive. Son ordi affiche 23h40. Bientôt les parieurs vont ramasser leur mise. Et gicler. Enfin, pas tous. Mais un droit d'entrée à mille euros, ça refroidit les ardeurs.

– Il roule sur l'or ou quoi, le gitan ?

– Continue, Slimani...

– Lâcher autant, juste pour assister à un combat. Pour un crevard, ça fait beaucoup.

– Peut-être il espère gagner beaucoup plus, ose Spinosa.

– Tu veux dire en truquant, en droguant les chiens du suspect...

– Il va parier contre eux. Il suit son plan.

– Et comment il a eu cet argent ?

– Il est tombé du ciel, plaisante Castel.

Elle se cabre. Saisit soudain. Le regarde. Soupire.

– Vous voulez dire...

– Rien. Je t'ai rien dit.

Il rit. Un rire tordu... La sonnerie de son smartphone. Cette Marseillaise version punk, ça commence à le saouler ! Giacobbi. « Oui ». Entre deux injures de Don Joseph, il arrive à en placer une : « Arrêtez vos conneries ! » Giacobbi, ça le sèche. « J'ai une idée. Je vous envoie quelqu'un. Lui, il va le faire parler. En douceur. » Nouvelle bordée d'injures. « Il vous retrouve où ? » Spinosa le regarde, interloqué. Castel raccroche.

– Bon, tu vas me faire parler ce débile. Sinon, ils vont le massacrer.

– Commandant...

– File ton oreillette à Slimani. Je peux me débrouiller avec elle.

– Et je vais où ?

– Ils passeront te prendre sur le parking de la Criée.

Spinosa récupère son arme de service, la glisse dans le holster. Enfile sa veste en cuir noir. Il a dit ça tout à l'heure, par bravade, qu'il pourrait le faire parler avec ses méthodes, l'hypnose. Il espère juste que le mec n'est pas trop esquinté.

Simon Giacobbi retrouve le sourire. Jaguar massacre son adversaire du soir. Une merde qui ne mérite que ça. Son père l'a appelé deux fois. Putain, il peut pas le lâcher ! Même quand il prend du bon temps, il vient le faire chier. Il n'a pas répondu. Plus tard. Demain. Il sort prendre l'air, suivi par Djibril, son ange gardien. Il rallume son cigare. Les Albanais n'ont pas osé les fouiller. Il est pas assez con pour venir ici sans son fidèle Beretta. Et lui a un permis de port d'arme, pas comme tous ces pourris. Marius Guérini sort du Hummer, suivi par sa chérie, une grande blonde bandante. « On se voit après, à la piscine. », lui lâche le nain en passant. Le combat spécial, un spectacle pour initiés. Simon attend ça. Pour se détendre. Oublier. Les boîtes à faire tourner. Son père avec son putain de casino. Et son pédé de frérot qui négocie ça avec les Ritals. Monsieur l'avocat d'affaires, le tout beau. Sans oublier Salomé de retour sur la Côte. La belle disparue revient les emmerder. Ça pue l'embrouille. Elle sait rien. Elle sait pas que ce demeuré de Pascal Casanova leur a donné son propre frère, Paul. Ils ont vengé François. Et Ange, il a fait le grand saut y a longtemps. Bon, on n'a jamais retrouvé son corps. La mer l'a emporté. Et la tourmente s'est déchaînée ! Son père est redevenu Don Giacobbi. Le grand rival de la Donna Casanova. Et là, il veut tout foutre en l'air avec son casino. Simon lâche un « putain » sonore. Autour de lui, les parieurs s'en vont par grappes. Certains ont gagné. Surtout un, celui a parié sur la femelle pit, cette salope qui a mis la honte à Killer. Beaucoup ont perdu. Mais ces couillons viennent pas pour la thune. Ils bandent pour le sang et ils ont eu leur dose. Pas lui. Il retourne dans l'usine, escorté par Djibril.

Le Gros espère que Simon l'a effacé de son logiciel comme disent les idiots actuels. Ça date. Il a beaucoup changé en quinze ans. Les derniers fidèles attendent, il compte vite, une petite centaine. Les Albanais poussent les grandes portes métalliques sur leurs rails et ferment l'accès. Allument des torches puissantes. Les roms ont démonté les projos. Chargés sur un chariot élévateur qui se dirige vers le fond de l'usine. Un d'eux court devant avec une lampe, les autres transpirent derrière. Ils contournent le cimetière des machines. Les Albanais leur demandent suivre eux. Ils marchent en silence jusqu'au fond. Franchissent la porte à double battant. Longent les grosses conduites qui reposent elles aussi, comme les machines. Dans leur linceul. Cette usine est un cimetière. Il jette un coup d'œil en passant devant les vestiaires, ne voit rien. Mais il sent cette excitation autour de lui. Indéfinissable. Simon Giacobbi marche devant, Flaco reste planqué au milieu des parieurs. Ils continuent leur marche, guidés par les lueurs. Après avoir franchi une autre porte à double battant, ils se retrouvent dans un hall sombre. Au centre, un grand trou. La piscine. Vide. Les roms installent les projos, allument le premier. Il s'approche. En haut, des poutrelles métalliques, des poulies, des genres de rails. À droite, le Gros voit les marches qui descendent dans la piscine. De chaque côté, des conduites hautes de deux mètres masquent en partie la vue. Il s'avance encore sur le côté gauche et aperçoit une ouverture. La lumière crue des projecteurs baigne la piscine vide. Au fond, un tapis de sable et de sciure. Il lève les yeux vers le côté gauche, en hauteur, les vitres de ce qui devait être le poste de contrôle. Et derrière les vitres, Marius Guérini et la blonde en cuir noir. Il entend les murmures. Et la voix de Monsieur Loyal. La Voix : « Et maintenant, le combat ultime ! » Les mecs se lâchent, crient. Chinois en sueur, limite hystériques. Prêts à sortir leurs liasses de billets. « Le combat que vous attendez tous ! » Macs Ivoiriens défoncés aux amphés, pupilles dilatées sous leurs lunettes noires.

Et leurs putes au maquillage luisant, robes trop serrées, aux seins, aux fesses, prêtes à exploser. « Le combat de la peur, le combat de la mort ! » Russes impassibles à la sauce Poutine, mâchoires serrées, toujours entourés de leurs gardes du corps. Personne ne les approche. « Le spectacle commence ! » Les projos s'éteignent, sauf un poursuite actionné par un rom, braqué au-dessus des marches. Le bouledogue albinos apparaît, tenu en laisse par le suspect, toujours en parka, la capuche sur la tête. Ils descendent les marches, suivis par le poursuite. La tension. Les cris. Putain ! C'est quoi, ça ? Une créature surgit, braille, bouge en faisant des bonds, descend à son tour dans la piscine. La lumière se reflète sur sa carapace, une combinaison matelassée qui lui couvre le torse, les bras et les jambes, sauf aux articulations. Elle porte un casque d'où s'échappent des cheveux blonds. Des sortes de griffes métalliques prolongent ses bras. Ses pieds aussi. Elle est petite et pousse des cris venus d'un autre monde. Des cris aigus. Perçants. L'assemblée crie à son tour. Comme un rite barbare. Le poursuite accroche son visage. Une gamine. Sale. Des yeux fous. Voilà ce qu'ils attendaient tous. Le suspect lui parle à l'oreille et remonte les marches. L'Albanais repousse la barrière. Les projecteurs se rallument. Elle s'avance vers le bouledogue albinos. Chargée à mort. Il lui donne quoi ce malade ? Du speed à haute dose ? Un cocktail ? Elle ouvre la bouche... putain... Il lui a collé des prothèses sur les mâchoires, avec des crocs de vampire. Elle ouvre en grand, crache et grogne. L'albinos lui répond, bondit, elle l'évite, ses griffes le labourent au passage. Furieux, il se retourne, l'agrippe par une jambe et la fait tomber. Ce con, il la traîne, il pense déjà qu'il a gagné. Flaco lui a injecté quoi ? Un truc à effet retard ? Elle s'appuie sur son autre jambe et lui plante ses griffes dans la gueule. Il pousse un hurlement, la relâche, titube, recule, hébété. Elle n'avance pas debout, non, elle bouge comme un animal, les jambes fléchies, le torse baissé, tête en avant. Autour de lui, les parieurs se déchaînent, gueulent à se fendre la mâchoire, les grosses coupures pleuvent. Monsieur Loyal et ses deux assistants s'affairent. Le bouledogue albinos pisse le sang, une vilaine blessure. Mais ses cicatrices attestent de sa résistance. Elle tourne autour de lui en riant. Un rire dément. Les ados disparues deviennent donc ça. Le Gros se ressaisit. Échapper à la sidération. Il ne peut pas laisser une gamine se faire trucider par un clebs. Même une gamine chtarbée, hallucinée. Réfléchir. Agir sans griller sa couverture. Ce qui se passe là est tellement dingue. Et pourtant, des horreurs, il en a vu. Attendre la fin du combat et espérer que l'albinos crève ?

Spinosa s'assied sur un fauteuil à roulettes, face au collègue de Flaco. Le type tremble encore, répète : « Je sais plus où c'est, je sais plus... », se mélange les mots. Il l'a emmené à l'écart dans le petit bureau vitré qui donne sur des alignements de camions poubelles. Lui parle doucement. Pour le calmer. Le hangar porte le sigle SCORA, tout comme les camions. Société de Collecte des Ordures Régie Autonome. Fondée et présidée par JP Guérini. Dirigée par Ibrahim Benaissa, le père de Djemila. Il a lu ça dans un vieux rapport l'autre nuit. Le type se détend. « Vous écoutez ma voix, vous ne pensez plus à rien. » Joseph Giacobbi fait les cent pas entre les camions. « Fixez mon doigt. Oui. Ne le quittez pas des yeux. Vous vous sentez léger, léger. » Ses hommes ont squatté une table, des chaises pliantes et jouent au poker. « De plus en plus léger. Fermez les yeux. » Les jumeaux Camara qui l'attendaient à la Criée, Marco dit le Marseillais et Sampieri. Un ancien. Petit. Râblé. Castel lui a montré des photos de sa garde prétorienne. « Vous dormez maintenant, vous êtes bien, détendu. » Le type s'affaisse sur la chaise. Spinosa sort son smartphone et enregistre. « Comment vous appelez-vous ? » « Jacques Lebrun. Les gens disent Jacky. » Spinosa sent qu'il le tient. « Maintenant, Jacky, vous allez voyager dans le passé. Il y a des années, bien des années. Vous êtes sur la route, pour aller chez le vieux Mario, dans son chenil. » Le type se marre. « Complètement refait le Jacky ! » « Vous êtes où ? » « On roule on roule c'est la nuit. La route qui va à la déchèterie Puget. Ça pue. Mario lui a expliqué au collègue pour venir, il sait plus, il croit on s'est trompé. Non. On trouve le chemin, derrière, tout sombre. Caché par les arbres. Ça tangue. Il est mauvais ce chemin. N'avance pas vite. Ça prend du temps. Ça monte. Ça monte. On est secoués. Là-haut, les chiens, ça gueule quand on arrive. Le vieux Mario il nous sert son cocktail, préparation maison, après, je sais plus... » « C'est bien, Jacky. Vous allez bientôt vous réveiller. À trois. Un. Deux. Trois. Vous vous réveillez. Calme. Tranquille. » Spinosa stoppe l'enregistreur vocal et envoie un texto à Castel : « Localiser déchèterie Puget ».

– Vous habitez où, Jacky ?

– Aux Mimosas.

Une cité des quartiers nord, sur la route des Pointes. Juste après le port de pêche. Un kilomètre à peine.

– Je vous ramène.

– Et eux, ils sont d'accord ?

Du menton, il désigne la bande à Giacobbi, derrière les vitres.

– Rassurez-vous.

– Le chenil, je vous ai dit où il est ?

– Oui.

– Vous alors, vous êtes fort !

Jacky rit nerveusement et étouffe aussitôt un cri de douleur.

– Ça va ?

– Les côtes. Ils ont tapé, ça a cassé. Deux au moins.

Par la vitre, Spinosa voit Giacobbi s'énerver, son téléphone collé à l'oreille. Il raccroche et lui fait signe.

– Venez.

Il prend Jacky par le bras et ils sortent du bureau vitré. Descendent les marches. Giacobbi les regarde s'avancer vers lui. Ses sbires se sont tous levés.

– Déjà, tu as pas une gueule de flic, et en plus, tu fais le magicien !

– Je dois prendre ça pour un compliment, monsieur Giacobbi ?

– Plutôt oui que non, s'exclame Marco.

Le chef de clan confirme par un grognement et désigne Jacky.

– Tu fais le taxi pour monsieur et tu reviens fissa. Castel a insisté pour que tu montes avec nous là-haut, chez le taré.

Pour le côté officiel.

– La déchèterie, vous savez où elle est ?

– Couillon, bien sûr que je connais.

– Vous pouvez m'éclairer ?

– Plus tard. Ramène le colis à destination.

Marco les raccompagne à l'extérieur. Jacky jette des regards de bête affolée dès qu'il s'approche de lui. Il se raccroche à la manche de Spinosa. Le Marseillais voit la vieille 305 et se marre.

– C'est à toi, c'te poubelle ? Franchement...

Spinosa ignore ses sarcasmes, son rire débile. Il ouvre la portière à Jacky, contourne la 305 et monte à son tour. Marco se marre toujours. Il démarre.

Autour de la piscine, les clameurs s'élèvent. Le Gros participe à la curée malgré lui. Sauver les apparences. Pour l'instant. Impossible d'envoyer un texto à Castel. Il se ferait repérer. L'Albanais, celui qui aime plaisanter, il plaisante plus, ne le quitte pas des yeux. Il parie 200 euros sur la gamine en espérant qu'elle tienne jusqu'au bout. Affalé dans la sciure, le bouledogue albinos ne bouge plus. Il pisse le sang de partout. Un œil crevé. Défiguré. Elle lui a planté ses griffes de métal dans la gueule, façon matador. On l'encourage à continuer. Certains croient encore en lui. Il tente de se relever. Une de ses pattes arrière est blessée. On voit l'os. Il se relève et bondit sur elle. Dans un dernier effort, désespéré, il parvient à la faire tomber. Elle roule sur le sol. Il lui bloque un bras avec une patte et se découvre en levant l'autre, prêt à frapper à son tour, à lui lacérer le visage. Trop tard. Elle plonge ses griffes dans le ventre offert et les retire aussitôt. S'écarte juste à temps. Il s'effondre. Terrassé. Et son dragon est cette gamine. Des cris parcourent l'assistance. Ça râle, ça chuchote. Ils rêvent de jeux du cirque, ces tarés, ils veulent le sang d'une vierge. L'insultent. La traitent de pute dans plusieurs langues. Castel lui a envoyé les photos des filles qui ont disparu. Mais elle ressemble plus à un monstre qu'à une ado. Elle se balance sur elle-même et pousse de petits cris. Elle saigne, là où il a arraché un bout de sa protection matelassée. Le suspect la prend par la main et l'emmène. Les deux roms chargent le bouledogue dans une brouette et remontent les marches. Le petit porte l'avant, au niveau de la roue. Il peine. Le grand l'encourage. Il relève la brouette, les mains bien fermes sur les poignées, pour alléger la charge. Monsieur Loyal annonce une pause. Le Gros demande à un des Albanais où il peut aller pisser. « La bière », il précise, l'air entendu. « Tu attends. » Il montre de la main ses deux collègues qui bloquent la sortie. Et la queue devant la porte à double battant. Les mecs pressés de se soulager. Ils ouvrent enfin. La lumière des projecteurs de la piscine éclaire le passage sur une dizaine de mètres. Les types s'engouffrent. Aux avant-postes, Flaco s'efface devant le chauffeur de Simon Giacobbi qui sort des WC, suivi par son boss. Sa carrure impose, et son flingue, visible par le blouson entrouvert. Aux chiottes, de simples urinoirs, éclairés par un néon crachotant, c'est la cohue. Le Gros voit les ombres des conduites là-bas, et regarde autour de lui. Vite, bouge ! Il revient jusqu'à la hauteur du vestiaire. Se cogne. Se glisse dans un recoin, à l'abri des conduites empilées. Le pire, c'est qu'il a envie de pisser. Des voix, on s'approche. Il se tasse. Comme il peut. Simon Giacobbi et son chauffeur passent, accompagnés par un Albanais qui marche devant, une torche à la main. Il va pour sortir de sa planque, mais se ravise. On vient encore. Un faisceau lumineux troue l'obscurité. Marius Guérini parle avec un Albanais, sans doute le chef. Il lui sort un flan sur sa blonde. Comme quoi elle se sent pas bien. Un virus. Pour les comptes, ils verront demain. Si ça tombe, elle est enceinte ! Ils s'éloignent. Le Gros attend dix secondes et sort son smartphone. Il n'a pas le choix. Il appelle Castel. Parle en chuchotant.

Castel écoute, se décompose, puis laisse échapper un soupir de soulagement. Il tente de réfléchir, mais son cerveau surchauffe. Ne pas succomber à l'excitation.

– Commandant ?

C'est bizarre. Il devrait être content, soulagé, de lancer l'assaut final. Mais non. Il est seulement fatigué.

– Les filles, les gamines... elles servent à ça, à se battre contre les chiens.

– Je me disais aussi, c't'animal, il a une drôle de voix.

– Elle a massacré un bouledogue.

Slimani arrive enfin à reconstituer ce qu'elle a entendu.

– Ah, c'est pour ça qu'ils la traitaient de pute !

– Le Gros a vu Flaco piquer trois chiens. Elle tuera pas les deux autres.

– Alors, elle serait pas seule à l'usine ? Et il les cache où ? On sait où sont ses chiens...

– Trouve-moi ça. Je sais pas. Juste à côté. Un petit local. Une soute. Un appentis.

– Je suis dessus. Focus.

Slimani retourne sur le site du cadastre. Tape l'identifiant et le mot de passe de sa copine qui bosse encore au service du cadastre. Celle qu'elle a appelée tout à l'heure, au début des combats. Elle fait défiler des plans sur son écran. Regarde. Jure. Ça y est. Un miracle.

– J'ai un autre plan de l'usine, plus complet.

– Bien.

– Je cherche.

Il se lève et se tient derrière Slimani.

– Oui. Là. Vous voyez.

La flèche de sa souris indique un emplacement. Il se penche vers l'écran de l'ordinateur.

– Une remise qui donne sur le local où sont ses chiens.

– Pratique. Ça explique pourquoi ses clebs sont pas avec les autres.

– Et Flaco savait tout ça vous croyez ?

– Tout, non. Mais pour ces combats-là, entre les chiens et les filles, il savait.

– Et il a misé 2000 euros sur la fille contre l'albinos.

– Le Gros, tu lui envoies ce plan, et à nos équipes sur place. Et tu dis aux fourgons et aux ambulances de rejoindre le site.

Il retourne s'asseoir à son bureau, prévient la brigade cynophile et le RAID que l'assaut ne va pas tarder. Puis il appelle les équipes postées autour de l'usine. « Prêts à intervenir. Au niveau de la piscine. La sortie directe vers l'extérieur. La brigade cynophile et les robocops couvriront l'accès principal et la sortie des artistes. Tout le monde se couvre. Je répète. Tout le monde se couvre. Les Albanais ont du gros matos. Vous utilisez les grenades incapacitantes et les tasers. Et si vous devez tirer, vous visez juste. »

La 305 de Spinosa cale et s'arrête devant la déchèterie Puget. Tout est cassé, à l'abandon. Marco sort la tête du Land Rover : « Laisse ta poubelle ! » Il monte avec eux. Les Camara se casent sur les deux places du fond. Le Marseillais se croit au Paris Kaboul : « Attention aux mines ! » Les Camara sont hilares. Joseph Giacobbi se tourne vers Spinosa assis à côté de lui.

– Tu as une arme au moins ? Ou bien tu vas les hypnotiser les chiens !

Crise de rires.

– Et les filles aussi tu les hynoptises ?

– Putain, Marco, hypnotises pas hynoptises. Parle français.

– Ok, patron, j'hyptonise la route.

Les Camara gloussent entre deux secousses. Spinosa envoie un texto à Castel : « en approche chenil ». Puis il sort son arme de service, vérifie son chargeur, et la remet dans le holster. Réponse de Castel : « intervention usine 30 secondes. » Le chemin est mauvais, il grimpe, il tourne, comme lui a dit Jacky. Et depuis, ça s'est pas arrangé. Heureusement, le Land Rover a un gros moteur, de bons amortisseurs et des roues XXL. Un silence soudain envahit l'habitacle. Après un dernier virage, les phares éclairent un mur surmonté de barbelés, puis l'entrée du chenil, une porte métallique, haute et large.

– On entre comment, demande le Marseillais.

– On balance une grenade, lui répond Sampieri. Donc,

tu recules et tu te gares à l'abri.

Ils redescendent. Sampieri ouvre le coffre, se penche, et fouille. Il en ressort un fusil d'assaut qu'il tend à Marco, un mini Uzi qu'il prend d'une main, puis une grenade dans l'autre. Spinosa espère juste qu'il sait ce qu'il fait. Le Marseillais referme le coffre. Les jumeaux Camara encadrent Giacobbi. Sa garde noire, ses colosses d'ébène. Il les appelle ainsi.

– Vous bougez pas.

Sampieri disparaît derrière le virage, sa grenade à la main. Silence bref. Et ça pète !

Un texto de Castel : « les grosses se lâchent ». L'assaut est donné à l'usine. Ça tire de partout. Le Gros sort son inhalateur à coke pour surmonter la fatigue, les fantômes. Monsieur Loyal vient juste d'annoncer le prochain combat. Toujours avec la même gamine. Toujours aussi féroce. Face au pitbull couturé de cicatrices tenu en laisse par le puant en parka. Deux équipes pénètrent à l'intérieur par la sortie qui permettait d'évacuer les conduites. La troisième reste en soutien. Le Gros rentre dans le local où se trouvent les chiens du taré. Nadja semble dormir, mais elle le mate d'un œil. Le staff tire sur sa chaîne en grognant. Il se précipite vers la remise au fond, cachée par des palettes. Fermée par un cadenas. Il regarde autour de lui. Cherche. Vite. On peut venir. Sur la gauche de la remise, il y a une porte. Il vérifie le plan de l'usine sur son smartphone. Elle donne sur un couloir. Et tout au bout du couloir, là-bas, le hangar où se trouve la piscine. On vient. Dans le vestiaire. Ça grogne mais c'est pas un chien. Quelqu'un vient. Le puant, il sent son odeur, le taré en parka, son treillis, ses chaussures de chantier. Le Gros se fait petit derrière les palettes. Il voit seulement des bouts de jambes, des bouts de torse. Un autre arrive. Flaco. Il gueule : « Je te crève ! » Un bruit. Un choc. Il fout quoi là ce con ? Le taré s'écroule par terre. Le gitan laisse tomber une grosse barre en métal. Il tient un truc dans la main, une seringue, se penche. Nadja bondit, lui saute dessus. Il crie. Se débat. Elle lâche pas. Le mord au sang. Il crie plus fort. Tente de la piquer en vain. Le taré se relève, titubant. Il ramasse la barre et fracasse le crâne de Flaco. Nadja joue avec son cadavre. La porte située sur la gauche de la remise saute d'un coup et plusieurs flics rentrent. « Mains en l'air ! Lâche ça ! ». Ils tirent. Deux fois. Touché. Le taré lâche la barre et tombe à genoux. Ils lui sautent dessus, lui attachent les bras dans le dos. Il se débat, se prend un coup à l'épaule. Nadja grogne, menace, la bave à la gueule, les yeux perdus. Le taser la calme. Le Gros sort de sa cachette. Ils le braquent. Surtout une, qui plaisante pas.

– Je suis de la maison. Infiltration. Castel vous a rien dit ?

Deux flics relèvent le puant et retournent avec lui par le couloir, vers la piscine.

– On doit vérifier, lui répond celle qui plaisante pas. Le code de l'assaut ?

Un autre flic prévient les secours, la brigade cynophile, coordonne les ambulances.

– Les grosses se lâchent.

Elle a un sourire bref. Vraiment bref. Se présente.

– Capitaine Levy.

Une pro. Regard perçant. Une dure à cuire.

– Il y a une autre gamine ici ?

– J'étais venu là pour ça. La remise, y a un cadenas.

– Bougez-vous de là.

Le cadenas saute sous l'impact. Elle ouvre la porte.

– N'aie pas peur.

Le Gros se rapproche. Au fond de la remise, une gamine, les cheveux crades, le visage pire. Très jeune. Mais ses yeux ! Elle les regarde. Mauvaise. Il l'a déjà shootée. Le troisième combat, l'ultime, c'était elle.

– Viens, lui dit la capitaine courage. Tu peux sortir.

– Attention. Taser. Elle est chargée.

Il se recule, prudent. Elle sort son taser, mais la gamine est plus rapide. La fait tomber par terre. La mord. Levy jure. Elle se débat, la repousse.

– Vous attendez quoi ? elle gueule.

Le Gros saisit le taser, essaie de se souvenir comment ça marche. Tire. Mais touche la mauvaise cible dans l'agitation. La dure à cuire se tord sur le sol. On dirait une épileptique. L'autre flic, celui qui coordonne, surgit enfin du couloir.

– La gamine, braille le Gros. Tasez-la. Il l'a droguée.

Le flic vise et tire. Touchée, elle continue à avancer. Et tombe à son tour. Il appelle des secours. Se penche sur la gamine, puis sur Levy. Lui demande si ça va. Elle gronde. Le Gros en profite pour récupérer la seringue par terre, l'enroule dans un vieux chiffon qui traîne et la met dans la poche de son blouson. Il réfléchit à sa sortie. Il pourrait se faire serrer comme les autres, pour garantir sa couverture. Mais les Italiens n'apprécieraient pas. Le voir mêlé à ça. Et sa mission n'est pas encore finie. Il envoie un texto à Castel. Que Slimani lui trouve une autre issue au fond du parking pour se barrer. Ça s'agite autour de lui. La brigade cynophile s'occupe des chiens, l'équipe médicale prend en charge la gamine, Levy se remet. Et Flaco part à la morgue. Il les suit dans le couloir. Son smartphone bippe. Slimani. Elle a trouvé un passage au fond du parking. Le point faible du dispositif. Le point aveugle. À cinquante mètres à peine de sa caisse. Plus personne ne passe par là. Il faut faire des tours et des détours pour retourner en ville. Elle est condamnée. Juste des barrières *a priori*. Ils n'ont jamais voté le budget pour un mur. Le Gros efface tout, mails, appels, textos. Vire les plans de l'usine et l'appli. Son smartphone est clean. À condition de ne pas chercher plus loin. En sortant de l'usine, il se planque derrière les véhicules. Voitures de flic. Ambulances. Médecine légale. Observe. Sur la droite, les fourgons où s'entassent Albanais, roms et parieurs appréhendés. Certains ont sûrement réussi à se tailler. Il part de l'autre côté, longe le mur pour contourner l'usine par derrière. La lune n'est pas pleine ce soir. Un pauvre quart qui dispense bien des ombres. Il arrive au fond du parking. S'arrête. Quelqu'un court derrière lui. Il se retourne. Un des Albanais. Désarmé. Il a échappé à la rafle. Le Gros l'attend, une main dans la poche de son blouson. Et avant qu'il puisse parler, il sort la seringue du chiffon et la lui plante dans le gras du bide. Le type tombe sur le bitume défoncé. Il lui éclate la gueule à coups de pied. Marche jusqu'à sa voiture, monte, démarre. Trouve le passage. Des barrières comme a dit Slimani. Des grosses barrières en bois attachées par une chaîne tout aussi imposante. Il descend, ouvre le coffre et sort son Luger 9mm planqué sous la roue de secours avec un silencieux. La chaîne saute. Il repousse une des barrières.

La ville dort. Il se gare sur le parking de l'hôtel Ibis, près de l'autoroute. Traverse le hall, monte dans sa chambre, au premier étage. Il introduit la carte magnétique, pousse la porte, allume la lumière. Face à lui, Gallucio le braque avec un flingue muni d'un silencieux. Lui fait signe d'avancer. Son abruti de frangin sort de la salle de bain, un verre en plastique à la main, rempli d'un peu d'eau. Le lui tend. Le Gros boit le verre. Il n'a pas le choix. L'autre le palpe, le débarrasse de son Luger et du smartphone. Ils le prennent chacun par un bras. L'entraînent dans l'ascenseur. Lui, il se sent tout mou, il sourit, il sait pas pourquoi il sourit, à cause du truc qu'ils ont mis dans la flotte, un genre de GHB. Comment ses fils de pute ont pu le trouver ? Couillon, ta caisse ! Eux aussi savent se servir de traceurs GPS. Pourtant, il a scanné l'Audi ce matin, enfin, hier matin. Ils le balancent à l'arrière de la berline noire. Ou alors ils le suivaient depuis son départ d'Italie. Non. Impossible. Il les aurait repérés. Il s'est arrêté pour faire de l'essence en route et pour pisser. Une aire de repos, station service et vacanciers hébétés, leurs gosses excités. Il n'a rien vu. Baisé comme un con...

10
RÉVÉLATIONS

Marlène sort sur la terrasse. Elle regarde le ciel. Sombre. Ça sent l'orage. Les enfants déjeunent à la cuisine. Sophie les tient à l'œil. Marlène se tracasse. Elle a vu les infos à la télé ce matin pour les gamines, qu'ils les ont retrouvées. Ça l'a soulagée, pour les petites, les parents, pour tout le monde qui a des filles qu'un salaud comme ça peut enlever et que le salaud on le fourre en prison pour pas qu'il soit un danger pour la société. Elle a expliqué ça à Sophie. Comme l'habitude, elle s'est brouillée les mots dans l'explication. Alors oui, ça lui enlève le souci. Mais ça la soulage pas pour son problème à elle. Et les problèmes, elle sait jamais comment faire avec. Elle sait pas comment dire à Pascal. Il a pas la tête à ça. Il fabrique quelque chose en douce à sa mère. Le truc qu'il lui a dit. Il sera comme un roi et elle sera sa reine. Alors elle attend. Pour lui dire. Elle attend un message du ciel, la voix de la Sainte Vierge. Le ciel est tout noir. Elle entend le bruit dans les collines. Le tonnerre. Il roule il gronde il tonne. Et puis les éclairs font une danse dans le ciel tout noir. Ça éclate en feu d'artifice. La pluie se fracasse d'un coup sur la terrasse. Sa robe la colle partout. Elle arrive pas à bouger.

– Marlène, rentre, tu vas attraper le mal ! lui crie Sophie.

Elle s'en fiche du mal. S'il pouvait lui prendre... Non. Penser ça, c'est péché. Le fruit de l'amour est sacré ! Son idole, Carla Visconti elle dit ça dans un épisode de « La vengeance de l'amour ». L'eau coule sur elle, se glisse en elle. Marlène sourit.

– Maman, rentre !

Elle écoute ses enfants et fait irruption dans la cuisine.

– Maman... lâche Carla en la voyant.

– Tu es trempe ! s'exclame Dylan.

– Pas trempe, ajoute Brian, super trempe !

Il rit tout seul comme un idiot. Elle le regarde sans comprendre.

– Monte vite te sécher et te changer.

Sophie lui tend un torchon épais, celui pour les casseroles, pour qu'elle s'éponge un peu.

– Super trempe, maman, comme le groupe que tu aimes avec papa, Supertramp.

Elle se sèche la tête avec le torchon, bouge ses pieds des tomettes et monte à l'étage. Sa robe la colle. Elle s'agite pour la retirer, jure, se débat avec le tissu. Une bataille pas possible ! Enfin délivrée, elle la pend dans la cabine de douche. Sa petite culotte aussi. Après, elle s'enroule dans un grand drap de bain. Tout doux. Elle va lui dire ce soir, la nouvelle. Il est parti tôt ce matin. Il lui a dit : « Reste au lit ma chérie, c'est les vacances. » Elle s'inquiète. Il fréquente JP Guérini, le roi des magouilles qui a le cul brodé de nouilles. Dans toute la discrétion. Mais ils se voient. C'est normal qu'il lui a dit, il fait ça pour les intérêts de la famille Casanova. Sur le coup, ça l'a rassurée. Mais depuis, elle entend une autre chanson dans sa tête. Sa copine Vanessa, elle veut rien savoir sur les business à JP. Elle croit tellement qu'il va l'épouser depuis le temps qu'elle attend... *Et c'est moi qu'on prend pour une grosse idiote !*

Marlène capte soudain la vanne de Brian et se marre. « Super trempe, comme Supertramp ! » Elle répète ça entre deux rires. Il est drôle ce Brian quand même, quel numéro ! Elle pousse la porte du dressing, regarde. Elle hésite. Rumine. Renonce. Enfile un jogging Adidas noir qui brille et un t-shirt rose avec « love » écrit en paillettes. Plus des baskets compensées. Blanches avec du doré. Ça la fait plus grande. Elle manque tomber à cause du drap de bain par terre. Jure : « Putain ! » Le ramasse. Le ramène à la salle de bains.

Juste là, ça pète à nouveau dehors, un coup de tonnerre pas pensable, style la pocalipse qui arrive sur terre et on est tous morts. Hier soir, Pascal a reçu un appel après le dîner. Ils regardaient une série avec des minots marrants, surtout le frisé, et la fille son nom c'est un numéro. Une soirée en famille, pour une fois. Il a reposé son téléphone sur la table basse, l'air pas bien. « Salomé. Elle est au Pacific avec son frère. David. » Elle en revenait pas, lui non plus. Un choc. Ils sont sortis sur la terrasse. Son Pascalou, elle l'avait jamais vu comme ça, tout paniqué ! Il répétait : « si elle revient c'est pas bon ! » avec son regard des mauvais jours. Elle a rien pu lui dire sur son état, qu'elle était enceinte. En plus, ça ramenait le passé. Quand y avait eu tous ces malheurs cet été là, une lavalanche. Terrible... Quand Paul avait tué François et que les frères Giacobbi s'étaient vengés. Adieu Paul. Et puis Ange avait rendu son père infirme et il s'était envolé... Quand y avait eu tout ça, elle était enceinte du grand, de Brian. Elle avait manqué le perdre, à cause le stress.

Elle pouvait plus se lever, ni rien faire. Et là, elle se pose les questions. Avec Salomé qui revient on sait pas pourquoi après toutes les années. Il peut arriver quoi encore ? Ange aussi il va revenir ? Non ! Il est mort. Il va pas nous faire le truc là, comme Jésus, revenir entre les morts !

Marlène se regarde dans le miroir de la chambre. Elle parle à son amie cachée, son amie maginaire. Lui demande de l'aider. Celle qui est forte, celle qui la protège. Depuis ses huit ans. Depuis que son père est parti on sait pas où. Elle lui parle en silence, dans sa tête. Pas comme à voix haute avec des gens. C'est bête, mais elle a personne à qui parler. Avant, elle confiait ses secrets à César, mais son bichon, il est mort ! Enterré au fond du jardin, près les framboisiers. Ça lui attriste l'humeur. Elle s'assied sur le bord du lit. Tout ça, c'est trop pour elle. Pour une fille comme elle. On dirait un film, un film pas drôle. Elle soupire.

Autre chose aussi qu'elle a remarqué l'autre soir, Pascal, quand il est rentré tard, il a mis ses affaires au sale. Dans la panière. Et ses affaires, elles sentaient la fumée, le barbequiou ! Un pantalon tout neuf et un polo pareil. Son style, mais pas les mêmes qu'il avait mis le matin. Et ses mocassins, on aurait dit qu'il avait marché dans la poussière. Lui qui aime pas se salir. Marlène, ça lui travaille le cerveau. Elle monte sur la dernière marche de l'escabeau pour vérifier quelque chose. Tout en haut, derrière les pulls à son Pascal. Un mini coffre-fort comme dans les hôtels où il cache une arme. Un Beretta calibre 9x19mm Parabellum. Classique. Efficace. Le genre que ses oncles aussi aimaient. Ils lui avaient apprise à tirer sur des bouteilles. Et pour une fois, elle était pas trop nulle. Alors que Dany, il détestait les armes, il disait c'est affreux affreux, jamais. Les oncles Padovani le traitaient, « tapette, pédé d'efféminé, enculé », des trucs méchants, elle aimait pas, elle le défendait, lui qui avait déjà ses 17 ans. Et elle, à peine 12 ans. Elle tape le code. Facile. La date de naissance à Pascal. Le coffre s'ouvre. Le Beretta Inox est bien là. Elle vérifie le chargeur. Vide. Au fond du coffre, elle trouve la boîte avec les chargeurs pleins. Compte. Aucun ne manque. Elle remet tout en place et referme le coffre. Un peu soulagée. Redescend l'escabeau. Elle fait attention. Avec les compensées, l'escabeau, c'est pas top !

« Maman, tu es où ? » La voix de Brian dans la chambre. Elle sort du dressing. « Tu as oublié le téléphone en bas. C'est tonton Dany. » Il lui tend son Iphone à coque dorée. « Dépêche, ta série adorée, bientôt c'est l'heure. » Tellement elle est perturbée qu'elle a failli oublier « La vengeance de l'amour » ! « Merci, mon chéri. » Il a déjà disparu. « Allo Dany, tu vas bi… » Comme toujours, il ne la laisse pas finir. Il lui rappelle son rendez-vous au salon Rouge Deluxe à 16h30. La couvre de baisers. « Dany… » Trop tard, il a raccroché.

Chemise coquelicot et jean blanc, Dany caresse Cléopatra et contemple sa terrasse, au travers des baies vitrées. « Tu as vu ça, ma princesse ? » L'orage a laissé des traces. Les plantes et les fleurs ruissellent. La pluie s'est engouffrée partout. Parasol, table et chaises, lavage express. « Un déluge, ma Cléo ! » Mistral et tramontane balaient les nuages noirs. Quelques rayons font luire le sol inondé. Le ciel s'éclaircit. « Tu vois, le soleil revient. » David se marre.

– Tu parles à qui, là ?

– À qui veux-tu que je parle ? À Cléopatra. Puisque tu...

Dany se retourne et hausse les épaules.

– Méfie-toi, ce sont les mamies qui font ça !

– Moque-toi, cruel !

Satisfait de sa tirade, Dany vient se rasseoir sur son canapé grenat en forme de U, face à David.

– Tu as regardé le teaser pour ma chaîne YouTube, La Rouge Italia ?

– Oui, tu es sublime...

– Rouge sublime. Sublime Rosso. Tu as aimé mon pitch ?

– J'ai adoré.

– Tout s'est bien passé avec les Italiens. Tu confirmes ?

– Je confirme.

– Donc, le contrat est signé, tu vas toucher de gros honoraires. Alors pourquoi tu fais la gueule ?

David est fatigué de se taire, de mentir.

– Une amie à moi. Elle est morte. En fait... on l'a tuée. Monica, on était à la Fac avec elle, moi et Kader...

– Et... qui... qui l'a tuée ?

– Tu veux vraiment savoir ou...

– Je te connais, tu n'as pas fini.

– Ceux qui l'ont tuée pourraient avoir un lien avec nos amis Italiens.

Dany reste sans voix. Pas longtemps. Quelques secondes.

– Bon, ça c'est fait.

Il fait mine de s'éventer avec la main.

– Et ton dîner avec Salomé ? Tu ne m'en as pas dit un seul misérable petit mot.

– Je ne sais pas. C'était bizarre. La revoir. Elle...

– Toi aussi, tu as eu la même impression ?

– Quelle impression ?

– Enfin, David, tu fais exprès, qu'elle était seule, et triste !

– Elle n'est pas seule, elle a épousé un homme d'affaires, très riche.

– Et pour l'autre chose ?

– Elle a changé...

– Tu vois. Toi aussi. Et...

Dany hésite, grimace, regarde David.

– Et... Ange ? Elle t'en a parlé ?

– Non. C'est moi. J'ai toujours pensé qu'il n'était pas mort... Et qu'ils s'étaient retrouvés, pour vivre leur amour.

– Mon Dieu, David, tu es d'un romantisme...

Dany cherche un mot ultime. Le trouve et achève sa phrase en beauté : « échevelé ! » Il glousse.

– Je lui ai même demandé si c'était lui, son mari.

– Ange ? Et alors ?

– Rien. Elle n'a pas répondu à mes questions. Ni si il était vivant, ni si elle l'avait revu.

– Ni pourquoi elle est revenue, ajoute Dany.

Cléopatra saute de ses bras. Il attrape la télécommande et monte le son. La chaîne d'info en continu diffuse les mêmes images depuis ce matin. L'usine désaffectée où ils ont retrouvé deux des gamines enlevées et l'entrée du chenil où était Mary. En mauvais état, l'entrée. Explosée. Dissimulée par des bâches en plastique pour éviter que les caméras filment à l'intérieur.

– Poor Mary, la mettre dans une cage, comme un animal ! L'infâme ! Tu as des nouvelles ?

– Sarah m'a appelé ce matin. Mary est choquée, mais ça va. Elle m'a parlé d'une autre fille aussi. La fille de Franck Molina...

– C'est la gamine du bus, celle que Djemila a vue.

Pour le chenil et sa porte explosée, David a tout de suite compris. Le vent fait voler les bâches, on distingue qu'elle a été éventrée. Littéralement. Les flics agissent autrement. Pas les hommes de son père. La chaîne repasse en boucle les propos du commandant Castel, le pote de Kader. Il ne se met pas en avant, il salue le travail de toutes les équipes qui ont permis le succès de cette opération. Un peu en retrait, un jeune flic, mal à l'aise. Castel le prend par l'épaule et le pousse vers les caméras : « Et je tiens aussi à saluer le travail du capitaine Spinosa. »

– Mais c'est le joli capitaine ! s'exclame Dany.

Le beau gosse se retrouve comme un con face aux journalistes avides de confidences.

– Tu le connais ?

– C'est lui qui s'est occupé de Djemila pour cette affaire des disparues. Elle le kiffe, grave ! Il est chou, non ?

Dany baisse le son de la télé, attend un commentaire de David qui ne vient pas.

– Et ton amie, celle qui est morte, la police a une piste ? Ou bien ton père s'en est déjà occupé ?

Surpris, David se demande si Mehdi a lu le message de son père. Et s'il en a parlé à Dany. Non. Impossible.

– Pourquoi ?

Mehdi a trop besoin de Joseph Giacobbi, comme de Dany. Et il ne peut en trahir aucun.

– Je pose la question, c'est tout.

– Dany, si je savais quelque chose...

– Ça va, je connais la chanson.

Dany se lève d'un coup, esquisse un froufrou des bras, se sent soudain triste, se dirige vers le bar.

– Les Padovani, les Giacobbi, les Casanova ! Nos familles... Tu veux un cocktail ?

– Allez, collègue.

David sait bien que Dany n'est pas cette créature qu'il se plaît à jouer. Il a inventé cette carapace pour se protéger, pour séduire, pour faire rire. Échapper aux règles de la famille. Conquérir son royaume. Avoir une belle vie. Lui aussi.

– Tiens, goûte-moi ça.

Dany dépose deux verres sur la table basse et se rassied. Il lève son verre et fixe David dans les yeux.

– À nos amours !

– À nos amours, et à nos morts.

Dany vide la moitié du verre. Il réfléchit. S'interroge. Si tout va s'écrouler comme ça, alors qu'il touche au but. Développer sa marque La Rouge. D'abord en Europe puis dans le monde entier.

– Tu penses que nos partenaires italiens sont vraiment liés au... au...

– Au meurtre de Monica ? Oui. Je l'ai vue avant... elle

m'a parlé d'eux.

– Pourtant, ils ne ressemblent pas à des voyous, ils sont plutôt comme toi, David. Ils ont fait des études, ils...

– Je viens de quelle famille déjà ?

– Les Giacobbi.

– Et mon père, c'est qui ?

David finit son cocktail. Regarde Dany avec un petit sourire.

– Un homme influent, un homme qui a fait de la politique, un homme d'affaires.

– Tu veux dire le plus grand magouilleur de la Côte !

– On ne peut plus revenir en arrière, les contrats sont signés, la fabrication va commencer.

– Je sais.

– Tu penses que la police va les... qu'ils vont... remonter jusqu'à eux ?

– Ça m'étonnerait.

– Et ton père, il sait tout ça ?

– Dany.

– Mille excuses, j'oubliais la règle d'or, le secret.

– Eh oui, nos familles sont rongées par ça, les secrets... les trahisons... les mensonges... Des idiots et des monstres !

– Mon Dieu, tu parles comme au théâtre, et c'est moi la drama queen !

Dany prend les deux verres vides et les rapporte à la cuisine. Il chante ou plutôt il massacre « Diamonds », le hit de Rihanna. David s'étire, se lève d'un coup et braille : « Tu chantes faux ! » « Vas-y, toi ! » lui répond Dany. Il revient au salon, prend son sac à main pour homme Balmain, ses solaires Chanel.

– Je redescends m'occuper de mes clientes, et toi, Marie Jeanne t'attend au bureau. Capisci ?

– Capiscu.

– Cléopatra, tu viens ou tu restes là ?

La chatte l'ignore.

– Comme tu veux, darling.

Dany vérifie sa coiffure dans le miroir de l'ascenseur, se plaint de ses cernes, met ses lunettes de soleil, se prend en photo, la poste sur son compte Instagram. Il bloque l'ascenseur au second étage.

– Et les Italiens, s'ils savent que tu sais... pour ton amie... c'est... ça peut...

– Dany, sois plus clair.

– Tu n'as pas peur qu'ils te... enfin, qu'ils cherchent à...

– Me buter moi-aussi ? Ces enculés ?

– Tu parles comme ton père maintenant !

– Eh oui, le sang ne ment pas.

– Réponds-moi.

– La mort de Monica leur suffit... pour l'instant.

Dany libère les portes. Face à eux, sa voisine du second trépigne en robe de plage, elle entre dans l'ascenseur avec ses deux jeunes ados et la baby-sitter au sourire gêné. Dany fait son show. Sa voisine rit bêtement. Ses ados aussi. David les ignore. Que son père ait retrouvé et liquidé l'assassin ne change rien. Ce n'était qu'un pion. Dans le hall, Dany lui tape la bise et le pousse vers la sortie. La baby-sitter lui tient la porte.

Il se retrouve dehors sans se souvenir où il a garé son

Coupé Mercedes. Un grand blanc sous le soleil. Des perles de pluie font briller le bitume. Cet homme. À une trentaine de mètres. Avec une casquette, une barbe et des lunettes noires, appareil photo en bandoulière et sac à dos. Il l'a déjà vu. Hier soir. Près du Pacific, le restaurant des Casanova, en arrivant pour son rendez-vous avec Salomé. L'homme boite légèrement. Un détail qu'il n'a pas oublié. Quelque chose de familier chez lui. Une impression. David continue sa route, tourne à droite et marche une trentaine de mètres jusqu'à sa voiture. Le type ne l'a pas suivi apparemment. Un prudent. Il bosse pour qui ? Son père ? Les Italiens ? Quelqu'un d'autre ?

Déserté pendant l'orage, le front de mer a retrouvé son activité estivale. Et sa circulation capricieuse. Bloqué derrière une Mégane bleue. Visages écrasés contre le pare-brise arrière, deux mômes lui font des grimaces. Dehors, une gamine saute dans une flaque, sa mère la gronde. Un type ramasse les détritus. Casquette et salopette vertes à l'effigie de la SNU, Société de Nettoyage Urbain, créée il y a dix ans par Joseph Giacobbi et Jean-Philippe Guérini. Son père est aussi actionnaire de la SCORA avec JP. Deux ordures qui organisent le ramassage des déchets ! L'ironie de la situation leur échappe sûrement. Ils ne sont pas si raffinés. Son téléphone bipe. Un texto de Salomé. Laconique. « Heureuse de t'avoir vu. » David répond : « Me too ». Une vieille vanne entre eux. Il attend. Mais rien ne vient. On klaxonne derrière lui.

Le Rat. Il sait les choses de l'autre monde. Ils disent lui méchant monstre. Pas comprendre. Sa mission. Le Gardien des

Disparues. L'Amoureux des Fiancées. Les Petites Vierges. Faire elles les créatures fortes. Flics croient lui dormir après opération. L'appareil pour entendre, lui ont pris. Sait pas il est où. Sait lire leurs bouches. Ouvre paupières moitié. Eux regardent pas lui. Parlent trop. La Petite. Clinique. Avec sa mère. Villedieu. Ils croient lui un idiot. Premier Flic va pisser. Autre Flic s'endort sur le fauteuil. Le Rat aux pensées fourbes connaît les ruses. Il fait gémissement. Il fait malheureux. Flic réveillé mais pas bien demande ça va. Ça va. Il voit les mots sur sa bouche. Flic s'approche à son Royaume. Trop il s'approche. Le Rat le saisit avec les jambes sa direction. Des surprises il est le roi. Juste un bras attaché par la menotte. Flic tombe sur le lit jambes à son cou. Suffoque. Voit des images comme. Parterre de roses. Rouges. Neige en été. Lumière flash. Brouillard. Le Rat sait. Relâche. Flic est comme petite poupée. Il cherche les clés de menottes. Trouve. Libère le bras du Serviteur. Serviteur du Seigneur des Rats. Prend l'arme à Flic tout mou. Enlève sécurité. Premier Flic vient. Dessus lui tire le Rat. Flic tombe. Une fille jolie en tenue blanche elle entre sa bouche fait des cris. Il prend elle contre lui. Ouvre la porte. Avance. Les gens courent. C'est panique. Rentre dans l'ascenseur, appuie bouton sous-sol avec Jolie contre lui. Marche. Regarde. Voit ambulance garée. Porte ouverte. Conducteur sort. Tenue blanche aussi. Le voit avec Jolie et l'arme sur la tête. A peur. S'écarte. Le Rat s'approche, montre sa tenue blanche, grogne : « donne, et chaussures ». L'autre enlève, lui tend. Il pousse Jolie dans l'ambulance. Démarre. Il doit retrouver sa nouvelle Petite Fiancée. Petite Amoureuse est la Clé.

Salomé regarde son iPhone posé sur le bureau, hésite, se lève. Elle marche jusqu'à la desserte, se sert un verre d'eau.

Elle frissonne. La climatisation. Cette femme de ménage est impossible. Elle lui a dit pourtant qu'elle n'aimait pas vivre dans une glacière. Ça lui rappelle de mauvais souvenirs. Elle trouve le boîtier de contrôle, coupe tout et sort sur la terrasse. Bâtie sur les hauteurs, la villa offre une vue magnifique sur la ville et cette partie de la Côte. Le soleil la réchauffe. Enfin. « Une vue magnifique, blablabla... », les propres mots du type de l'agence. Ce crétin a ajouté : « un écrin à la mesure de votre beau... » Il a vite compris son erreur. Un seul regard a suffi. Pauvre idiot ! Il tremblait presque. Comme si elle le prenait par les couilles et qu'elle serrait. Fort. Elle a appris. Avec lui. Et les autres. La Meute. Les Loups. Les Marazzi. Ceux qui ont sauvé Ange. Ceux qui ont fait de lui ce monstre.

Elle s'appuie à la balustrade. Se penche. Toujours cette tentation. Ce vertige. Sauter dans le vide. Ne plus marcher sur cette corde raide. Au dessus du gouffre, de l'abîme. Elle ressasse. Se retient. Pendant des années, elle est restée dans l'ombre, elle le conseillait. Il lui faisait confiance. Elle ne menaçait pas son pouvoir. Et puis ils l'ont propulsée à ce poste. Directrice de la communication de la Fondation. Elle est devenue une belle image. L'image sainte de la Santa Virginia. Leur nouvelle icône. Une ombre habillée de lumière. Son iPhone sonne au salon. Comment expliquer tout ça à David ? Si longtemps après. Lui dire pour Ange. Pour elle. Les Marazzi. Lui dire pour Monica. Ce qu'elle a fait. Ange parlait toujours de cette avocate qui en savait trop. Sans citer son nom. Des problèmes que ça pouvait causer au cabinet San Marco. Quand il lui a révélé qu'il s'agissait de Monica, son plan était déjà prêt. Son mobile sonne à nouveau. Elle retourne au salon. Un appel manqué de David. Pas de message. Un autre appel manqué, mais avec un message. Ange. Faussement gentil et doucement menaçant. Elle s'est habituée. Le reste aussi. Les humiliations. Sa violence sournoise. Ses coups bas. Jamais de traces. Elle ouvre une bouteille de champagne rosé et en remplit un grand verre à vin. Le conseil d'une sommelière. Oubliez les coupes, oubliez les flûtes. Le champagne s'exprimera mieux dans un verre. Salomé l'emporte sur la terrasse et le pose à l'ombre du parasol. Revenir ici la ramène au passé.

Elle s'était réfugiée chez une amie à Paris. Victoire. Elle travaillait à mi-temps dans une librairie. Victoire bossait comme mannequin en parallèle à ses études. Salomé l'accompagna un jour à son agence. On lui proposa un contrat. Une semaine après, elle faisait son premier shooting. Sur les photos, on aurait dit une autre, transfigurée, transformée. Tous lui disaient, tu as du charisme ma chérie crazy c'est fou ! Parfois elle dînait seule dans ce restaurant à la Bastille, là où elle était venue une fois avec Ange. Le Café Moderne. Ils riaient. Ils s'aimaient. Inséparables. Ils avaient plaisanté avec le serveur marocain. Ange et Salomé, il disait, unis pour l'éternité ! Quand elle était revenue, le serveur lui avait souri pour cacher sa surprise de la voir seule. Un soir, il lui dit qu'on cherchait à la joindre. Si elle pouvait rappeler ce numéro. Le son de sa voix. Un revenant. Il était dans une clinique à Rome. Une clinique de la Santa Virginia. Le lendemain matin, elle vidait son compte et prenait le premier avion. Le revoir. Enfin. Elle le croyait mort. Se souvenir du bonheur. Se souvenir des jours heureux.

Au début, elle ressentait de la pitié pour lui. Il souffrait terriblement à cause des séquelles de sa chute dans la mer. Opéré plusieurs fois des jambes et du bassin. Pour supporter la rééducation, il prenait du fentanyl. Un analgésique opioïde prescrit par le médecin du clan. Il était vite devenu dépendant. Et si elle le mettait en garde, il s'emportait : « Pourquoi je souffre autant selon toi ? Parce que j'ai sauté. Et pourquoi j'ai sauté de là-haut ? Pour échapper aux chiens, les chiens de tes frères, les chiens des Giacobbi ! » Elle ne le reconnaissait plus. Il était obsédé par sa dette envers les Marazzi, ses sauveurs. Un miracle, il disait. Un miracle qu'il lui raconta. Comme un conte. Son corps dérivait. Inconscient il était. Leur yacht voguait sur les flots. Un yacht de 120 mètres avec trois ponts supérieurs et un hélicoptère. Un homme d'équipage l'avait aperçu, accroché à un pneu. Un miracle. Prévenu par le marin, Enzo Marazzi prit les choses en main. Ange s'était réveillé dans l'hélicoptère. Il ne souffrait plus. Il planait. Une voix lui disait : « Je m'appelle Enzo, on s'occupe de toi. »

Le restaurant de l'Hôtel Eden bruisse de conversations étouffées. Ange repose son verre de Meursault et regarde Enzo qui jongle avec ses trois smartphones. Lui n'en n'a pas. Juste des prépayés minables sans connexion Internet qu'il change chaque semaine. Il a appris à mémoriser les numéros essentiels. Les gens faisaient ça avant. Pour l'instant, tout se passe bien. Son plan fonctionne à merveille. Son débile de frère est pris au piège. Il ne l'a même pas reconnu en Samuel Goldman. Un de ses avatars. Lui aussi connaît l'histoire de cette famille que leur grand-père a cachée. Les seuls survivants. Mais ce Samuel est son invention. Il n'a jamais existé. Des homonymes, oui. Mais pas de cette branche-là. Un avatar utile pour certaines transactions. Si Pascal fait une recherche sur Google, il ne trouvera rien. Ces diamants, il en perd la tête ! Il sourit et vide son verre.

Trois mois après leurs retrouvailles, Ange l'a enfermée dans la chambre froide d'un palace. « Réfléchis, Salomé, réfléchis bien ! » Plus d'une heure. Seulement vêtue d'une robe du soir. Elle tremblait de froid, rongée par la peur et la rage. Quand il a rouvert la porte, il souriait, défoncé, ses pupilles en tête d'épingle. Il lui a tendu sa fausse fourrure griffée. Puis il a reculé son fauteuil électrique. Elle retenait ses larmes. Le désespoir, son amertume. Il savourait sa victoire. Une semaine plus tard, résignée, elle épousait Enzo à San Luca, leur fief en Calabre. Il la désirait. Il brûlait d'amour pour elle. Et il était temps pour lui de prendre femme, comme disait son père. Mais pourquoi cette étrangère ? Enzo n'en voulait pas d'autre. Pour payer sa dette, Ange la vendait aux Marazzi. Elle n'était pas la seule à se marier ce jour-là. Lui aussi. Avec la plus jeune du clan, Carla. Elle rayonnait. Conquise. Elle l'aimait malgré ses cicatrices et sa canne de boiteux. Salomé cachait sa tristesse. Le champagne coulait. Les gens dansaient.

Son désir de vengeance le dévore autant que le fentanyl. Mais sans les deux, il ne pourrait pas vivre. Révéler aux siens que Pascal les a vendus aux Giacobbi, lui et Paul. Et qu'il fait des affaires avec leurs ennemis. Détruire cette famille. Sa famille à elle. Ses frères. Même David. Il a fait quoi pour lui ? À part se traîner comme la tarlouze qu'il est aux pieds de Simon et Nathan... Dieu vomit les tièdes et les pèdes ! Il se marre. Salomé déteste qu'il parle ainsi de son frère chéri.

– Ça va ? lui demande Enzo.

– Pourquoi ?

– Je ne sais pas. Tu ris tout seul. Et tu as une tête !

Ange se penche un peu et se regarde dans le miroir, derrière Enzo. Voit son visage un peu bouffi, ses yeux de toxico. Sa beauté dévastée. La fine cicatrice qui part de l'œil et descend sur la joue. Son trophée de guerre. Carla supporte de plus en plus mal ses crises, ses délires. Elle pense qu'il aime encore Salomé. Carla veut divorcer. Interdit chez les Marazzi. Seule la mort peut rompre les liens. Il lui a fait deux enfants. Depuis, il la touche seulement quand il est trop défoncé pour lui résister. Contrat respecté. Il aime le pouvoir. Le sien et celui d'Enzo. Son titre de gloire. Avoir négocié un pacte avec les Sanna et les Barracato. Calabrais, Sardes et Siciliens au sein d'une même organisation. Une union fertile. Le fruit d'un long travail entamé à la clinique de la Santa Virginia. Grâce au fentanyl, il oubliait sa douleur. Enzo venait le voir tous les jours. Il lui parlait de son rêve, écraser leurs ennemis en Calabre et s'allier aux autres clans, de Sardaigne et de Sicile. Ils ont éliminé tous ceux qui s'opposaient au pacte des trois familles. Patiemment. Férocement. Même le frère aîné d'Enzo a dû se coucher. Cette brute de Nando. Un paysan mal dégrossi. Rusé. Roublard. Il s'occupe de la gestion des trafics, les hommes de main, les bataillons de mules, les liquidateurs. Tout ce qui est sale. Enzo gère tout ce qui est légal. Le juridique, la finance, les politiques, les gens puissants, les célébrités. Enzo a fait des études. Sûr de lui, séducteur. Il peut tuer quelqu'un avec le sourire. Et une arme blanche si nécessaire. Mais seulement pour l'honneur. Leur père a réparti les rôles. Ange supervise les trafics et les opérations spéciales. Le Signore Marazzi l'a mis à l'épreuve avant de lui accorder la main de Carla. Il ne l'a pas déçu.

Salomé retourne au salon, se ressert un grand verre de champagne. Luciano. Elle a oublié de l'appeler. Elle récupère son iPhone posé sur la desserte. Cinq appels en absence. Luciano a grandi à San Luca, chez les Marazzi. Puis il est venu vivre avec eux à Rome, où il a intégré un collège chic. Ses riches camarades de classe se moquaient de son accent. Ils ont vite cessé. À 13 ans, il sait déjà le charme et les menaces. Un jeune fauve. Sourire désarmant. Beauté radieuse. Enzo adore son fils. Tout le clan l'adore, même Nando. Elle l'aime, mais il lui fait peur. Il lui rappelle la chambre froide. Elle boit une gorgée, prend son iPhone de l'autre main, glisse son pouce, le visage de Luciano apparaît sur l'écran. Sonnerie. Messagerie. « On se voit à l'hôtel, je t'embrasse. » Des complications après l'accouchement l'ont empêchée d'avoir d'autres enfants. Une bénédiction. Enzo se voyait déjà à la tête d'une famille nombreuse. Il a tout reporté sur son fils unique. Si brillant. Et quelques bâtards à droite à gauche. Elle a compensé en l'épaulant, en le conseillant. Elle y a pris goût. Aux jeux de pouvoir. Aux intrigues. Et maintenant, il parle d'adopter un gamin calabrais qu'il a vu dans un orphelinat de la Santa Virginia. Pour une fois qu'il l'accompagnait ! Elle repose son verre. Se lève. La tête lui tourne. Encore un peu tôt pour boire. Elle devrait savoir. Elle descend de la terrasse par le petit escalier, enlève sa robe, et plonge dans la piscine.

Enzo parle avec une de ses maîtresses, lui susurre des mots doux au téléphone. Ange remonte dans sa suite au dernier étage de l'Hôtel Eden. Elle jouxte celle de son beau-frère. Un petit salon, une chambre pour le cousin Marazzi, son chauffeur et homme à tout faire, une autre chambre pour lui. La suite d'Enzo est bien plus grande. Ses hommes sont assis dans le couloir. Les Gallucio, costauds mais un peu enrobés. Ils parlent de foot. Les deux frères parlent fort, jamais d'accord. Leur neveu joue à un jeu débile sur son smartphone. Costaud lui aussi, mais encore affûté. Son nez cassé de boxeur raté trahit d'autres addictions. Il coule. Renato prétexte une allergie aux pollens. Dès qu'ils voient Ange, ils se lèvent, presque au garde à vous. Luciano sort de la suite de son père. En peignoir et tongs. Son MacBook Air sous le bras. Il lui parle en français. Avec son accent calabrais. Il lui parle toujours en français. Comme Enzo et Salomé.

– Tu viens à la piscine avec moi ?

– Non, je...

– Angelo !

– Ok, juste un peu alors.

Il fait signe aux Gallucio.

– Vous, les sportifs, on se bouge. Que prèscia ! E tu, il fanatico di Candy Crush...

– Ma, que Candy Crush, signore Angelo, lui répond Renato.

– Me ne frego, ‘nduja ! Ouvre l’œil. Tieni gli occhi apperti !

Dans l’ascenseur, Luciano le regarde, un sourire aux lèvres. Il a expliqué à son père que ses gardes du corps étaient un peu limités intellectuellement. Incapables d’analyser le danger. Et limites aussi pour ce qui est des techniques de combat. Il lui a conseillé de prendre des Israéliens à la place. Ce sont les meilleurs. Enzo a tapé du poing sur la table. « Prendre des juifs comme gardes du corps chez les Marazzi ! Jamais ! Ce seront toujours des Calabrais. La famille, Luciano, la famille ! » Salomé retenait mal son fou rire.

Autour de la piscine de l’hôtel, un alignement de transats et de pots dorés. Le clapotement des nageurs. Des enfants qui crient. Des américains. Bruyants. Luciano enlève son peignoir et saute dans l’eau en riant. Assis sur un transat, Ange le regarde. Il nage bien. Souple. Fluide. Comme lui. Avant. Lui, il ne nage plus. Jamais. Il ne se dore plus au soleil. Depuis 15 ans. Son corps couvert de cicatrices. Il se laisse aller. Il boit trop. À cause du fentanyl, il bande mal. Il prend des stimulants pour baiser des escorts. Elles se ressemblent toutes. Enfin, elles ressemblent toutes à Salomé.

Luciano sort de la piscine. Il s’ébroue. Jeune chien fou. Une vieille américaine couverte de bijoux en or râle dans son transat. Il réussit à la faire rire en imitant Robert De Niro. « Are you talkin’ to me ? You’re talkin’ to me ? » La célèbre réplique. Répétée ensuite par des millions d’idiots. Et pourtant il dit ça avec un tel mélange de séduction et de dinguerie, on croirait qu’il vient de l’inventer. Luciano prend une serviette et tapote délicatement la peau de la dame tout en lui parlant. Elle est conquise. Elle s'excuserait presque. Il la salue. Fait quelques mètres et s'écroule sur son transat.

– Tu as vu ?

– Hmm...

– J'ai assuré, non ?

– Oui, Luciano, tu as du potentiel.

– Lo zio Nando, il dit ça aussi.

– Pour une fois, ton oncle fait preuve d'intelligence.

Ange laisse Luciano sous la surveillance des Galluccio et remonte dans sa suite. Sort le cousin Marazzi de sa sieste. Bien plus malin et affûté que les trois autres. Muscu, sports de combat. Excellent tireur. Excellent chauffeur. Discret. Et prêt à tout pour lui.

Salomé coupe le jet de la douche. Elle s'essuie rapidement. S'enroule dans un paréo. Marche pieds nus sur les tomettes et les tapis jusqu'à la cuisine et la machine à expresso. Se prépare un café. L'emmène sur la terrasse. Regarde le fil d'info sur son smartphone. Elle clique sur une dépêche publiée à 16h48 par le site du quotidien local, la Voix du Sud. Toute fraîche. Le type qui enlevait des gamines se serait évadé de l'hôpital après avoir grièvement blessé les deux policiers qui le surveillaient. Et il aurait pris une infirmière en otage dans la panique générale. Leur source est une collègue de l'infirmière, confirmée par des témoins sur place. Salomé soupire. Les gens vont s'affoler s'ils voient ça. Et comment ce type a pu s'échapper, enchaîné à un lit d'hôpital ? Son doigt glisse sur la liste de ses contacts.

DG. David. Lui expliquer. Pas tout. Au moins une partie. Il semblait perturbé. Elle aimerait savoir pourquoi. En fait, elle est devenue comme eux, intrigante, manipulatrice. Le jour, Aphrodite dans sa lumière d'or. Le soir, Aphrodite noire, la ténébreuse. Elle hésite. Tape un texto pour David, efface tout, recommence. Efface encore. C'est Enzo qui lui a suggéré de revoir son frère. Pour quelle raison ? Pour l'espionner, le questionner ? Il a invoqué les liens du sang, leur présence ici.

Enzo regarde son fils nager. La vieille américaine l'a félicité, ce garçon est si charmant. Une cougar, mais pas au point d'en vouloir à Luciano ! Pas sûr. Détends-toi. Tout se passe bien. C'est Salomé qui lui a suggéré ce partenariat, Dany Padovani cherchait des associés pour lancer sa marque de produits La Rouge. Comment elle l'avait appris, il l'ignorait. Il avait déjà vu ce coiffeur haut en couleurs à la télé italienne. Enzo aime les célébrités, les stars. Il espère rencontrer Rihanna grâce à Dany. Lui proposer un contrat pour être l'image de la marque aux USA. Un de ses mobiles sonne, « Diamonds » justement, puis un autre.

Le SUV BMW gris métal se gare devant l'annexe de la propriété, à côté de la Bentley blanche. Une petite maison d'un étage. Le chauffeur de Salomé sort les saluer. Ange et le cousin Marazzi le suivent au fond du couloir. Le chauffeur ouvre une porte fermée à clé et retourne à la cuisine. Ils rentrent dans la chambre aux persiennes fermées.

Le Gros est attaché sur une chaise. Les bras dans le dos. Ça commence à tirer. Une cagoule sur la tête. Il respire mal. La soif le taraude. Et l'envie de pisser. On lui enlève la cagoule. Il respire à grands coups, comme un noyé.

– Bonjour, monsieur Halani.

Cette voix. Le Français. Le bras droit d'Enzo. Celui qui a épousé sa sœur. Les hommes du clan l'appellent Signore Angelo. En général, il reste dans l'ombre, il n'aime pas la lumière. Ni parler. On le craint. L'homme qu'il recherche depuis deux ans. Il se tient derrière lui.

– J'ai soif, dit le Gros.

Ange fait un signe au cousin Marazzi qui ressort de la pièce.

– Monsieur Halani. Nous avons un problème.

– Quel problème ?

– Une livraison n'est pas arrivée à destination. Une très grosse livraison.

– Je ne gère pas les livraisons. Juste certaines facilités grâce à ma boîte d'import-export.

– Je sais tout ça.

Le cousin revient avec une petite bouteille d'eau, l'ouvre, la porte à la bouche du Gros. Il boit, s'étouffe, recrache.

– Les douanes étaient très bien informées.

– Quelqu'un a oublié d'arroser les dockers, si...

– Quelqu'un a parlé. Voilà mon problème. Si ce n'est vous, c'est un autre.

Cette emphase. Ridicule. Si la situation s'y prêtait, il serait plié en deux.

– Monsieur Halani...

Le Gros transpire. Il pue. Il sent qu'il pue.

– Vous savez sûrement des choses que moi j'ignore.

Quelqu'un de chez nous qui parlerait trop par exemple.

– Je parle mal italien et encore moins calabrais.

– Et vous sentez mauvais.

– Les Galluccio ne m'ont pas laissé le temps de prendre une douche.

– Ils sont comme ça. Ils n'ont pas d'odorat.

Le Français détache ses liens d'un coup sec. Il masse ses bras endoloris.

– Merci.

– Ne vous retournez pas, monsieur Halani... Si c'est bien votre nom.

Le Gros sent une lame sur sa gorge. Un rasoir de barbier. Effilé. Tranchant.

– Imaginez, un faux mouvement, et...

– Dites. J'aimerais bien pisser. Sans vouloir abuser.

Il lui remet la cagoule sur la tête.

– Emmène-le.

Le cousin Marazzi le prend par le bras. Le guide jusqu'aux chiottes. Lui enlève la cagoule et le pousse à l'intérieur. Lui aussi, le Gros l'a rarement vu. Une moule. Toujours collé à son boss. Putain, ça vient pas ! Il siffle un coup, on dit que ça aide, un autre. Sa vessie gorgée se libère enfin. Il réfléchit à la suite. Sa couverture tient toujours, sinon il serait pas là comme un con à pisser. Déjà mort il serait. Sa riposte – mouiller quelqu'un – est déjà prête. Un couillon. Un type du clan qui trime pour Nando. Il l'a vite repéré. Un second couteau. Fidèle serviteur au dehors. Bouffi d'envie, de haine recuite au dedans. Le Gros referme sa braguette, tâte machinalement la poche de son blouson. Putain, ces cons de Galluccio lui ont laissé l'inhalateur ! Il tire la chasse et s'envoie une bonne dose dans chaque narine.

Le Gros s'assied sur la chaise en s'aidant des mains pour éviter de s'étaler par terre.

– Monsieur Halani, il me faut un nom, quelqu'un à sacrifier.

– Je...

– J'ai déjà ma propre idée.

Il se penche vers lui, murmure un nom, puis un autre. Et encore un autre. Le Gros transpire. Et soudain, soulagé, il entend le nom qu'il attendait.

– Lui, peut-être.

– Et pourquoi ?

Il lui enlève sa cagoule. Il se tient toujours derrière lui. Le Gros ménage ses effets. Pas tout lâcher d'un seul coup, ça serait suspect.

– Il vous en veut, à vous et au Signore Enzo.

– Pour quelle raison ?

– Une vieille histoire. Son honneur aurait été bafoué.

– Et il vous a dit ça, à vous ?

– Il avait bu ce soir là. Mais de là à vous trahir. Un type comme lui aurait trop peur.

– Détrompez-vous, les idiots sont capables de tout.

Le Gros réprime un sourire. Il oublie sa fatigue, sa puanteur. Enfin, cette douche, il va pouvoir la prendre. Alors il plante une dernière banderille.

– Le Signore Nando lui fait confiance pourtant.

– Ces bâtards n'ont aucune reconnaissance.

Le Français lui remet la cagoule et dit au cousin

Marazzi de le ramener à son hôtel. Il va trouver les preuves de la trahison. Le Gros s'en est occupé. Il sait faire. Sauver sa peau. Passer des années en infiltration. Devenir comme eux. Il a créé un compte au nom du crétin dans une île fiscalement paradisiaque. Avec des virements réels, prélevés sur des saisies. Suffisamment complexes pour accréditer leur véracité, mais pas totalement opaques. La source, une famille autrefois alliée aux Marazzi. Aujourd'hui ennemie. Dont un membre est un ami d'enfance de Nando.

Salomé répète son discours pour le dîner du Rotary devant le miroir du salon. Sur le renouveau de la Santa Virginia. La fidélité aux valeurs humanistes de la fondation. Ses activités philanthropiques. Elle porte une robe en soie, noire et safran. Un nouveau styliste italien. On sonne à la porte. Son signal. Trois coups brefs et un long. Ange est seul. Elle ne pose pas de question. Jamais.

– J'ai besoin d'un ordi avec une connexion sécurisée.

Elle s'étonne. Ne le montre pas.

– Dans le petit bureau. Suis-moi.

– Je dois juste envoyer un mail. Rien de spécial. Anodin pour les non initiés.

Les ordis, il s'en sert juste quand la situation l'impose. Il murmure à l'oreille de ses messagers. Leur coupe la langue si jamais ils le trahissent.

– Tu as toujours un cul magnifique.

– Ne sois pas vulgaire.

Il fait quoi là, sans son ombre, sans le fidèle cousin Marazzi ? Son assistante l'appelle et lui fait un compte-rendu de la réunion organisée à la mairie. Salomé lui a demandé de représenter la fondation à sa place. Elle se réserve pour le dîner. Elle imagine déjà leurs têtes. Quand ils la reconnaîtront. Elle étouffe un rire. Son assistante lui demande si elle est satisfaite. Oui, très satisfaite. Elle raccroche. S'assied sur le canapé du salon. Allume la télé, zappe sur une chaîne d'infos en continu. Rien sur l'homme qui s'est échappé de l'hôpital. Elle jette un œil sur son smartphone. La dépêche de la Voix du Sud a disparu. Plus rien sur le fil d'infos.

Le cousin Marazzi l'éjecte devant l'hôtel Ibis. Il lui a rendu ses clés, son portefeuille et même le smartphone. Décidément, c'est son jour de chance. Le Gros récupère le téléphone prépayé planqué sous le siège de l'Audi puis le Luger dans le coffre, ainsi qu'un chargeur. Il monte dans sa chambre. Vire ses sapes crades. Emmène le 9mm. Le pose sur une serviette près de la douche. Fait couler l'eau. Se lave. Se décrasse. Laisse l'eau masser son corps fatigué. Ruisseler sur son visage. De longues minutes. Il se sèche et sort de la salle de bains. Il pose sa trousse de toilettes et le Luger sur la petite table. Cherche un caleçon propre dans sa valise. Curieusement, les Galluccio n'y ont pas touché. À sa valise. Pas au caleçon. L'enfile. Attrape un polo et un jean, les pose sur la chaise. Il inspecte les fringues, la valise et son contenu. Pour vérifier s'ils lui ont pas collé un traceur. Rien. Deux neurones à eux deux, les Gallucio. À Rome, ils retrouvent souvent les hommes de Nando dans un resto calabrais. Le Gros comprend un peu leur dialecte à force de se les enquiller semaine après semaine. Des durs. Des sans pitié. Mais pas des cerveaux. Le leur de cerveau réside plutôt dans les chattes de leurs putes et leurs repas arrosés. Un flingue et deux couilles comme ils disent. Castel lui a laissé un message sur le prépayé. Le taré s'est fait la malle. Malgré son état. Ce type n'est pas humain. Les flics qui le surveillaient salement amochés. Pronostic vital engagé pour un des deux. Une infirmière prise en otage. Un putain de bordel ! Le Gros prend deux petites bouteilles de complément nutritionnel dans le mini frigo. Les vide toutes les deux avec la même paille. Garde l'autre intacte. Il boit un peu d'eau. Sort un miroir et une lame de rasoir de la trousse de toilettes. Puis il déplace le lit. Se penche, soulève la moquette au niveau de la plinthe et y glisse la main. Un pochon. Il l'ouvre, répand quelques flocons de neige sur le miroir, les réduit en poudre, trace deux lignes, coupe la paille et sniffe. Effet immédiat. Plaisir. Fatigue envolée. Une coke aussi pure. Les Marazzi la coupent moins que leurs concurrents. Une stratégie pour les éliminer. Gagnante. Ils ont inondé le marché avec une charte de qualité. Ne pas couper à plus de 50%. Informer le client sur sa pureté. Un bon client n'est pas un client mort. Les grossistes et les revendeurs qui ignorent les consignes finissent leur carrière aux faits divers. Il pense à elle. Quand ils faisaient l'amour. Elle sentait la poire mûre, le réglisse, le vent sur les rochers. Elle n'aimait plus son mari. Il finit la bouteille d'eau. La jette dans la poubelle. Nettoie le miroir et la lame de rasoir avec un spray. Glisse le pochon au fond d'un tube d'aspirine. Range sa trousse de toilettes dans la valise. S'habille. Jette un œil et s'en va. Une fois dans l'Audi, il envoie un texto à Castel : « RDV pour enterrement ». C'est lui qui lui a appris le métier, être flic, devenir un infiltré. Le Gros ne fait plus confiance à personne. Même à son boss aux Stups. Les Italiens se vantent d'avoir des amis dans la police. Des amis importants. Des obligés.

Castel fulmine derrière son bureau. Le taré a relâché l'infirmière, abandonné l'ambulance. Et il s'est volatilisé.

– Pourquoi ils vous ont pas écouté, commandant ?

– Ça...

– Vous leur avez dit que c'était un putain de dangereux. Et ils font quoi ? Ils envoient l'équipe de soutien sur un putain de car-jacking !

– Des gens du Golfe, Slimani. Très riches. Des investisseurs.

– Et c'est eux qui iront voir la femme du collègue si jamais il meurt ?

Spinosa rentre dans le bureau. Une poche plastique à la main. Barbe de deux jours. Les yeux cernés.

– Le capitaine joli cœur est fatigué, commente Castel.

– Commandant, ce surnom, c'est ridicule.

– Moi je serai flatté. Mal dormi, on dirait ?

– Affirmatif.

Spinosa s'assied sur un fauteuil et sort une bouteille d'eau de la poche plastique.

– Cette fille, Mary, elle s'est jetée dans mes bras quand les hommes de Giacobbi l'ont sortie de sa cage.

Il boit. Lentement. Il a cru s'évanouir tellement elle sentait mauvais. Mais ça, il va pas le dire à Castel. Tout cet endroit sentait le fauve, la charogne et la merde. Il s'est frotté ensuite sous la douche, l'odeur était toujours en lui.

– Spinosa, selon toi, il cherche quoi le taré ?

– Il veut finir quelque chose.

– Enlever une autre fille ?

– Peut-être. Ces filles, elles ont un sens pour lui, ces combats avec les chiens, ça va plus loin. Il veut...

– Il veut quoi ? lui demande Slimani.

– Je sais pas.

– D'après les collègues qui l'ont interpellé, on dirait un demeuré. Il est sourd, il parle à peine.

Castel s'emporte. Lui aussi il a mal dormi.

– Slimani, ils l'ont sous-estimé. Il joue le débile. Et c'est comme ça qu'il nous a baisés !

Il se lève, shoote dans la poubelle. Sa femme s'est barrée. Elle a emmené ses fringues ses pompes ses bouquins ses bijoux les dessous chics qu'il lui avait offert quand c'était beau quand c'était encore l'amour le désir toutes ces conneries. Rideau. Il prend une bière dans le frigo. On frappe à la porte.

– Entrez ! gueule Castel.

Un flic entre deux âges. Chemisette boutonnée jusqu'au col. Un dossier à la main. Il bosse pas pour lui. Une tête de fouine chauve. Il n'est pas d'ici. Un parisien.

– Commandant Castel, je...

– Votre nom là, c'est quoi déjà ?

– Mercier. Capitaine Mercier.

– Ah oui... une bavure à Paris, c'est ça ?

Mercier hoche la tête. Le parfait idiot. Spinosa l'observe. Pas si idiot. Le Commandant Castel brandit sa bière dans sa direction.

– Et pourquoi vous venez me casser les couilles. Vous bossez pour moi depuis quand ?

– Euh, en fait, le patron n'est pas là. Mais d'après lui, vous êtes le flic qui connaît le mieux la ville.

– Et ?

– Je bosse sur une affaire, une femme, on a retrouvé son cadavre au port de pêche, alors je...

– Vos phrases, elles sont trop longues.

Castel vide sa bière et rote.

– Cette femme s'appelait Monica Smith, elle vivait à Rome, une vieille amie de David Giacobbi.

– Vous l'avez interrogé ?

– David Giacobbi ?

– Té, qui d'autre ? Le cadavre ?

– Il était... sous le choc...

– Ça me concerne en quoi ?

– On dit que vous connaissez son père.

– On dit beaucoup de choses.

Mercier lui tend une photo. Castel la prend. Un cliché du cadavre nu sur un lit de glace. Façon poisson mort.

– Au cas où ça vous aurait échappé, on est sur autre chose.

Mercier continue, avance ses pions.

– Y a peut-être un rapport, la petite anglaise, celle du chenil, elle est fille au pair chez les Giacobbi. Et l'autre, une des filles de l'usine, son père bossait pour eux.

Castel plie la photo, la glisse dans son blouson et se tourne vers Mercier.

– Suivez-moi.

Les couloirs sont déserts. Castel a réquisitionné tous les flics disponibles pour la chasse au taré. Pas grand monde au final à la PJ. Le petit personnel est fatigué. Il a décroché son téléphone pour obtenir des renforts. S'assurer le soutien du préfet. Des gendarmes pour établir des barrages filtrants. Des équipes de la BRI pour sillonner la ville.

– Mercier, j'attends la suite.

– Je me suis dit, et si on faisait pression sur Joseph Giacobbi...

– Ça fait des années que je bosse sur cette affaire des disparues. Aucun rapport avec Giacobbi.

– Commandant...

– Quoi ? Vous avez autre chose ?

Castel appelle l'ascenseur.

– Euh oui. Des randonneurs sont tombés sur un cadavre carbonisé dans une ancienne carrière. Le meurtrier était trop pressé. La scientifique a retrouvé un briquet dans la ravine, à trois mètres du cadavre, un briquet plaqué argent avec une empreinte.

– Il s'amuse à la cramer et il oublie un briquet sur place. Avec une empreinte. C'est gros, votre histoire !

– L'empreinte était celle de la victime. Elle était fichée. Une pute. Claudia. Aux abonnées absentes depuis mardi.

L'ascenseur s'ouvre.

– Elle avait des clients fidèles. Marco le Marseillais, un des gros bras de Joseph Giacobbi. Et aussi Pascal Casanova.

– Vous êtes bien renseigné !

– Une amie à elle, la Gazelle, une pute aussi, enfin, un trans.

– Vous êtes branché trans ?

– Oh non ! C'est juste... elle est venue au commissariat pour signaler la disparition de son amie Claudia. Hier. Et elle est revenue ce midi. Vous savez pourquoi ?

– Non, grogne Castel.

– Elle connaît aussi ce type là qui est mort à l'usine.

– Flaco.

– Voilà. Vous...

– No comment.

Ils arrivent au parking du sous-sol. Castel marche jusqu'à sa moto. Sort le casque. Le glisse sur sa tête.

– C'est bizarre, toutes... ces coïncidences.

Castel lui fait signe qu'il n'entend pas et démarre. Ce Mercier est un vrai fils de pute. Impossible qu'il sache pour Flaco. Mais pas si débile finalement. Il sait beaucoup trop de choses pour un type qui n'est pas d'ici. Embouteillages sur le front de mer. Il décroche au rond point et monte vers le haut de la ville, les collines. Les résidences et les villas avec vue sur la mer. Faire attention aux vacanciers. Ça traverse sans regarder, ça se croit seul sur terre. Les gens d'ici sont déjà rentrés. Il redescend pour aller du mauvais côté des collines, là où la mer n'existe plus, là où on ne la voit pas. Plus de villas. Terres pelées. Un HLM en attente de démolition, squatté par des ombres. Terrains vagues. Carcasses rouillées. Maisons décrépites. Un camping et ses clients à l'année. L'usine fermée qui tombe en ruines. Et le cimetière au milieu de nulle part. Il se gare à côté de l'Audi et monte dans la voiture.

– Il se passe quoi ?

Le Gros se tourne vers lui.

– Je devais parler à quelqu'un. Et à part toi, j'ai confiance en personne.

Castel voit ses yeux, ses pupilles dilatées.

– Tu es vraiment dans la merde.

– Pire. J'ai infiltré un clan, des Italiens, de Calabre. Un exploit. Bon, le fait que ma mère était calabraise, ça a joué. Et que je les branche avec des Mexicains aussi. Ils m'ont chopé quand je rentrais à l'hôtel. Après l'usine. Ils me soupçonnent. À cause d'une saisie.

– Tu avais prévu le coup...

– Oui. C'est toi qui m'a appris. Ils ont un coupable sur mesure. Mais...

– Quoi ?

– Il était là.

– Qui ?

Castel sort son smartphone du blouson et déclenche l'enregistreur vocal.

– Ce type qui a réuni les trois Familles. Un homme du clan Marazzi. Il a épousé une des filles. Un Français. Ils l'appellent Angelo. Un vicieux.

– Style ?

– Style il te colle sa lame sur la gorge et il te parle doucement, comme un amoureux. C'est lui le cerveau du clan, avec Enzo, le fils cadet. Enzo vit à Rome. Il s'occupe des affaires légales. Immobilier. Finance. Boîtes de conseils. Chaînes d'hypermarchés. Jeux en ligne. Casinos. Il dirige des dizaines de sociétés.

– Et toi tu bosses pour qui ?

– Pour l'aîné, Nando, celui qui gère les gros bras, les putes et les trafics. Coke, armes, faux papiers, migrants. Lui aussi vit à Rome, mais loin d'Enzo. Et puis, il bouge. Gênes. Naples. Cagliari. Palerme.

– De port en port, quoi.

– Oui, et de pute en pute. Son père ne veut de ses frasques ni à Rome et encore moins à San Luca, au pays. Le Signore Marazzi veille sur les domaines agricoles. Il exploite des immigrés pour les cultiver.

– C'est qui les deux autres Familles ?

– Les Barracato, des Siciliens, et les Sanna, des Sardes. Du jamais vu, et ça fonctionne vu qu'ils se font tous des couilles en or. Au passage, ils en ont profité pour éliminer tous ceux qui s'opposaient à eux.

– Et c'est la famille Marazzi qui tient le manche...

– Comme tu dis.

– Cet Angelo, il ressemble à quoi ?

– J'en sais rien. La seule fois ou je l'ai vu, il était de dos. Il parlait avec Nando.

– Et aujourd'hui ?

– Là, c'est lui qui était dans mon dos.

– Il se cache de quoi ?

– De son ombre !

Le Gros rit. Un rire bref. Nerveux. Il allume une clope. Baisse la vitre.

– Ce type se montre le moins possible en public. Interdit de le prendre en photo. D'après ce que j'ai entendu, un photographe a fini en fauteuil. On dit aussi qu'il porte des masques.

– C'est quoi c'te connerie ?

– C'est ce que j'ai compris. Ma mère parlait le calabrais de Reggio, mais elle est morte j'avais huit ans, au cas où tu aurais oublié.

– Tranquille.

– Tu parles que j' suis tranquille.

Il glisse son mégot dans la canette de Coca vide.

– Pas tranquille, mais bien défoncé !

– J'ai pas dormi cette nuit, à peine celle d'avant. Tu penses que je tiens comment ? Et c'est ma mission d'infiltré, m'envoyer de la coke. Nando et ses chiens de guerre, ils tournent à quoi à ton avis ?

Castel prend son blouson posé sur ses genoux. La photo. Il avait oublié. Il la sort et la montre au Gros.

– Tiens, toi qui est souvent à Rome. Tu aurais déjà vu cette femme ? Une avocate.

Le Gros prend la photo. Sa bouche tremble. Il se frotte les yeux. Regarde encore. Si jamais il se trompait. Non !

– Quoi ? Tu la connais ?

– Oui.

Soupir. Il rend la photo à Castel. Il la revoit. Danser en riant dans la lumière du soir.

– Tu la connais comment ?

Le Gros allume une autre clope.

– J'ai eu une liaison avec elle.

– Sérieux !

– Elle était connue à Rome. Trop. Elle défendait des gens spoliés. Des magouilles dans l'immobilier.

– Elle savait pour toi, pour qui tu bossais ?

– Non. Elle savait rien. Sinon...

– Qui aurait pu l'éliminer ?

– Plein de gens. En numéro un, les Marazzi et leurs alliés. Les rois de l'immobilier à Rome. Des rapaces, elle disait.

– Et pour elle, tu étais qui ?

– Michel. Le beau Michel. Mon ancienne couverture.

– Elle bossait sur quoi ces derniers temps ?

– Toujours les mêmes. Elle était obsédée par ce cabinet San Marco. Ses liens avec la Santa Virginia.

– C'est quoi ?

– Une fondation caritative. Très discrète et très riche.

– Qui la dirige ?

– Enzo Marazzi. Elle m'a dit : « Je vais me le faire ce fils de pute ! » et après elle m'a largué.

– Quand ?

– 32 jours. Ça fait 32 jours. Elle voulait sauver son couple. Notre histoire n'avait pas d'avenir.

Castel coupe l'enregistreur vocal. Il a reçu un texto de Spinosa : « Besoin de vous. Urgent. La mère de Julia est en panique. »

– Faut que j'y aille.

– Si jamais je m'en sors pas, j'ai stocké des preuves sur mon cloud.

– Ton cloud, késako ?

– Slimani t'expliquera.

– Fais attention à toi.

– La photo, j'en veux pas, je préfère mes souvenirs.

Castel replie le cliché, le glisse dans son blouson. Il

voudrait lui dire au Gros qu'il l'aime bien, qu'il a du souci pour lui, mais il a pas les mots pour ça. Il est maladroit. Alors il ferme sa gueule. C'est mieux comme ça. Il sort de la voiture. Le Gros démarre. Castel part dans l'autre sens. Il passe devant le garage calciné. Regarde deux secondes maximum. L'image imprime sa rétine, son cerveau. Il doit parler à Kader pour en savoir plus sur ces Italiens. Mais déjà retrouver le taré. La petite Julia est dans une clinique sur la route de Villedieu. Une clinique où elle a été admise sous un faux nom. Le personnel n'a pas accès à sa chambre. Seul un médecin et un psy qui travaille pour la police. Sa mère veille sur elle. Comment le taré pourrait savoir ? Ou alors... Les flics, à l'hosto, si un d'eux avait parlé ? Eux, ils savaient. Castel accélère. Les virages limitent ses ardeurs.

Marlène quitte Villedieu au volant de son SUV. Un Range Rover Evoque Blanc Fuji. Des courses la dernière minute à l'hypermarché. Sophie garde les enfants au domaine. Elle passe devant l'allée qui mène à la clinique. Elle roule. Tranquille. Regarde sa couleur dans le rétro. Blonde platine. Dany lui a refait la couleur. Cet air qui passe à la radio. Une vieille chanson de Sylvie Vartan. Sa mère l'adorait. Marlène chante. Faux. Elle s'en fout. Personne l'entend. Et là, à la sortie d'un virage. Elle voit ce grand type en tenue blanche au milieu de la route. Il pointe un flingue sa direction. *Réfléchis pas, ma fille, réfléchis pas !* Elle change de vitesse et fonce. Comme ça, une inspiration. Elle le sent pas ce type. Sa tête, ça lui rappelle quelqu'un. Le salaud qu'elle a vu des infos. Elle fonce. Ce sale type va pas lui gâcher sa coiffure !

11
NI POMPES NI FUNÈBRES

Une balle touche la tôle. Et là ça fait un choc. Un genre de gros splash tchak. Elle saurait pas dire autrement. *Rétrograde, Marlène. Respire. Tu as rien. Et le méchant, tu l'as écrabouillé !* Elle ralentit, gare le SUV sur le bas côté. Un peu elle tremble. Un peu. Les mains sur le volant.

Castel voit le Range Rover blanc, son pare-chocs maculé de sang. Il gare sa moto. Une blonde descend, l'air pas bien. Il la reconnaît.

– Madame Casanova, ça va ?

– Vous êtes qui ? Un complice à l'autre ?

– Commandant Castel.

– Vous êtes la police ?

– Oui.

Elle lui tombe dans les bras.

– Ça va aller, ça va aller.

– C'est à cause le stress, voyez, je tremble encore.

Gêné, Castel se tortille sur place.

– Je peux vous relâcher ?

– Oui. Je crois.

Elle se dit elle est idiote à lui faire confiance.

– Montrez-moi la carte de police.

Castel s'exécute pour la rassurer.

– Sur la photo, vous faites plus jeune.

– Elle date. Excusez-moi. J'ai des coups de fil à passer.

Castel appelle la gendarmerie de Villedieu pour

sécuriser la zone. Puis la scientifique. Et la médecine légale. « Viens fissa », il dit à sa copine légiste, « de la viande écrasée, une ordure en moins, un mort mais pas à déplorer. Ni pompes ni funèbres ». Ça la fait marrer. Il raccroche. Prévient Spinosa de se ramener avec Slimani.

– Qu'est ce qui s'est passé ?

– Il était sur la route avec un flingue. J'ai eu peur alors j'ai foncé.

Marlène, elle le trouve fatigué ce commandant.

– Il était habillé comment ?

– Té... il avait une tenue blanche comme les gens de l'hôpital.

– Et vous avez eu le temps de voir son visage ?

– C'est le salaud là, celui des infos. Celui qui les enlevait les gamines.

– Vous êtes sûre ?

– Sa tête, je l'ai vue pas longtemps, mais assez pour. Seulement, il doit plus avoir la même tête à cause le choc !

– On a tout sur lui, les empreintes, le sang et même l'ADN.

– Ah oui, la DN, le truc comme dans les séries.

– On doit immobiliser votre véhicule pour les constations.

– Vous allez m'arrêter !

– Non. Ils vont faire des relevés. C'est la procédure.

– La procédure. Je comprends. Vous aussi vous allez me prendre pour une idiote...

– Jamais de la vie, madame Casanova. Vous êtes une héroïne !

– Une néroïne ?

Jamais on lui a dit qu'elle était une néroïne, comme Carla Visconti ou Jeanne Darc.

– Franchement. Vous avez eu du cran. Il vous braque et vous foncez.

– Vous vous moquez...

– Des années que je le cherche. Et quand on le serre, il arrive encore à s'arracher. Alors j'applaudis.

– Merci, commissaire.

– Commandant... Commandant Castel.

– Merci, mon commandant.

Pour un peu, elle lui ferait la révérence. C'est vrai qu'elle est spéciale, cette Marlène Casanova. Spéciale, mais efficace. Putain d'efficace même ! Si c'est bien le Rat qui a crevé. Julia délirait. Elle l'appelait comme ça, le Rat. Une voiture de gendarmerie se gare derrière le SUV. Une autre s'est arrêtée à une centaine de mètres, près d'une chose qui ressemble à un corps. Il confie Marlène aux gendarmes et fonce vers le corps. Descend de moto. S'identifie. Montre sa carte. Regarde la chose sanglante à moitié aplatie qui gît sur le bitume. Le visage arraché. Crâne défoncé. Cervelle éparpillée. Pas de cheveux. Ça colle. Le taré est chauve. Les intestins à l'air. Des morceaux de tissu blanc rougi. Il avait piqué sa tenue à l'ambulancier, en plus de la caisse qu'il a abandonnée à des kilomètres d'ici. Il voulait quoi ? Récupérer Julia à la clinique ? Castel capte pas la raison. Elle signifiait quoi pour lui ? La scientifique l'appelle du chenil. Grâce au radar géophysique, ils ont trouvé une tête et un torse en cours de putréfaction. Une ado. Plus deux squelettes humains et des restes d'animaux. Des chiens sûrement.

Pascal voudrait se réjouir. Il peut pas. Il pense à Claudia. S'ils remontent jusqu'à lui. Et ces diamants, ce Goldman, y a une couille quelque part, il le sent. Quel bordel ! Il regarde les reflets du soleil mourir dans la piscine. JP Guérini lui tend une coupe de champagne. Chemisette noire, pantalon blanc. Regard de tueur. Cheveux de jais malgré les années. Ses pattes d'oie ressortent sur son visage bronzé.

– Aux diamants !

Ils trinquent.

– On s'est fait trois petits millions comme ça, facile, à la cool et tu maronnes.

– C'est ce mec. Samuel Goldman. Je sais pas. Il me rappelle quelqu'un.

– Et qui ? Tu m'as dit, pour sa famille...

– Oui. Tu as raison.

– J'ai eu des remontées. Un flic, il enquête sur la disparition de ta pute.

– Claudia, elle a disparu ?

– Prends-moi pour une tanche...

– JP, je t'assure.

– Ils ont trouvé un cadavre cramé je sais plus où et le cadavre, ce flic pense que c'est ta Claudia chérie.

– Il a quoi ?

– Un briquet, couillon, un putain de briquet avec une empreinte !

– Et alors... elle est morte.

– Tu prends ça bien.

– C'est mon briquet ? Non. Mon empreinte ? Non plus.

Et j'étais pas son seul client.

Pascal revoit la scène. Il balance Claudia dans la ravine, puis le sac... ça lui revient, le sac s'est ouvert ! Il pensait avoir tout remis dedans. JP remplit les coupes vides.

– Il t'a bien dit de le contacter si on avait d'autres pierres ?

– Oui.

– Les Siciliens ont des diamants à écouler. Des diamants uniques.

– Leurs diamants, ils viennent d'où ?

– J'en sais rien et je m'en carre !

– Goldman m'a demandé si on avait des contacts au Cameroun et en Centre Afrique.

– Et tu lui as répondu quoi ?

– Rien.

Pascal finit sa coupe et se lève. JP le raccompagne. Ils suivent le chemin qui contourne la maison, une villa sur trois niveaux, parmi les pins et les cyprès. Le terrain est en pente, il a optimisé. Des magnolias. Des bougainvilliers.

– Alors, les Siciliens, je leur dis oui ?

Pascal monte dans sa Jaguar. Ce JP, il lâche jamais.

– Tu leur dis... combien ?

– Là, je t'aime, tu parles à mon cœur. Ciao !

La Jaguar descend l'allée. JP pavoise. Ce soir, il voit les Siciliens, leur envoyé. Le rendez-vous était déjà fixé. Il clique sur l'appli du smartphone. Le haut portail coulisse et s'ouvre. Se referme dès qu'il l'a franchi. La propriété est truffée de caméras. Sa propre boîte de sécurité gère ça. Vanessa a insisté, un dîner chez lui en amoureux. « Après ton rendez-vous, mon chéri. Je m'occupe de tout. » Il la voulait pas dans ses pattes. Lui aussi se pose des questions. Parce que des Siciliens, il en a embrouillé certains dans le passé. Ces enculés sont morts. Grâce à lui. Et les autres, il les a balancés. Pas lui directement. Une vieille histoire. Donc il se méfie. Pourtant il a des garanties. Un ami, un avocat célèbre qui transforme les pires pourris en agneaux bêlants, la bouche pleine de grands mots ronflants. Le reste du temps, sa bouche pompe de jeunes amants tarifés. Il lui a présenté deux hommes du clan. La nouvelle génération. Le plus jeune doit faire bander l'avocat. Beau gosse, bien sapé, parlant bien. Un peu trop bien tout. Tu grattes le vernis et tu la sens sa brutalité. JP s'y connaît en dissimulation. Il monte les marches, ouvre la porte. Le moteur du Hummer rugit à l'entrée de la propriété. JP déteste ce bruit. Et ce genre de véhicule. On dirait que la guerre est là, à ta porte. Il vérifie la caméra du portail. Son cousin Marius et sa blonde, ils vont le couvrir ce soir. Il leur ouvre le portail. JP a trop d'expérience pour se laisser endormir. Bon, il a rien dit à Pascal. Il a besoin de lui. Mais une histoire pareille, des diamants qui tombent du ciel, c'est Noël en août. Plus un acheteur surgi de nulle part. Et pas n'importe qui, un descendant des Juifs cachés par le grand-père Casanova. Ça fait beaucoup. Seulement, l'argent facile il peut pas résister. Il sort sur le perron. Marius lui passe devant sans même dire bonjour. Boots et pantalon noirs. Chemise en soie rouge. La blonde lui tape la bise.

– Il a quoi ?

– Rien, c'est à cause de cette nuit.

Son cousin traverse le hall, disparaît dans le salon blanc.

– Il peut me remercier. Si je l'avais pas eu l'info, on vous aurait serrés à l'usine.

– Ils avaient quelqu'un à l'intérieur. Tu as une idée ?

– Non. Personne sait. Un mystère.

Marius les attend sur la terrasse. Il désigne la bouteille de champagne dans le seau et les deux coupes vides.

– Tu as fêté quelque chose ?

– Mon enterrement.

– JP, qu'est ce tu racontes, s'offusque la blonde.

– Je vais chercher une autre bouteille.

Le grand salon qui donne sur la terrasse est d'un blanc immaculé, tout comme le bar, les tabourets hauts. Un long canapé noir en forme de virgule face à un écran plat XXL. Des buffets bas Art Déco le long des murs. JP sort une bouteille de champagne du frigo, remplit une coupelle d'olives, attrape deux autres coupes. Il les rejoint sur la terrasse. Commence par les servir avant de passer à ce qui fâche. Ils trinquent à la famille, aux Guérini. Et JP lâche enfin la question à mille euros.

– Tu peux m'expliquer pour ces combats de chiens avec les gamines ?

– C'était rare. Une cerise sur le gâteau pour les plus mordus.

– Des mordus... un truc de tordu, oui !

– Rare. Et cher.

– Marius, y a des limites. En plus, ton taré avait enlevé deux gamines proches de Giacobbi.

– Les Albanais vont fermer leur gueule.

– Tu es sûr ? Ils se font serrer, pas toi, et ils vont s'écraser !

– Ils connaissent les règles, répond la blonde.

– Mes couilles, les règles ils s'en branlent.

– J'ai arrosé leur boss, lâche Marius.

– Et alors, il va les tenir ?

– Oui. Peu importe. Ils sont incarcérés ici, chez nous. Et ils seront jugés ici. Donc, s'ils veulent arriver vivants au procès...

– Ils doivent se taire, enchaîne la blonde. Passer pour des balances, c'est jamais bon sur un CV. On peut vite décéder.

– Je l'adore ! s'exclame Marius.

La grande blonde se penche vers lui et l'embrasse. JP tire une bouffée de son cigare. Il apprécie moyen cette effusion sentimentale.

– Je voudrais pas casser l'ambiance...

Rien à carrer. Ils s'embrassent. C'est écœurant.

– J'ai besoin de vous ce soir.

– Tu as peur de sortir seul, ironise Marius.

– Non. Je suis prudent. Et je préfère que ça reste entre nous.

– En famille, approuve la blonde.

– Comme tu dis. J'ai rendez-vous pour une affaire...

– Quel genre d'affaire ?

– Des diamants. Je me suis associé à Pascal Casanova.

– Ce couillon ? Et la Donna, tu y as pensé, si elle savait...

– Personne ne sait...

– Pascal Casanova, tu parles d'un associé !

– Je peux compter sur vous ?

– Comme si tu avais besoin de poser la question.

– On est toujours là pour toi, ajoute la blonde.

– Justement. Tu pourrais voir si tu trouves un Samuel Goldman, qui serait, pas diamantaire, plutôt courtier ou intermédiaire.

La blonde sort un ordi portable de sa sacoche Vuitton. JP pense aux millions qu'il pourrait encore se faire. Mieux que l'euro du même nom pour ce qui est des chances de gagner. Son parachute doré. Sa retraite assurée. Luxe, calme et volupté.

« Vous êtes sûr, c'est bien le Rat qui a crevé ? » lui demande Julia. Castel lui explique que c'est quasi certain. La médecine légale s'en occupe. Il l'appellera pour lui confirmer. Il doit y aller. Rassuré. La gamine est solide. Ils l'ont sauvée, la petite anglaise et l'autre aussi. Même si celle-là, son cerveau a grillé, comme dit Julia. Mais combien d'autres sont mortes ? Spinosa et Slimani se ramènent enfin. Il les présente. Julia et sa mère craquent direct pour le capitaine joli cœur. Il s'arrache.

Pascal ralentit. Il voit le SUV de Marlène sur le bas-côté. Le sang sur le pare-chocs. Les gendarmes. C'est quoi ce bordel encore ? Il ralentit et se gare sur le bord de la route. Un gradé s'approche de la Jaguar.

– Monsieur Casanova, rassurez-vous, votre femme se porte bien. Un de mes hommes l'a ramenée chez vous, au domaine.

Il le remercie, démarre. Ne comprend pas. Ce sang sur le SUV. Elle aurait tué une bête, un chien, un loup !

Castel croise la Jaguar de Pascal Casanova. Sa régulière, Claudia, il la connaît de réputation. Une pute à l'ancienne. Des clients fidèles. Un mac en phase terminale à l'hosto. Le fils Casanova, c'est pas un tendre, mais de là à buter une pute, sa régulière, ça tient pas ! Pourquoi il aurait fait ça ? La tuer, la cramer. Ou alors elle savait quelque chose, un truc bien chaud qui aurait mis le garçon en panique. Et si elle en avait parlé à la Gazelle ? Il doit la voir, lui parler. Lui dire pour Flaco, que ça aurait jamais dû arriver. Mais ça va pas le ressusciter.

Déjà la nuit ou presque. Il se gare dans la cour intérieure de l'ancien hôtel particulier. Kader Benaissa est un exemple de réussite républicaine. Il ne doit rien à son père et s'il magouille, c'est en toute légalité. Un avocat d'affaires redoutable et redouté. Séducteur, retors, manipulateur. Castel l'a connu quand il jouait au club de foot de la ville avec David Giacobbi et Ange Casanova. La bande des trois. Les juniors régalaient le public. Lui, il cherchait un jeune pour l'accompagner dans les collèges des quartiers. Un qui leur ressemble, un qui leur donne envie de réussir leur vie. En évitant les cases charbonnier, dealeur, arracheur, braqueur. En évitant la case prison. Kader était le candidat idéal.

– Alors, comment va ?

Il l'attend devant sa porte ouverte, au troisième étage.

– Je me fais vieux pour monter chez toi à pied.

– Et l'ascenseur ?

– La prochaine fois.

Castel pose son casque dans l'entrée, au pied d'une sculpture africaine plus grande que lui. Un truc impressionnant. Un géant.

– Je devais dîner avec les enfants, mais ils sont invités à une soirée Walking Dead...

– C'est quoi ce truc, Walking Dead, un jeu vidéo ?

– Non, une série, avec des zombies, des morts-vivants. Les ados adorent ça.

Castel s'assied sur un fauteuil au salon.

– Tu prends ça bien.

Kader penche la carafe, remplit deux grands verres de vin. Rouge.

– Quand on est divorcé, ça vaut mieux. Euh... désolé...

– Au moins, j'ai pas de gosses.

– Goûte-moi ça.

– C'est quoi ?

– Gevrey-Chambertin.

Kader s'est marié jeune. Il avait décroché un stage dans un cabinet réputé. Sa femme était enceinte du premier, elle voulait le garder. Leurs parents les avaient aidés financièrement. Il était trop fauché pour refuser. Et amoureux. Il avait remboursé son père. Chaque euro. La passion s'est envolée. Trop différents dix ans après. Par contre, il aimait toujours autant David. Alors son divorce, ça l'a plutôt arrangé. Mais pas Castel, ça le dépasse. Il pensait que sa femme serait toujours là, à l'attendre, telle Pénélope, à inventer des ruses. Et elle a pris un amant.

– Le vin, il te plaît ?

– C'est pas du vin, c'est du velours.

– Tu es venu... enfin... ça semblait important.

– Monica Smith.

– Tu es aussi sur cette enquête ?

– Non, c'est Mercier, le parisien. Il m'en a parlé.

– Monica, on l'a connue à la Fac, en première année.

– Ce on, c'est toi et David.

– Oui. À l'époque, on était très proches. Intimes. Et puis j'ai rencontré ma future ex femme.

– Tu l'avais revue récemment ?

– Non. David était resté en contact avec elle.

Kader fait tourner le vin dans son verre, puis le savoure, silencieux.

– Et il prend ça comment ?

– Mmmh, depuis qu'il a vu son cadavre, au port de pêche, il...

– Mercier a fait ça ! Putain !

– Il a dû se dire que David allait craquer...

Castel sait pour Kader et David. Leur relation. Leur volonté farouche de réussir, de s'affirmer. S'affranchir de leurs pères, de leurs familles.

– Déjà, il recommençait à faire ses cauchemars.

– Quels cauchemars ?

– Toujours les mêmes. Ce que ses frères ont fait. Ce qui s'est passé il y a quinze ans. Salomé et Ange. Il croit qu'il n'est pas mort, comme Gaïa Casanova.

Castel pense à l'autre type dont lui a parlé le Gros. Cet Angelo...

– Et là, comme par magie, Salomé réapparaît.

– Son père est au courant ?

– Bien sûr. Il a des espions partout.

– David l'a vue ?

– Il a dîné avec elle hier soir au Pacific.

– Chez les Casanova !

– Elle a fait ça pour narguer son père. Des retrouvailles chez l'ennemi...

– Ils n'ont pas toujours été ennemis.

– Et Ange ?

– Elle ne lui a pas dit si elle l'avait revu, s'il est bien vivant. Mais David pense que oui. Tu dînes avec moi ?

– Écoute, je voudrais p...

– Ça va ! J'ai commandé des trucs au traiteur, comme les enfants devaient venir.

Kader s'esquive à la cuisine. Castel sort sur le balcon pour fumer. Il appelle sa copine légiste. Absorbée par l'autopsie des restes du Rat, elle lui confirme que c'est bien lui. Un pouce a résisté au choc. Enfin, une partie. Son ordi reconstitue l'empreinte digitale complète. Ça correspond déjà à 90%. Pour l'ADN, ça sera plus long. Elle a mis la pression au labo. Il prévient Spinosa. Le capitaine joli cœur est soulagé. Slimani reste dormir à la clinique. Elle s'est arrangée. Ça rassure la mère de Julia, même s'il n'y a plus de danger. Spinosa viendra les chercher demain matin. Une odeur de jasmin embaume l'air. Il se penche. Ça vient du balcon en dessous. Il écrase sa clope dans le cendrier posé sur un meuble en rotin, entre deux plantes grasses.

Le cousin Marazzi pianote sur son Mac. Il établit une connexion sécurisée avec une ferme en Calabre. Halani a vu juste sur ce type qui bosse pour Nando, ils ont vérifié. Ce fils de pute a reçu des virements d'un autre clan. Un clan qui n'a pas accepté la domination des Marazzi. Nando est parti à San Luca régler ça. Ange n'a rien dit à Enzo. Ce genre de détail ne l'intéresse pas. Il lui fait confiance. Il préfère les mondanités comme ce dîner du Rotary dont il est l'invité d'honneur avec Salomé. Tous ces pourris qui se prennent pour des philanthropes. La Santa Virginia est le miroir de leur corruption. Hypocrites ! Vermine puante ! Ils se bouchent le nez et laissent le sale boulot aux autres. Le cousin le prévient que c'est bon. Il s'assied face à l'écran.

Une ancienne forge. Le four a été rallumé pour l'occasion. C'était ça où le donner à bouffer aux cochons. Le traître est suspendu par les bras à des chaînes. Nu. Sanguinolent. Gras et velu. Tremblant. Ses pieds touchent à peine le sol. Ils ne lui ont pas crevé les yeux. Ses yeux qui supplient encore. Il doit voir ce qui va lui arriver. Sentir la terreur, son odeur panique. Un écarteur lui maintient la bouche largement ouverte. Ses dents cassées. Sa langue coupée cautérisée au fer rouge. Un homme imposant tient un jeune rat par la queue, le lui enfonce dans la bouche. Il rajoute un petit chiffon et lui colle les lèvres avec de la super glue. Ses mains énormes maintiennent le tout. On lui passe un cercle en métal dont les extrémités sont fixées à un système de verrouillage à vis. Il le place à la hauteur de la bouche. Puis il serre. Le traître se débat. Convulse. Pris au piège de cette bouche, le rat cherche une issue, déchire et dévore les tissus. Malgré sa bouche hermétiquement close, on entend comme une plainte sourde. Le rat attend. Manque d'air. Le rat devient fou. Dévore tout pour trouver une issue. Le traître est agité de spasmes et de convulsions. Du sang coule de ses yeux révulsés. De son nez. Coule par dessous le bandeau métallique. Le rat griffe, le rat mord. Provoque des hémorragies multiples. Le traître se meurt. Ils le détachent et le traînent jusqu'au four. L'homme imposant dévisse la plaque en métal qui lui enserre la bouche. Ils le jettent dans le four et referment la porte.

Salomé lève sa coupe de champagne pour porter un toast à leurs hôtes du Rotary. Enzo l'imite. Son discours a séduit toute l'assemblée. Des gens influents. Les plus anciens la connaissent. Enfin, ils connaissaient l'ado radieuse. Pas cette femme sophistiquée qu'elle est aujourd'hui. Cette femme au sourire étudié qui parle si bien de la misère du monde et avec tant de charme. Bien sûr, ils ont vu des documents de la Santa Virginia avec sa photo. Mais on mentionne rarement son prénom. Presque jamais. Elle y veille. Et cette Signora Marazzi, il a fallu qu'ils la voient, qu'ils l'entendent, pour comprendre enfin qui elle était, Salomé Giacobbi ! Son nom de jeune fille n'a pas été évoqué. Juste des murmures. Des yeux étonnés. Des chuchotements, entre gens bien élevés.

– Quel discours, lui glisse Enzo.

– Merci. N'oublie pas. J'écris aussi les tiens.

Salomé se penche vers leur fils.

– Et toi, Luciano, tu penses comme ton père ?

– Tu as tout déchiré ! Regarde-les. Ils t'admirent. Ils te vénèrent.

– Flatteur !

Enzo les couve des yeux, attendri. *Quelle chance tu as, une femme sublime et un fils parfait !* Il pense aux enfants de Nando. Laids et stupides. Pourris par leur mère. Et ceux de Carla. Beaux et méchants. Des parents absents. Son fils est d'une autre nature. Plus intelligent. Plus rapide. Comme l'eau des torrents.

Castel finit son déca. Il a affranchi Kader sans préciser sa source. Les Marazzi, leurs liens avec le cabinet San Marco. Le rôle de Monica dans tout ça. Les Sardes. Les Siciliens. Et ce Français qui a réuni les trois Familles. Il prétend ne pas savoir son nom.

– David a des liens avec ce cabinet ?

– Pas seulement lui. Je suis leur avocat conseil sur deux dossiers.

– Et... tu peux m'en dire plus ?

Kader soupire, regarde Castel, grimace. Et se lance. Le premier dossier concerne Dany Padovani et le lancement des produits capillaires La Rouge. Il lui fallait des associés pour s'implanter en Italie, puis ailleurs en Europe. Et David défend ses intérêts. L'autre dossier, c'est un Casino, le grand projet de Joseph Giacobbi ... Castel le coupe.

– C'était son rêve avec Matteu Casanova. Depuis, ça l'obsède.

– Son rêve est mal barré.

– Au fait, la fondation Santa Virginia, ça te parle ?

– Non... Enfin si.

Kader glisse son doigt sur l'écran du Samsung. Puis il tape le nom de la fondation. Clique sur un lien. Regarde la photo quelques secondes sans comprendre. Hésite. Elle a changé. Beaucoup. Mais cette femme... cette femme... c'est bien elle. Il montre l'écran du smartphone à Castel.

– Salomé, elle dirige la communication de la Fondation. Enzo Marazzi la préside. Et c'est aussi son mari.

– Quelle beauté ! s'exclame Castel.

– Elle a toujours été belle.

– C'était une gamine, là... je ne l'aurais pas reconnue. Ah si, ses yeux.

Castel a besoin de savoir. Ça le chiffonne.

– Tu connaissais la Santa Virginia ?

– C'est David. Elle lui a écrit pour son anniversaire sur du papier à en-tête de cette Fondation.

– Et il n'a jamais cherché à...

– Chercher quoi ? La retrouver ? Non. Elle était partie. Il respectait son choix.

– Quand même.

– Tout est lié alors, les Marazzi, le cabinet San Marco, cette fondation, Salomé... Et ce mystérieux Français dont tu ignores le nom.

Castel se lève et s'étire. Évite de répondre.

– Je rentre. Je suis crevé. Tu vas parler à David ?

– Oui. Je pars avec toi.

La moiteur du soir. Kader ouvre les doubles battants du portail qui donne sur la rue et regarde la moto de Castel s'éloigner. Il sort sa Porsche Cayenne, referme le portail. Il appréhende la réaction de David. C'est mieux ainsi. Cette histoire de Casino, il ne l'a jamais sentie ! Sauf ses honoraires à cinq zéros. Il comprenait mal les motivations du cabinet San Marco. Désormais tout est clair. Ange est revenu et il va se venger. D'une manière ou d'une autre. De ceux qui l'ont trahi. De Joseph Giacobbi et de ses fils. David n'est pas à l'abri de sa haine. Il file vers les collines, vers la Bastide.

Tout sourire, JP Guérini sort du Méridien. *Ces diamants*

dans la mallette, la maille que tu vas te faire ! Il tend un pouce vainqueur en direction du Hummer, en planque devant le palace. S'engouffre dans sa Mercedes. Démarre. Jette un œil dans le rétro. *Ce couillon de Marius avec son Hummer, ça passe pas inaperçu cet engin !* Le rendez-vous avec le Sicilien s'est passé nickel. Des diamants uniques. Quarante millions à la revente. Dix pour lui et Pascal Casanova. Pourquoi le Sicilien est si généreux, ça lui échappe. Ces millions, il en a la gorge serrée. Sèche de bonheur. Pas question d'écouter cette petite voix dans sa tête qui voudrait lui gâcher son plaisir. Qui dit c'est pas les soldes, pense au passé. Il met la radio. Little Richard éructe son « Tutti Frutti ». La petite voix disparaît.

Le portail automatique du domaine Casanova s'ouvre. JP remarque les deux types à l'entrée à côté d'un SUV BMW. Le Gitan et le Serbe. Deux gros bras qui bossent pour Pascal. Il roule jusqu'à la grande bâtisse. Se gare. Pascal l'attend. Il roumègue.

– Tu m'obliges à la laisser seule, après ce qui...

– Les lamentations, c'est pas ma came.

JP lui confie la mallette.

– Tu descends pas en dessous de quarante millions. En euros. Trente pour eux et dix pour nous. Yalla, fais pas attendre Goldman.

Marlène les observe, tapie dans l'ombre. Ils parlent bas. Elle n'entend rien. C'est tout brouillé, alors forcément, elle s'imagine. Pourquoi JP il vient à une heure pareille, surtout qu'il doit savoir pour elle, qu'elle a vaincu le démon, qu'elle est une néroïne comme il a dit le commandant Castel. Et pourquoi Pascal l'abandonne ce moment où elle est en état de choquée. Ça aussi elle aimerait bien savoir. Elle réfléchit. Pas capable de reprendre le volant pour les suivre. *Idiote que tu es, la police a gardé le Range Rover !* JP habite pas très loin de Villedieu. Un kilomètre. Deux kilomètres. Les chiffres, elle a des misères avec. Les lettres aussi. Elle va appeler Vanessa.

JP roule en écoutant l'émission de foot sur RMC. Se marre. Ce Courbis, il exagère ! En mode automatique, il déclenche le portail à distance, remonte l'allée qui serpente sous les pins, range la Mercedes au garage. Referme derrière lui, active l'alarme. Il marche jusqu'au perron, le sourire aux lèvres. Monte les marches comme un jeune homme. Ouvre la porte. La repousse derrière lui. Rentre dans le hall. Désactive l'alarme. Et là, ça dérape. La porte s'ouvre. Putain, il l'a mal fermée ou quoi ! Un type masqué surgit, lui saute dessus. Ça va trop vite, il a pas le temps de réagir, pétrifié comme un con ! Il sent une piqûre. Ça tourne. Il bat des bras. Un pantin.

12
VENGEANCES

JP ne voit rien. On lui a fourré une cagoule sur la tête. Et des menottes aux mains. Ses jambes entravées, collées l'une à l'autre. Il respire mal. Assis contre un mur. Le sol est froid. Sûrement pas du lino, plutôt du carrelage, vu la dureté. Il ignore si c'est le jour ou la nuit. Se demande qui peut oser s'en prendre à lui. Si c'est lié aux diamants. Ou au passé. Une vieille histoire. Pour l'instant, on l'a traité sans brutalité. Tout à l'heure, quelqu'un a relevé la cagoule, à peine, juste à la hauteur de la bouche, pour lui faire boire de l'eau. Ils l'ont drogué. Ça l'empêche de réfléchir.

Gaïa profite du soleil sur le balcon de sa chambre. L'orage d'hier lui a gâché ce plaisir quotidien, son plaisir matinal. Au loin, elle aperçoit les pins qui masquent la propriété des Giacobbi. On l'a appelée pour lui parler de ce dîner du Rotary, en l'honneur d'une fondation italienne, la Santa Virginia. Une très bonne amie qui ne s'est même pas donné la peine de lui expliquer pourquoi on ne l'avait pas invitée hier soir. Tellement excitée par cette révélation qui n'en était pas une pour Gaïa. Le retour de Salomé dans sa gloire. Elle est sublime, vous savez, très chère, une femme d'une classe folle ! Méconnaissable. Et son mari. Ce Monsieur Marazzi. Un si bel homme ! Très élégant. Grâce à ses espions, Gaïa a appris qu'Enzo Marazzi occupait la suite la plus chère de l'Hôtel Eden. Madame Marazzi réside dans une villa luxueuse sur les hauteurs de la ville, louée par cette fondation. Gaïa s'est renseignée auprès d'amis transalpins. Ce Marazzi est riche et puissant. Très riche et très puissant. Un Calabrais. Il dirige de nombreuses sociétés. Requin de la finance et de l'immobilier, il joue les philanthropes avec cette fondation dont Salomé dirige la communication. Une fondation proche de l'extrême droite et de hauts prélats du Vatican. Derrière cette façade de respectabilité, un parfum obsédant, celui de la Ndrangheta, la mafia calabraise. À l'image de son frère Nando, nettement plus sulfureux. Les amis de Gaïa sont prudents, bien sûr, il n'y a pas de preuves, et là-bas, les gens ne parlent pas. Eux non plus ne sont guère loquaces. Vous comprenez, Signora Casanova, ils investissent beaucoup d'argent chaque année que Dieu fait, des milliards d'euros. Ils ont des cabinets d'avocats à leur main. Des députés de tous bords, des ministres sont leurs obligés. Sauf son respect, ils auraient pu ajouter qu'elle n'est qu'une figure locale, la Donna de la Côte. Une persistance rétinienne. Un dinosaure. Elle pèse peu à côté d'eux. Un souffle dans son dos, venant de la chambre. Elle va pour se retourner.

– Non. Reste comme tu es.

Cette voix. Sans ce timbre éraillé. Cette voix rauque et fatiguée...

– Ange !

– Oui.

– Pourquoi tu ne veux pas que je me retourne ?

– J'ai changé.

Gaïa hausse les épaules. Il agit comme un enfant. Avec sa voix de revenant.

– Et alors ? Moi aussi.

– Je t'ai vue, tu es belle encore.

– Tu m'espionnes !

– Non.

Il tousse.

– Je suis malade...

Elle entend sa respiration rauque.

– Et je ressemble à un monstre.

– Arrête ! Tu as toujours exagéré.

Il n'apprécie pas sa remarque. Elle le sent frémir dans son dos, gronder.

– Je suis revenu pour me venger des Giacobbi. Eux et les autres.

– Tout ça, c'est du passé.

– Comment tu peux dire ça ? Du passé ! Si je suis malade, c'est à cause d'eux. Ils voulaient me tuer... avec leurs chiens... me dévorer. Et mon frère, cet abruti de Pascal...

– Ange !

Gaïa s'agace. Depuis toutes ces années, elle a attendu son fils et il lui revient un étranger, un homme dérangé. Cette emphase dans sa voix fatiguée.

– Pardon. Maman.

En prononçant ce mot, il retrouve une parcelle d'humanité. De son ancienne humanité.

– Je croyais...

– Quoi ?

– Rien. Tu n'es pas contente de me revoir après toutes ces années ?

– Mais si, bien sûr, qu'est-ce que tu vas chercher. Te revoir ? Je ne dirais pas ça puisque tu refuses que je...

Gaïa s'interrompt. Tend l'oreille. Rien. Plus un souffle. Elle se retourne. Il s'est évanoui. Une ombre fugace. *J'ai rêvé ? La démence sénile me guette ?* Non. Il a laissé un mot sur son secrétaire. « Je t'aime ». Signé d'une étoile. Comme avant. Il disait qu'un ange a toujours une bonne étoile. Elle prend son téléphone et appelle David Giacobbi. Le seul à qui elle puisse parler.

« Bonjour Gaïa. » Elle ne lui laisse pas le temps pour les amabilités. Il l'écoute sagement. « Vous êtes sûre ? » Kader fait de grands gestes pour savoir de quoi il retourne. « Oui ». David raccroche.

– Alors ? s'énerve Kader.

– Ange. Elle vient de le voir. Enfin, pas exactement.

Il lui explique. Comment leur ancien ami a joué les mystérieux en ne se montrant pas à sa mère. Ses mots. Son désir de vengeance.

– Déjà, tu ne restes pas ici, à la Bastide.

– Tu crois vraiment...

– Oui. Soit tu viens chez moi, soit tu vas chez ton père.

– Jamais ! Chez mon père, jamais.

– Prépare une valise pour quelques jours.

Kader oublie sa prudence passée, ces années de dissimulation. Il tient trop à lui pour le perdre. Et il a compris deux choses. Ange en veut encore plus à David qu'à ses frères. Et c'est en lien avec Salomé. Le fait qu'elle ait épousé cet Italien et pas lui ? Non. C'est plus tordu. Ange a toujours eu le sens du mélo, mais dire à sa mère qu'il ressemble à un monstre, ça sent le mauvais théâtre, la drama queen. Ou c'est juste la vérité. Il mostro. Adolescent, il avait déjà cette violence en lui, à fleur de peau. Un jour, après un match perdu, ce qui leur arrivait rarement, il s'en était pris à un joueur de l'équipe adverse et l'avait envoyé à l'hôpital. Et son père. Son propre père. Matteu Casanova. Cet homme puissant. Réduit à l'état végétatif à cause de lui. Ange brillait. Une étoile qui aveuglait tout. Tous et toutes. Sauf lui. Kader se méfiait de cet Ange trop brillant, de son côté sombre. Il se méfiait de son influence sur David.

– Tu penses à quoi ?

Sa valise est prête. Il le regarde, une petite mallette sous le bras.

– À toi.

Kader s'approche et l'embrasse. Ses lèvres ont le goût du caramel.

Un gros type velu couché sous une voiture. Il transpire. Il fait pas ça tous les jours. Installer une bombe, même une petite. Il a appris ça à l'armée, ça fait un bail. Et puis c'est délicat ces choses-là. Il veut bien prendre des coups, mais partir en confettis, il a pas signé pour. Il vérifie. Tout baigne. Il s'extrait de là. Se relève. Tourne la manivelle du cric avec délicatesse. Régulier. Le geste régulier. La bombe est censée réagir à l'allumage, et seulement à ça. L'Audi redescend doucement sur le sol.

Juché sur un tabouret haut, Marius dit à sa blonde qu'il n'aime pas ça. Il crie. Pour couvrir le bruit du mixeur. Elle porte un tablier à l'effigie de Marge Simpson. Et lui, Omer. Aucune nouvelle de JP depuis hier soir. Après son rendez-vous avec les Siciliens, ils l'ont suivi jusqu'à Villedieu et ils ont décroché.

– Ils sont prêts ces blancs en neige ?

Il stoppe le mixeur pour vérifier.

– Oui, chef.

Elle incorpore les blancs au chocolat fondu. Doucement. Marius a rempli le moule à charlotte de biscuits à la cuillère détrempés. Il dépose des quartiers de poires fondantes. Elle recouvre le tout de cette mousse au chocolat onctueuse. Marius adore les charlottes. C'est son péché mignon.

– Tu l'as appelé ? elle lui demande.

– À qui, JP ?

– Non, le pape et ses anges.

– Messagerie. Toujours sur messagerie. C'est pas normal.

Marius descend du tabouret.

– On va chez lui. Mais pas avec le Hummer.

– Comme tu veux, chéri.

La blonde met le dessert au frigo, les ustensiles sales dans le lave-vaisselle. Elle nettoie le plan de travail. Pend son tablier à une patère. Se baisse. Ouvre un placard. Sort une batterie de casseroles.

– Tu fais quoi ? il lui demande.

Elle extirpe une grosse boîte à chaussures, la pose sur le plan de travail, enlève des chiffons et brandit un Desert Eagle chromé, calibre .357 Magnum. Un semi automatique à la puissance de feu redoutable.

– Tu l'as toujours ce flingue ! Il pèse une tonne !

– Non, à peine deux kilos. Et il fait des jolis trous.

Ça fait rire Marius. Il préfère les armes blanches ou un mini Uzi. Le tranchant aiguisé ou l'efficace en rafales.

– Un fusil à pompe, ça en fait aussi des jolis trous.

– Oui, mais c'est moins classe. Tous les bâtards en ont.

Elle remplit le chargeur de balles.

– Tu me traites de bâtard ?

La blonde prépare deux autres chargeurs et les fourre dans son sac.

– Pas toi, chéri, les autres.

Elle se raidit, lui fait comprendre qu'un intrus est dans la maison. Ils continuent à parler.

– Tu es certaine ? Avec toi, on ne sait jamais.

Marius ouvre le tiroir où se trouvent les couteaux pour les steaks. Effilés. Tranchants comme des lames de rasoirs.

– Malheureux, tu es bien à plaindre !

Un grand costaud fait irruption, un Albanais, la kalash prête à arroser. Ce comique pense les surprendre. La blonde le cueille avec deux pruneaux. Vu la distance, impossible pour elle de le rater. La violence du choc le colle au mur. Le sang jaillit avec des débris de tissus et d'os. Il fait une petite danse, tombe sur les genoux, puis tout le corps, tout le corps se répand sur le sol. Marius profite de sa taille petite pour longer le plan de travail. Et avoir la porte dans son champ de vision sans offrir son corps à l'ennemi. Sous le plan de travail, c'est du béton noir, le même que celui de l'Hôtel Eden. Un béton étudié pour résister aux chocs. Il brandit son couteau au dessus du plan de travail. Le lance dans l'œil d'un autre couillon d'Albanais qui s'amène la bouche en cœur. La blonde lui efface le sourire. Il tombe sur le cadavre de son pote. Des pégueux, pense Marius. Il dira aux voisins qu'ils faisaient des travaux. Mais bon, ses voisins les plus proches sont vieux et à moitié sourds. Le plus urgent, se débarrasser des corps. Nettoyer les dégâts. Ces putains d'Albanais, ils sortent d'où ? Castel les a pas tous serrés à l'usine ! La blonde le rejoint derrière le plan de travail.

– Je fais le tour, elle lui chuchote.

Elle disparaît dans le cellier qui jouxte la cuisine. Marius tend l'oreille. Calme plat. Trop plat. On le repasse jamais deux fois. Un craquement. Il lance un couteau. La main du type se fiche au chambranle de la porte. Son calibre tombe sur le lino ivoire de la cuisine. Un Sig Sauer 9 mm Parabellum. Il crie. Un jeune. Musclé. Grimace. Gémit. La blonde lui colle son Desert Eagle sous la mâchoire et repousse du pied le flingue. Marius s'approche, un couteau à la main, mais reste à distance d'une possible ruade. Les abrutis, ça peut tout ! Le jeune s'agite, les joues pâles, jure dans sa langue. Ça colle pas. La langue et l'accent, c'est pas de l'albanais pur jus. Marius connaît leur dialecte. Ce clown est sicilien ou calabrais. Il ramasse le Sig Sauer. Expulse le chargeur.

– Ferme-la ou je te la coupe.

– Et moi, je t'explose, ajoute la blonde.

Elle le palpe, récupère son mobile. Un basique, du genre prépayé.

– Qui t'envoie ? Ton boss ?

– On répond au monsieur.

La blonde lui file un coup sur le crâne avec le flingue. Les deux kilos, il les sent le minot. Au bord de l'évanouissement. Marius le pique à la cuisse. Juste un peu. Pour pas qu'il joue sa dame aux camélias.

– Le boss, il envoie SMS avec adresse.

Marius sent l'embrouille. Mais il voit mal d'où ça vient.

– Un SMS ? Et moi je suis la reine des fleurs !

Le jeune hoche la tête. Son regard se tourne vers le couteau qui transperce sa main.

– C'est vrai, confirme la blonde. Il a bien reçu ce texto.

– Et le boss, comment il s'appelle ?

– Si, si, répète l'abruti.

– Son nom au boss ?

Il répond rien. Son regard suffit. Même s'il est pas futé, il sait. Dans les deux sens, il est baisé. Marius hésite. Le tuer tout de suite serait une erreur.

– On le met où ?

– À la cave. On le garde au frais.

La blonde enlève le couteau d'un coup sec. Le jeune, il gueule, on dirait qu'il agonise. Musclé, mais douillet. Elle se marre. Lui enfonce le Desert Eagle sur le sternum. Marius lui attache les mains dans le dos avec une rallonge électrique. Puis il fouille dans un placard et en sort un tupperware. La boîte contient des seringues prêtes à l'emploi. Du somnifère pour animaux. Le cadeau d'un ami vétérinaire. Il en prend une et les suit à la cave. Une fois le jeune dans les vapes, la blonde le saucissonne avec une corde. De retour à la cuisine, ils emballent les deux cadavres dans des sacs poubelles de 300 litres et les traînent jusqu'au coffre du SUV BMW noir. Par dessus, ils disposent des bâches, des sacs de terreau et du matériel de jardinage. Ils retournent à la cuisine nettoyer les traces. Rien qui résiste aux lumières bleues de la scientifique, mais assez pour donner le change à des yeux humains. Parer au plus pressé. La blonde fixe un tableau au mur pour masquer les impacts. Une croûte. Le style nature morte. Atroce. Des tournesols qui ressemblent à rien.

Pascal raccroche. Messagerie. Hier soir, tout s'est bien passé avec Samuel Goldman. Le seul problème, c'est JP. Injoignable. Encore heureux, il avait les références des comptes pour les virements. Vanessa débarque au domaine en panique totale. Marlène tente de calmer sa vieille copine. Impossible de joindre son JP chéri. Son mobile est sur messagerie et le fixe chez lui sonne dans le vide. Ça l'inquiète, c'est pas normal, pas son style. En plus, il a le sommeil léger. Alors même s'il dormait... Il lui est sûrement arrivé quelque chose ! Pascal essaie de ne pas l'affoler. Il doit bien y avoir une raison. Faut pas tout de suite imaginer le pire. La vérité, il se ronge le sang. Disparaître, juste après avoir vu les Siciliens. Ça sent pas bon.

JP a une putain d'envie de pisser. Marius et sa blonde doivent le chercher. Il entend un bruit sourd. Pas loin. Un ronronnement. Ça s'arrête. Et ça recommence. Peut-être il rêve. Vanessa. Telle qu'il la connaît, elle s'est précipitée chez sa copine Marlène. Et Pascal, son rendez-vous avec Goldman, c'était un piège aussi ? Il gueule. La cagoule étouffe un peu ses cris.

En chemin, ils s'arrêtent sur un chantier. La blonde reste au volant. Marius serre la main d'un type sec. Un type qui lui doit. Il travaille le samedi pour rattraper le retard. Avec deux autres gars. Au noir. « Non, rien à craindre, ils sont dans l'Algéco. Ils prennent le frais. Avec cette chaleur. » La blonde recule le SUV jusqu'à une fosse. Descend.

Déclenche le capteur du pied pour ouvrir le hayon. Le type explique à Marius qu'ils terminent les fondations. Une fois les corps dans le trou, il coule du béton frais par dessus. Net et sans bavures. À l'ancienne.

Enfermé dans la salle de bains, David se prépare un rail. Depuis la mort de Monica, il part en couilles. Trop d'alcool. Et de coke pour tenir. Mehdi a des bons plans. Il sniffe. Essuie le bord de la vasque. Avant, il tapait pour sortir, à l'occasion. Là, il peut plus s'en passer. Le fournisseur est heureux. Au moins, ça fait le bonheur de quelqu'un. Kader frappe à la porte. Il lui ouvre.

– Pourquoi tu t'enfermes ?

– Oh, ça va, lâche-moi.

Et là, il remarque la paille oubliée sur la vasque. Kader aussi. Il se met à gueuler.

– Putain, tu veux quoi ! Foutre ta carrière en l'air ?

Ce genre de truc.

– Et ta vie ? Et moi ?

– Et moi et moi et moi... cinq cent millions de petits chinois...

Il se marre. Pas Kader. Pas du tout. Il le prévient. Qu'il doit se reprendre vite. Aller voir quelqu'un. Un psy. Faire quelque chose. Il va l'aider. Tout ça. David jette la paille à la poubelle.

Quelqu'un ouvre une porte, s'approche de lui. Un homme sûrement, vu ses pas. JP lui dit qu'il a besoin de pisser, vite. Il voudrait pas s'épancher, comme un vieux, un incontinent. Pisser, il gueule. La cagoule étouffe ses mots. Pour seule réponse, un grognement. JP n'est pas sûr. Il attend. L'autre lui détache les jambes. Un bruit d'adhésif. Putain, il en a mis combien des mètres ? Après, il le saisit par le bras. JP se lève péniblement. Il les sent plus ses jambes, à force. Il titube. Vacille. Le type le rattrape. Et miracle, libère sa main droite des menottes. Il grogne à nouveau et lui colle un truc sur le ventre. Un seau en métal. Pour se soulager. JP baisse la fermeture éclair de son pantalon et sort sa queue. Rien ne vient. La menotte droite tape dans le seau. Il sifflote. Deux gouttes et puis ça chante, un déluge. Il fait durer. Trop pour l'autre qui grogne encore. Il sait faire que ça. JP sent son haleine aux relents d'ail et de tabac froid. Il se prépare. Calcule son coup. Sa dernière chance. Il lui balance le seau plein de pisse à la gueule. Le type pousse des cris. JP enlève la cagoule. Cligne des yeux. Trop de lumière d'un coup. Distingue une silhouette, un gros velu. Il lui envoie la menotte laissée libre en pleine face. Puis le frappe aux couilles avec le genou. Ça couine sévère. Il s'empare d'une chaise qui traîne là et la fracasse sur le gros. Le frappe, le frappe encore. Le laisse KO. Ceux qui l'ont enlevé auraient dû se rencarder ou le faire garder par un vrai pro. Il ramasse le flingue du type par terre, un vieux Luger 9 mm. Cherche dans les poches de son pantalon. Trouve la clé des menottes et une petite carte de visite noire qu'il reconnaît aussitôt. Le logo de l'Hôtel Eden s'y détache en lettres d'or. JP se débarrasse des menottes, les passe aux mains du gros débile. Il glisse la carte dans sa poche. Regarde autour de lui. Ça ressemble à une buanderie. Il ouvre la porte délicatement, regarde, personne. Il sort. Avance dans le couloir. Pousse une porte. Voit une chaudière. On est au sous-sol. Plus loin, un escalier. Il monte les marches en retenant son souffle. Prêt à tirer. L'abruti n'a même pas fermé la porte. Il écoute. N'entend rien. L'ouvre au ralenti, les nerfs à vif, la bouche pâteuse. Toujours personne. Il arrive dans une cuisine. Rafle le mobile posé sur la table. Un vieux truc daté. Vide la petite bouteille d'eau. Il fouille dans les poches du blouson accroché à une chaise. Des clés de voiture. Vite. Il doit faire vite. Avant que les complices du gros velu se ramènent. JP sort par derrière. Longe les murs. Se baisse. Court dix mètres dans le jardin à l'abandon. Se planque derrière un massif envahi par les ronces. Observe. À l'agachon. Une villa décrépite. Une Audi garée dans l'allée. Il appelle Marius. Ça sonne. Messagerie. Il lui explique la situation en quelques mots. Lui dit de contacter Pascal. Vite. Il court vers la voiture, appuie sur la commande à distance. Se glisse au volant. Au moment où il tourne la clé, il remarque l'iris blanc posé sur le tableau de bord. Comprend. Iris ! Celle qui l'avait quitté pour Ulysse. Trop tard. La voiture explose.

Marius fait les cent pas. Le SUV stationne devant le portail de la propriété de JP. Marius fait les cent pas. Adossée au BMW noir, la blonde écoute de la musique, un casque sur les oreilles. Elle balance la tête. Vanessa arrive au volant de sa Mini. Marius l'a appelée. Ça tombe bien, elle n'était pas loin, chez les Casanova. Elle a un double des clés et elle connaît les codes des alarmes. Pas lui. JP lui a jamais dit pourquoi. Et Marius n'aime pas quémander ni jouer la pleureuse. Elle s'inquiète. « C'est pas normal, elle répète, c'est pas normal. » Depuis hier soir, rien, aucune nouvelle. Injoignable. Elle se fait un souci, un souci, pire que de l'encre. Marius tente de la calmer. Elle tourne en boucle.

– Il lui est arrivé quelque chose, quelque chose de...

– Vanessa, la commande pour le portail.

En remontant dans le SUV, il prend son smartphone posé sur le tableau de bord. Un appel en absence. JP. Et un message. Marius écoute la voix de son cousin et raccroche.

– C'est JP.

– Et alors ? lui demande la blonde.

– On l'a enlevé, mais il a réussi à se libérer. Il a démoli le type qui le gardait. J'ai pas bien compris. Il parlait d'une voiture, il allait se tirer avec.

Ils se garent en bas de la maison. Vanessa veut en avoir le cœur net. Elle court jusqu'au garage. Désactive l'alarme. Le volet métallique coulisse.

– La Mercedes, elle est là !

– C'est pas bon, lui répond Marius, du perron.

Il se demande s'il doit lui parler du message de JP. La porte d'entrée est entrouverte. On ne peut pas la claquer. Elle se ferme uniquement avec la clé. La blonde la pousse du pied. Vanessa les rejoint. Ils font le tour de la maison. Personne. Vanessa s'écroule sur le canapé noir du grand salon.

– Tu veux un remontant ? lui demande la blonde

– Je veux bien. Je tiens plus.

Derrière le bar, la blonde prépare trois cocktails. Rhum, glace pilée, citron vert, jus de mangue.

– Vous pensez pas qu'on devrait prévenir la police ?

– Vanessa, enfin, lui répond Marius.

– Quoi ? Normalement, les gens font ça quand... quand...

Il devrait lui dire. Non, pas encore. Marius trouve ça bizarre pour JP. Se faire enlever et s'échapper aussi facilement. Son cousin a toujours eu du cul, mais là, c'est... Il pense à cette histoire de diamants. Aux vieux ennemis de JP. Des additions jamais réglées.

Simon Giacobbi parle avec un voiturier de l'Hôtel Eden. Un de ses informateurs. Madame Marazzi ne va pas tarder. Le signore Marazzi leur a laissé des instructions. Il revient vers le Ford Transit garé en double file. Au volant, Djibril et sa tête qui veut rien dire, mais qui dit quand même. Depuis le temps, il le connaît son fidèle chauffeur, son gardien, son protecteur. Ils allaient à un combat chez des amis. Discret. Juste eux deux et les chiens. Djibril déteste les imprévus. Mais Simon veut voir sa sœur. Lui parler, il sait pas. Au moins la voir.

Le Gros descend sa vodka au bar de l'Hôtel Eden. Il a une vue imprenable sur le hall, les ascenseurs, le restaurant, grâce aux immenses miroirs qui tapissent les murs noirs. Il s'est grimé. Cheveux blonds mi-longs. Lunettes teintées. Moustache. Une escort le branche. Blonde glaciale. Il la rembarre. Elle le regarde, un mépris sans nom sur son visage de poupée chic. Avise un homme seul à une table. Se dirige vers lui. Laisse tomber son sac. Joue l'idiote. L'homme se précipite pour l'aider. Le poisson est ferré. *Vas-y, pompe-le bien, il lâchera la monnaie !* La photo du cadavre de Monica l'obsède. Il doit la venger, les faire payer. Enzo Marazzi loue la plus belle suite, au dernier étage. Où il est remonté tout à l'heure avec son fils et les Gallucio. Ils sortaient du restaurant étoilé du palace. Ces deux abrutis font un peu tache dans le décor, malgré leurs costumes sur mesure. Il hésite à commander une troisième vodka. Renonce. Même si la coke l'empêche de sentir l'ivresse. *Ne joue pas avec le feu !* Monica, il entend son rire. Un tintamarre dans sa tête. Son cerveau fatigué. Impossible de recoller les morceaux. Le barman lui parle. Il l'entend pas. Il voit des femmes figées sur place. Des hommes captivés. La signora Marazzi rentre dans le hall, telle Vénus fendant les flots pour gagner son île. Mais les fleurs qui jaillissent à son passage ont des parfums amers. Elle disparaît dans l'un des ascenseurs. Le Gros quitte son fauteuil confortable. Elle doit mourir. Comme Monica. Ensuite, il tuera Enzo et Nando. Seulement après. Rien à foutre de sa mission. Il est usé, bon à jeter, pire qu'un vieux kleenex, une capote percée. Monica. La venger. Il sort fumer.

Pascal passe devant l'Hôtel Eden au volant de sa Jaguar. Il fait le tour de la ville et de ses obligés. Rien jusqu'ici. La misère. Personne n'a vu JP. Il double un camping-car. Une moto klaxonne derrière lui. Il jette un coup d'œil dans le rétro. Méfiant. Et si... *Abruti, si un type voulait te fumer, il irait pas klaxonner !*

Castel peste après ce connard en Jaguar qui double sans mettre son cligno. Encore un enculé qui se croit tout permis ! Et puis ça tilte, il reconnaît la caisse. L'écusson du club de rugby sur la vitre arrière. Pascal Casanova y jouait dans le temps. Il va où comme ça. Et si Mercier avait raison pour Claudia, cette pute qu'on a cramé ? Si c'était lui. Avec des si, on coupe du bois, comme l'a dit un footeux après un match. On résout pas une enquête. Il a posté Spinosa au bar de l'Hôtel Eden. Histoire de surveiller les Marazzi. Et de repérer le Gros. Castel ferait comme lui. Venger la mort d'une femme aimée. Son ancien protégé s'est cramé les ailes à force de vivre en infiltré. Traîner avec des ordures, changer de peau, devenir un autre, ne pas griller sa couverture, une vie pareille, à force ça use. Il a prévenu Spinosa qu'il changeait souvent d'apparence, de personnalité. Bref, c'était dans ses cordes. Non, il n'était pas gros, c'était juste un surnom. Le mec qui pèse. Qui assure. Spinosa planait un peu, tout sourire, détendu, à croire qu'il avait baisé la sœur de Kader. Il lui a pas posé la question. Le capitaine joli cœur, c'est un sensible.

Le Gros, ça pourrait être n'importe qui. Ce type là-bas penché sur son Macbook Air. De temps en temps, sa main gauche quitte le pavé tactile. Il prend son verre de coca, boit un peu, le repose. Ou le brun assis au bar qui textote frénétiquement sur son smartphone et commande un autre café. Et pourquoi pas le chauve moustachu qui lit le journal. Spinosa a soigné sa tenue. Ordre de Castel. Costume et mocassins blancs. Chemise en lin noire. Lunettes de soleil posées sur la table basse. Optimiser son capital séduction. Jouer le beau gosse, le gigolo de passage. Il repense à cette nuit avec Djemila. Elle l'a appelé. S'il pouvait passer ? Bien sûr. Il a foncé chez elle. Ses bras, sa bouche, ses seins. Il n'a pas résisté longtemps. Ses cheveux noirs ruisselants sur sa peau hâlée. Tu n'as pas peur de la malédiction ? Quelle malédiction ? Tu sais bien, on me surnomme la veuve noire. Il a ri. Non, je n'ai pas peur. Spinosa se reprend, s'apostrophe. *Tu fais quoi là ? Reprends tes esprits. Pense à ta mission !* Il a presque fini son cocktail de fruits sans alcool. Dommage. Vu le prix. Le barman se penche vers lui, en dépose un autre sur la table, murmure : « Cette dame là-bas, elle vous l'offre. » Sa couverture fonctionne. Une femme, petite soixantaine, très chic. Elle lui sourit. Tend son verre de vin blanc dans sa direction. Il lui sourit. Lève son cocktail. Puis la regarde avec ses yeux de chambre à coucher. Elle frémit. Spinosa trempe ses lèvres et repose le verre. Il regarde autour de lui, l'air détaché. Le type blond revient. Il l'a croisé à son arrivée, une cigarette éteinte aux lèvres. Il sortait. Le teint hâlé, les traits marqués, des lunettes fumées. Spinosa le trouve trop hâlé pour un blond. Ses lunettes dissimulent mal ses paupières lourdes. Costume bleu, polo blanc. Pourquoi pas lui ? Il est mécontent. Il parle au barman en lui montrant deux filles grandes, belles et maigres. Des mannequins sûrement. L'air blasé. Assises près du Bouddha doré. Un peu en retrait. Si c'était le Gros, il ne se ferait pas remarquer comme ça. Un amant éconduit ? Le barman va parler aux filles. Son ordi sous le bras, le type au coca met les voiles. Le blond se penche sur le bar. Puis il se retourne et file vers les toilettes. Castel lui a dit pour le Gros, cette femme, Monica, une ancienne amie de David Giacobbi et Kader Benaissa. Elle avait une liaison avec lui. Elle était en guerre contre les Marazzi et leurs amis à Rome. Il faut l'empêcher de faire une connerie. Spinosa ne voit pas trop comment le Gros pourrait tenter quelque chose, seul contre les Marazzi.

Le Gros se regarde dans le miroir au dessus de la vasque. Cet inconnu qui lui ressemble. Il cherche un plan. Un plan, ça ne s'improvise pas. Il sait qu'il agit comme un crétin.

Au risque de se faire griller. Mais qui le reconnaîtrait ? Lui même n'y parvient plus. Un plan, ça se prépare, lui dit la voix dans sa tête, sa voix d'avant, sa voix à lui. *Tu ne vas pas tuer la signora Marazzi dans le hall de l'hôtel devant tout le monde ! Si ? Avec ce couteau pour couper les citrons ? Tu te crois où, à l'opéra, dans un film de Tarantino ? Redescends. Reviens sur terre. Tu penses vraiment que tu peux tuer cette femme ? Tu penses qu'elle sait pour Monica, c'est ça, et si elle ne sait rien ?* Elle est complice du crime. Elle doit payer. Tous complices. Ils doivent tous payer !

Le blond mécontent est de retour, le barman lui indique la table basse, près des mannequins. Spinosa voudrait se rapprocher, mais il risque de se faire remarquer. La femme à la soixantaine très chic. Elle vient vers lui. Au passage, elle laisse négligemment tomber sa carte sur la table basse.

– Appelez-moi.

Elle n'attend pas sa réponse. Il glisse la carte dans sa veste. Djemila devait voir Dany Padovani pour son nouveau job. Le lancement des marques de produits capillaires La Rouge. Un nouveau départ. Elle rayonnait. Spinosa mate le blond en douce. Et s'ils venaient là pour fêter leur collaboration ? Dany vit dans l'immeuble le plus proche de l'Hôtel Eden. Au dernier étage. Le salon La Rouge Deluxe est au rez-de-chaussée. Le blond ne connaît pas les mannequins. Pas un mot échangé. Pas un geste. Il regarde l'air de rien ce qui se passe dans le hall. Ses yeux s'égarent. En fait non. Ses yeux scrutent les différents miroirs. Il semble contrarié, se tourne vers les mannequins. Là où elles se trouvent, on doit voir mieux. *C'est lui. Ça doit être lui !* Spinosa sort son smartphone de sa veste. Discrètement. Le prend en photo de profil. Le blond se retourne soudain et regarde dans sa direction. Spinosa se baisse vers la table basse et envoie la photo à Castel. Range le téléphone dans sa veste. Boit une gorgée de ce délicieux cocktail.

Lui aussi, il est avec eux ? Costume blanc. Métisse. Plutôt jeune. Beau garçon. Le Gros soupire. Il voit des ennemis partout. Le beau gosse a tout du gigolo. Un crétin sûrement, comme ces connasses qui lui ont piqué sa table. Tiens, elles se cassent. Vite, son verre dans une main, sa bouteille de Coca light dans l'autre, il reprend sa place. Juste à temps pour voir Salomé Marazzi sortir de l'ascenseur avec son fils. Il se lève et se précipite vers le hall.

Les portes de l'autre ascenseur s'ouvrent. Enzo cherche Salomé des yeux. Là-bas. Elle parle avec une comtesse italienne, il a oublié son nom, une cliente de l'hôtel. Collante. Il voit Luciano qui s'impatiente. La comtesse s'éloigne. Elle vient dans sa direction. Vite, il recule, se glisse parmi des clients qui se dirigent vers le patio. Avant tout, il veut éviter l'aristocrate. Elle le trouve à son goût. Il le sait. Et elle est très collante. Il se retourne, ne la voit plus, revient dans le hall.

Arrivé à sa hauteur, le Gros sort le couteau qu'il a piqué au barman, petit mais très aiguisé, le lui enfonce entre deux côtes. Le ressort. Salomé Marazzi pose sa main là où le sang rougit sa robe. Il tente de la frapper à la gorge, mais elle se protège du bras. Qu'il entaille. Luciano s'interpose, le toise, il n'ose pas s'en prendre à ce gamin. Salomé crie. Tombe à genoux. Le Gros court vers la sortie.

13
DEUX BALLES DANS LA PEAU

Ange se pousse pour laisser passer ce type blond qui jaillit de l'hôtel. Il se raccroche à sa canne pour ne pas tomber. Puis Enzo sort à son tour. Les yeux égarés, il pointe du doigt l'homme qui court.

– Là, le blond, il a poignardé Salomé !

– Elle est...

– Le Samu arrive. Un médecin, un client de l'hôtel, il s'occupe d'elle.

– Je me charge du fils de pute !

Ange repère le blond cent mètres plus loin, sur l'avenue qui longe le front de mer. Le cousin Marazzi l'attend en double file. Il monte dans le SUV et se penche à la fenêtre. Le blond, il est passé où ? Là-bas. Il a pris une rue à droite.

D'abord un allumé qui gicle de l'hôtel et se casse comme un furieux. Et juste après, Enzo Marrazzi déboule en furie et parle à ce mec avec une drôle de gueule. Une sale gueule. L'œil droit barré d'une cicatrice. S'appuyant sur une canne. Une sale gueule qui lui rappelle quelqu'un. C'est flou. Simon les a entendus par la vitre baissée. Sans bien capter le sens vu la distance. Juste le son de leurs voix. Et la voix de l'inconnu, elle tourne dans sa tête. Une impression. Ça remonte à loin. Soudain, illumination ! « Démarre, il dit à Djibril, démarre. Suis-moi le SUV, le BM gris. » Ce mec, putain, c'est Ange ! Il bosse avec les Marazzi. Cet enculé revient se venger. Simon reçoit un texto de son informateur.

Sa sœur. Quelqu'un l'a blessée avec un couteau. Il hésite à retourner à l'hôtel. Non. Une occase pareille, ça se refuse pas. En finir enfin avec cet Ange de malheur. Et fumer ce fils de pute, l'agresseur de Salomé !

Castel s'arrête au même instant devant l'entrée de l'hôtel. Il laisse le moteur tourner. Un casque prêt pour Spinosa qui s'amène enfin.

– Vous savez où il est parti ?

– J'ai planqué un traceur dans son Audi.

– Et...

– Il est pas loin. Prends mon téléphone pour le suivre.

Castel démarre. Derrière lui, Spinosa s'accroche comme il peut d'une main, le mobile dans l'autre. Il déteste les motos. Castel tourne à droite. Remonte la rue jusqu'au croisement. S'engage sur l'avenue bordée de palmiers. Une enfilade de résidences avec piscines. Au croisement suivant, Spinosa lui fait signe de tourner à gauche. Ils arrivent sur le boulevard qui remonte vers les collines. Du mauvais côté. Celui des usines fermées et des cités pourries. La moto se glisse entre les voitures. Il a le tournis. Castel s'engage sur le bas côté et stoppe cinquante mètres avant un feu rouge, à l'abri d'une caravane. Il baisse sa visière et se tourne vers lui. Spinosa voit le signal sur l'écran du smartphone.

– Il est là, le Gros, juste devant.

– Je sais, j'ai repéré sa voiture. Il y a autre chose. On le suit, un SUV gris. BMW. Le même que j'ai vu à l'hôtel.

Le feu passe au vert. La caravane tourne à droite, tractée par une berline suédoise. Castel déboîte en douceur. Spinosa suit le Gros sur l'écran. Impossible de baisser la visière du casque, il voit pas au travers. Le Gros a pris du champ. La circulation est plus fluide. Castel accélère. Putain, il pourrait prévenir ! Spinosa s'enracine aux cale-pieds. Enfin, il voudrait bien. Pour tout arranger, ça monte, le boulevard monte, et lui, il a cette sale impression de glisser. Arrivé en haut, évidemment, ça descend. Et là, glissade dans l'autre sens. Il tente de ne pas s'aplatir comme une crêpe sur Castel. Le commandant garde ses distances avec l'Audi et le SUV. Spinosa flippe à chaque virage. Il préfère sa Peugeot pourrie. Tout, mais surtout pas une moto, et une moto conduite par un type comme Castel ! Il ne pouvait pas se défiler comme un couillon, lui dire, je préférerais ne pas monter sur cette moto.

Simon Giacobbi demande à Djibril pourquoi la moto devant eux ne double pas le SUV. Il lui rappelle la présence d'une ligne blanche. Encore heureux, ça roule pas trop vite. Avec le Ford Transit, ils sont mal barrés pour une poursuite ! Les chiens grognent. C'est couillon, on dirait qu'ils approuvent Djibril. Mais il s'en cogne. Cette moto avec deux types dessus, il la sent pas.

Ils longent la voie ferrée, une ZAC désertée, des barres lézardées. Des minots jouent sur un parking, parmi des conteneurs qui débordent d'ordures. Castel s'arrête sur le côté de la route, descend de moto et va pisser contre un arbre.

– Désolé Spinosa, je pouvais plus attendre.

– Vous savez où il va ?

– Je crois savoir.

Spinosa profite de l'occasion et vide lui aussi sa vessie.

– Et le SUV, vous savez aussi qui c'est ?
– Je pense.
– Enzo Marazzi...
– Non, plutôt le Français.
– Celui dont le Gros vous a parlé ?
– Voilà.
– On est loin encore ?
– Non. Allez, on s'arrache.

Spinosa se juche à l'arrière de la moto. Castel démarre. Passe les vitesses. Il serre les jambes. Les bras aussi, pour empêcher sa belle veste blanche en fait plus trop blanche de s'envoler.

Une clinique privée, sur les hauteurs de la ville, dans les quartiers chics. La Santa Virginia détient 30% des parts du groupe dont elle fait partie. Enzo s'assure ainsi une garantie de discrétion. Au dernier étage, le personnel vide l'une des ailes de ses patients. Salomé est en salle d'opérations. Pronostic favorable. Pas de blessures létales. Ange l'appelle. « Elle va s'en sortir. » Enzo n'en veut pas aux Galluccio, ni à ce couillon de Renato. C'est lui le responsable. Lui qui l'a laissée seule avec leur fils, sans protection. Même au sein du palace, il aurait dû prévoir. « Tu as une idée sur ce type qui a poignardé Salomé ? » Non, Ange ne voit pas. Mais il va le choper cet enculé. « J'ai embauché des renforts, des pros de la sécurité. Ils travaillent pour un ami qui vit sur la Côte. » Un quart d'heure à peine, et ils étaient là, au pied de la clinique. Deux berlines discrètes. Ange lui demande s'il peut envoyer les Gallucio au Domaine Casanova, à Villeneuve. Un message à faire passer à son frère, Pascal. « Tu vois ça avec eux ». Enzo raccroche. Le sac de sa femme est sur le lit. Il le vide. Prend le mobile. Tape le code PIN pour le débloquer. Cherche le numéro de David dans ses contacts. Il doit le prévenir. Il hésite à l'appeler avec le smartphone de Salomé. Non, ça ne serait pas correct.

David écoute Enzo Marazzi. Raccroche. Il sait déjà ce qu'il va faire. Pour venger Monica. Depuis sa mort, il déconne, succombe à l'attrait des abysses. Pour sauver Salomé. Pour se sauver lui-même. Cyclope éclopé. Chargé comme il est, son cerveau carbure. Cette clinique n'existait pas il y a vingt ans. Mais il se souvient du garage, pas très loin de là. Des gens fidèles aux Giacobbi. Ado, il venait y faire réparer son scooter ou celui de ses amis. Il se souvient aussi du four, au fond du garage. Kader travaille dans son cabinet. Il referme doucement la porte de l'appartement et descend l'escalier à pas feutrés.

Le Gros jette un œil au rétro. Le SUV le suit toujours. Il tourne à droite et s'engage sur la départementale. Elle sillonne entre les vallons. Il prend un chemin cabossé qui descend vers une ancienne carrière. Elle a laissé place à une décharge à ciel ouvert. Illégale évidemment. Loin de tout, elle ne gêne personne, sauf ceux qui n'ont pas fui à temps de cette zone, les plus pauvres, ceux dont tout le monde s'en branle. La terre agonise. Des poches plastiques claquent au vent sur les oliviers survivants. Des nuées de poussière. Elle envahit tout. Un monceau de pneus chauffe au soleil. Frigos explosés. Machines à laver entassées. Voitures et motos cramées. Et comme des dunes de déchets. Gros sacs de chantier dégorgeant de terres contaminées par des saloperies chimiques. Monceaux de sacs poubelles éventrés d'où s'échappent des restes avariés. Les rats et les goélands se disputent cette manne céleste. Et cette poussière jaunâtre partout. Il se gare entre deux carcasses de voitures. Récupère le Luger 9 mm planqué sous le siège avec deux chargeurs. En glisse un dans l'arme, l'autre dans sa veste. Quand il sort de l'Audi, l'odeur le saisit. Une puanteur sèche et âcre. Et toute cette merde, elle respire, elle transpire. Les vrombissements du SUV. Le temps est compté. Il escalade une colline de déchets, s'accroupit derrière des sacs de chantier. Le SUV se gare en contrebas. Ils n'ont pas vu son Audi. Le chauffeur descend. C'est le cousin Marazzi, celui qui ne quitte jamais le Français. Un autre homme sort à son tour du SUV, armé. De l'autre main, il s'appuie sur une canne. C'est lui, le Français, celui qu'ils appellent Signore Angelo. De là où il se trouve, il le voit mal, mais c'est bien lui. Qui d'autre ?

– Tu te caches comme un rat ou tu te montres ?

Plus aucun doute. Le Gros reconnaît sa voix. Il le pensait plus malin, plus vicieux. Brailler une réplique de mauvais western. Le Français saisit des gravats et les balance en direction du monticule.

– Alors je viens te chercher.

Voilà la réponse qu'il attendait. L'attirer dans son piège. Il commence à monter. Sa canne s'enfonce dans les déchets les plus mous.

– Signore Angelo !

Le Signore n'écoute pas le cousin Marazzi. Il avance. Pas vite. Mais il avance. Le Gros prend un morceau de parpaing et l'envoie à une cinquantaine de mètres sur la droite, vers le haut du monticule. Il vise une portière de voiture qui a atterri là. Le métal tremble sous le choc. Comme un cri dans l'air saturé de soleil et de poussière. Un frémissement parcourt la dune de déchets.

– Il est là-haut cet enculé !

Le cousin Marazzi se tient prêt à parer une chute du Signore qui avance en crabe, tâtant la merde alentour de sa canne. Le Gros esquisse un sourire. Cet homme est grotesque. Et dangereux. Ne l'oublie pas. Dissimulé derrière les sacs de chantier, il les regarde monter. Tire sur une grande bâche qui traîne là, se glisse dessous. Puis il sort de sa planque à genoux et remonte lui aussi le monticule. Le Français et son ange gardien sont devant lui, là-bas, sur le côté, ils ne le voient pas. Son pied heurte quelque chose. Il se couche, se raidit sous la bâche, retient son souffle. Rien.

– Alors, tu es où ?

Le Français reprend son souffle, appuyé sur sa canne.

– Tu es comme les rats. Tu aimes les ordures.

Le Gros se redresse et continue sa route à quatre pattes. *Gaspille ta salive, signore Angelo !* Il pose la main sur un morceau de métal acéré. Serre les dents. La douleur. Vive. Il saigne. Ne voit rien sous la bâche. Il a chaud. Soif. N'en peut plus. Et ça pue, comment ça pue ! Continue. Un type lui a parlé de cet endroit un jour. Il venait ici en camion pour y déverser des boues de merde *mais quand je te parle de merde du sérieux du chimique et des métaux lourds juste derrière des monticules de déchets tu dirais des dunes de loin mais seulement de loin et puis ce trou rempli de boues qui puent, un cloaque.* Il lève un coin de la bâche, regarde autour de lui.

Le sommet est tout proche. Il voit le bas de leurs jambes à une soixantaine de mètres. Des pantins sans têtes.

– Et maintenant, tu veux quoi ?

Il ne l'écoute pas, ne lui répond pas. Arrivé au sommet, il bascule de l'autre côté et se couche. Il sort son Luger. Le silencieux l'aurait aidé. Tant pis. Le cousin Marazzi est dans sa ligne de mire. Il vise la tête, mais cet abruti bouge. La balle lui explose l'épaule. Il tire encore. Le touche au ventre. Le cousin tombe la face dans la merde. Le Français tire dans sa direction en gueulant ses imprécations, ses cris d'impuissance.

– Putain, tu es mort, tu es mort !

Trop tard. Il ne le voit pas. Le Gros sent cette odeur fétide qui remonte du cloaque, tout en bas.

Castel retient Spinosa qui veut escalader à son tour la montagne de déchets.

– Je sais que ton costard est foutu, mais quand même.

Dissimulés par la carcasse d'un engin de chantier, ils regardent cet homme là-haut, cet homme seul.

– Le Français, c'est le disparu ? lui demande Spinosa.

– Oui. Ange Casanova. Un revenant. Mais comment tu sais ?

– Quelqu'un m'a dit des choses sur les Casanova et les Giacobbi.

Castel sourit. Il sait d'où viennent les confidences sur l'oreiller du joli capitaine. Djemila Benaissa. La veuve noire. Imperturbable, Spinosa continue.

– Et le Gros, à quoi il joue ?

– Il veut le tuer.

– Et nous... on regarde, on n'intervient pas !

– Vu l'angle de tir, le Gros est passé de l'autre côté. Il a un plan. On contourne ce bordel.

Castel lui fait signe de se baisser. Ils courent en diagonale pour s'écarter de la montagne de merde et rejoindre l'autre monticule à côté, plus petit. Il plaque Spinosa contre des sacs poubelles. Ne pas se faire repérer. Il transpire. Il pense à sa femme. Quand ils étaient jeunes. Quand ils s'aimaient.

Le Ford Transit est planqué entre deux empilements de vieux PC et d'écrans télé. Trois mètres de haut, les empilements ! Juché sur le toit du Transit, Simon a une vue imprenable sur la pyramide de déchets. Tout là-haut, Ange est penché sur le corps de son chauffeur. Qu'ils se butent entre eux, ça l'arrange. Il comptera les morts. Il redescend. Ouvre les portes arrière. Ses chiens gémissent de haine, leurs gueules entravées par les muselières, tirent sur les laisses. Djibril attend son ordre pour les lâcher.

Ange appelle Enzo. Lui explique où il se trouve. Le cousin est salement blessé. Il a besoin de secours et vite. Sinon il va crever. Il raccroche. *Putain, c'est qui ce mec ? Pourquoi il fait ça ? Réfléchis. Réfléchis.* Sa consommation abusive de fentanyl a rendu son cerveau lent. Lui qui était si brillant. L'intelligence et la beauté réunies en un seul être. *Et me voilà déchet parmi les déchets !* Il délire. Il entend des chiens dans sa tête les cris des chiens comme avant qui le poursuivent encore. Se dresse et vomit son orgueil.

– Je vous attends, venez !

Il passe de l'autre côté. Tout en bas, une immense mare noire d'où s'échappent des relents puants. Pires encore que la puanteur qui émane des ordures, portée par le vent chaud. Il cherche. Ne voit rien. Mais l'homme est là, quelque part, planqué comme un rat. *Combien de balles il me reste ? Bordel, j'ai oublié de compter !* Là-bas. Ça a bougé. Il en est sûr. Il commence à descendre. S'enfonce dans un mélange de terre et de plastique. Ça bouge à nouveau. Inutile de gaspiller ses munitions.

Les Galluccio se garent devant le portail imposant du domaine Casanova. Le plus jeune descend, sonne. Une voix leur répond. Pascal. Pas question de les voir chez lui. Il leur donne rendez-vous au cimetière. Quelle cimenterie ? « Ma no, al cimitero ! » Il y a une entrée trois cent mètres plus loin, ils seront tranquilles. Les frères Galluccio se regardent. Un rencart au cimetière... Testa di minchia !

Marlène voudrait bien savoir qui a sonné. Personne, une erreur, il lui répond. C'est ça, prends-moi pour une courge. Rien que sa voix, elle est inquiète. Pire encore. Il transpire de peur. Et là, il monte à l'étage comme s'il avait le diable aux fesses. Elle aime pas ça. Elle sait. Il est parti chercher son 9mm dans le petit coffre-fort. Les enfants jouent à la piscine avec Sophie. Elle entend leurs cris. C'est pas des cris de malheureux. *Bouge, ma fille !* On va pas lui gâcher son bonheur. Elle traverse la cuisine, saisit au passage des gants pour la vaisselle, pousse la porte du cellier. *Dépêche, dépêche.* Si tu veux éviter le malheur d'arriver, frappe en premier. Son père lui a dit ça un jour, elle avait sept ans. Elle se baisse derrière l'étagère avec les conserves, les bocaux et les confitures de Sophie. En bas du mur, y a une espèce de gouttière avec des tuyaux. Et dessus, pour cacher, une longue planche. Marlène la soulève, passe la main à l'intérieur. Elle en sort une poche plastique fermée par du gros scotch marron comme pour les cartons. Pascal cavale dans l'escalier. Elle retourne à la cuisine. « Tu vas où ? » Elle crie dans le vide. Il répond rien. Il a déjà disparu. Marlène le suit. Il est dehors. Il court. Traverse le jardin. Il court vers le chemin, le chemin du cimetière. Il parlait pas fort, mais il a pris les nerfs à un moment et il dit « al cimitero ». *Pas courge, ni sourde la Marlène !* Elle serre fort la poche dans sa main. Encore heureux elle a les baskets simples, pas les compensées, pour aller vite c'est mieux. Sauf que la course, c'est pas son truc. L'avantage, elle sait où elle va. Et pour se servir d'une arme, elle est pas lente. Ses oncles lui disaient toujours ça, qu'elle tirait vite et bien. Elle ratait jamais la cible.

Castel jure que putain ça en finit jamais ce bordel ces montagnes d'ordures à contourner ! Et enfin, Spinosa déniche un passage pour aller de l'autre côté. Du monticule où se trouvent Ange et le Gros, on n'aperçoit plus que le sommet. Les autres monticules qui l'entourent dissimulent ses flancs. Ils avancent à découvert sur deux cents mètres et se planquent derrière d'énormes rochers déversés là, au milieu de nulle part. Castel risque une tête. Derrière, ça devient marécageux et ça dégage une odeur pire encore que tout le reste. Les rochers XXL sont pas là pour rien. Une digue.

– On va remonter un peu, là, devant, je le sens pas.

Spinosa se bouche le nez, surpris par les émanations putrides.

– C'est quoi cette odeur ?

– J'en sais rien. On bouge.

Castel passe à nouveau une tête et voit un homme qui descend dans leur direction.

– Attends !

Cet homme qu'il ne reconnaît plus, Ange. Un ange déchu, abîmé, difforme, appuyé sur sa canne, se traînant comme un cloporte dans cet amas de merde. L'image est presque trop... presque trop quoi, il sait pas.

Le Gros n'en peut plus. Il étouffe. Relève la bâche. Le Français est là, en contrebas, il n'a pas conscience du danger. Tu glisses, tu tombes. Rien à quoi se raccrocher. Un dérapage incontrôlé. Adieu la vie adieu l'amour ! Il doit l'entraîner encore plus bas. Il se laisse aller doucement sur la pente, vers sa vengeance, vers le néant. Soudain, un obstacle l'arrête. Le bruit du choc transperce le silence. Il se raidit. Entend le tir et l'impact du projectile tout proche. Le Français l'a repéré. Brièvement. Vu son état, il se confond avec les déchets. Et ses mouvements d'insecte ne peuvent le trahir. Pas de second tir. Il économise son chargeur. Le Gros sort sa tête de la bâche. Et son Luger 9 mm. Vise les jambes.

Ange s'écroule, sa canne tombe, roule vers ce trou puant, trente mètres plus bas. Il tombe lui aussi. Lui aussi il glisse. Lentement. Mais il glisse. Tente de s'accrocher à quelque chose. Rien pour ralentir sa chute annoncée. Il râle, il crie. Une bête blessée.

Le Gros se relève et braque son Luger dans sa direction. En finir enfin avec ce cauchemar.

– Fais pas ça ! gueule Castel.

Il avance vers cette chose, debout, dressée, crasseuse. Le Gros.

– Pourquoi, tu vas me descendre ?

– Arrête tes conneries.

Plus bas, une autre chose méconnaissable, Ange, qui tente de ramper sur les bras pour remonter. Spinosa sort son flingue et le pointe vers le Gros.

– Pose ton arme.

– Spinosa, on décroche !

– Commandant...

– C'est un ordre. Et toi, tu viens avec nous.

Le Gros regarde le Français glisser malgré ses efforts désespérés. Cet insecte qui bourdonne et lui vrille le cerveau. Le bruit d'un rotor. Un hélicoptère en approche.

– Cassez-vous. Adieu, Castel.

Il met l'arme sous son menton. Appuie sur la détente. Castel se fige. La déflagration couvre les cris d'Ange qui se débat pour freiner sa chute. Le Gros titube, s'effondre d'un bloc. Jamais Castel n'aurait imaginé ça. Il voulait le sauver. Se racheter. Et il s'est planté. Putain ! Trop tard pour pleurer. Des chiens aboient de l'autre côté du monticule. Là où l'hélico s'est posé. Ça défouraille. Du lourd. Des fusils d'assaut. Ange disparaît dans le trou puant, aspiré par les boues visqueuses, seule sa tête surnage.

– On s'arrache, Spinosa !

– Et on le laisse crever ?

– Rien à foutre de cette pourriture. Ses sauveurs arrivent.

Castel l'attrape par la manche et l'entraîne avec lui.

Impossible de retourner à la moto. Ils s'éloignent de la décharge en courant. Castel a envie de gerber. Il est trop vieux pour ces conneries. Ses poumons crachent. Il doit s'arrêter. Spinosa lui montre la cabane à une centaine de mètres. Ils courent encore, puis se planquent à l'intérieur. Castel vomit de la bile. L'acide lui remonte jusqu'aux narines. Il s'essuie la bouche du revers de la main et sort son Samsung.

Ça discute et ça discute. Ça la fatigue ces discusses. Les ritals, ils parlent trop. Marlène visse le silencieux. Elle a enfilé les gants pour la vaisselle pour pas laisser les empreintes. De là où elle s'est mise, elle voit tout bien comme il faut pour la ligne de mire. À l'abri de la concession des Fabre. Un mini monument. Du marbre, du vrai. Et un genre de dentelle autour qui laisse des trous. Le top pour glisser un flingue et pas se faire voir. La poche plastique avec le scotch, elle a fourré ça dans les poches du jogging. *Faut pas laisser des indices, ma belle !* Le Smith & Wesson, elle le sort une fois par mois de sa cachette pour pas qu'il se grippe. Te bichonne le 357 Magnum avec amour. Un cadeau de ses oncles. JP Guérini avait descendu un type avec. Un Sicilien. Les Padovani, ils devaient détruire l'arme. Enfin, il pensait ça, le JP ! Les ritals se mettent à gueuler sur son Pascal, qu'il doit les suivre. Marlène respire un bon coup et tire. En tombant, ce couillon s'éclate le crâne sur une tombe. Il l'a pas volé. Pascal bouge pas d'un pouce. Ça l'arrange à Marlène. L'autre rital sort son flingue et arrose à la furieuse. Il te vide son chargeur. Elle se baisse pour éviter les éclats qui volent. *C'est pas chrétien de faire ça. Et puis le marbre, on respecte !* Elle se relève. Grille la politesse à Pascal qui sort le

Beretta. Elle tire deux fois, pour être sûre. La tête et le cœur. Il rejoint son collègue au paradis des enculés. Marlène sort de sa cachette, le Smith & Wesson à la main.

– C'est toi ! Tu... tu...

Pascal bredouille comme un couillon.

– Eh bé, oui, c'est moi. Tu croyais qui !

Il la regarde avec un sourire de fada. Elle se presse jusqu'aux corps.

– Tu en colles un sur la tombe des Fabre.

Pascal s'exécute. Elle met le 357 dans la main de l'autre gars et tire plusieurs fois.

– Putain, tu as fumé les Gallucio, Marlène !

– Je connais pas. Viens.

– Il sort d'où ce flingue ?

– Dépêche, on doit pas rester là.

– Et les corps ?

– T'inquiète. J'ai tout pensé déjà.

Comment il la regarde, elle voit bien qu'il est fier d'elle. Et surtout il en revient pas.

– Ma chérie...

– Viens. Vite.

Ils reprennent le petit chemin qui mène au domaine. Ils courent en se tenant la main. Elle se croirait dans « La vengeance de l'amour », la telenovela avec son idole Carla Visconti. Son cœur bat la charade. Bon, elle a pas trop le souffle pour la course, alors ça l'aide à penser ça. Comme il dit le commandant Castel, elle est une néroïne.

Au chevet de Salomé, Enzo prie en silence. État stable. D'après les médecins, elle est hors de danger. Il reçoit un texto : « Situation stable après un accrochage. Deux éléments non identifiés avec des chiens. » Tout a dégénéré à la décharge où ce type les a entraînés. Un piège. Et Ange a foncé. Ils le cherchent. Le cousin est dans un sale état.

Assis de l'autre côté du lit, David rumine sa vengeance. Cet enculé, sa sœur a épousé cet enculé ! Il revoit le cadavre de Monica gisant sur un lit de glace, au port de pêche. Enzo Marazzi lui déroule sa version des faits, entre deux banalités sur la beauté de la ville et ses environs. Sûrement un dingue qui a fait ça, un paumé, un taré. David lui demande si sa sœur avait des ennemis. Des ennemis ! Marazzi ne voit pas pourquoi elle aurait des ennemis.

– Bien sûr. Mais la police lui posera cette question.

Le visage fermé, Marazzi se lève et regarde son fils endormi dans un fauteuil, un casque sur les oreilles. Son téléphone sonne. Il répond. Pas en italien. En dialecte calabrais. Il s'emporte et sort dans le couloir. David entend des gens gueuler. Il reconnaît la voix de son père. Le style volcan prêt à péter. Sa manière d'en imposer. Il se précipite vers la porte. Joseph Giacobbi fait irruption dans la chambre, suivi par ses deux cerbères, Sampieri et Marco le Marseillais. Il s'avance vers le lit et prend la main de sa fille dans la sienne.

– Qui a fait ça, David ? Tu sais ?

– Selon Marazzi, ça serait un dingue.

Son père ricane. Du menton, il désigne Luciano qui émerge de sa torpeur.

– Et lui ?

– C'est le fils de Salomé. Ton...

– Ça va, je suis pas demeuré.

David jette un œil sur son iPhone. Un texto de Kader. « J'arrive. RDV sur le parking de la clinique. » Il embrasse Salomé sur le front.

– Je dois y aller...

Son père le toise.

– Tu lui diras que je suis passé, si elle se réveille.

David quitte la pièce sans attendre sa réponse. Dans le couloir, les jumeaux Camara encadrent la porte. Face à eux, deux types en noir à oreillettes. Sécurité privée haut de gamme. Des fauves policés. Il croise Enzo Marazzi pendu à son smartphone, le salue. Ce type pue l'argent et la mort. Un cadavre ambulant sous ses airs distingués. Et Ange, il est où Ange ? À aucun moment, ils n'ont évoqué son nom.

Enzo dévisage David. Remarque ses yeux. Un peu bouffis, allumés. Des papillons. Ses gestes nerveux. Sa beauté inquiète. Il sait. Qui a voulu tuer Salomé. Pas son nom. Son contact dans la police l'ignore. Un flic infiltré. Un putain de traître infiltré dans sa propre famille ! Il bosse pour Nando. D'après son contact, il est proche du commandant Castel. Celui qui a arrêté le taré qui enlevait ces gamines. Un héros. Incorruptible.

David voit sa gueule dans la glace de l'ascenseur. Le beau gosse a mangé. Rien à foutre. Son plan est simple. Attirer Marazzi à l'extérieur de la clinique et le buter. La manière ? Classique. Ni lueurs ni flambeaux. Deux balles dans la peau. Rien n'est nouveau sous le soleil.

Enzo rentre dans la chambre. Sombre. Son royaume est sombre. Menacé par les traîtres et la mort qui rode. Salomé se réveille, le regarde, prononce son prénom, celui de leur fils, et se rendort. Luciano, allongé sur le lit à côté d'elle, lui tient la main. Dans le fauteuil, Joseph Giacobbi joue son rôle de pater familias avec délectation. Silencieux. Souriant. Sans un regard pour lui. Même Luciano semble lui en vouloir.

Planqué dans une carcasse de camion, Simon Giacobbi se fait un garrot à la jambe gauche. Il s'est pris une balle. Au début. Avant qu'ils sortent les armes lourdes. Un éclat de métal a éraflé son bras droit. Une blessure superficielle. Ces enculés, ils ont tué deux chiens à lui. Les trois autres l'entourent, la bave à la gueule. L'odeur du sang, ça les excite. Il les calme, chuchote, jette un œil à l'extérieur. Djibril repose sur des sacs poubelles éventrés. Cadavré. Son fidèle ange gardien s'est pris une rafale en pleine tête. Un massacre. Au pied du monticule de déchets, ses deux chiens déchiquetés par les impacts. Il maudit Ange et les Marazzi. Ces types en noir ont débarqué sans prévenir. Plus ce putain d'hélicoptère. Ça tirait de partout. Un bordel ! Il s'est planqué là avec ses chiens encore vivants. Il ne pouvait pas tous les perdre, impossible. Les ninjas ont redescendu un corps de là-haut et l'ont chargé dans l'hélico. Le vacarme du rotor couvrait les grognements des chiens. Ils reviennent avec un autre corps. Une chose informe et sombre. L'hélico décolle. Les deux berlines et le SUV démarrent. Il attend. On sait jamais.

Notification. Nouveau texto : « Cible HS. Personnel retrouvé. Urgence médicale. » Enzo maîtrise mal ce tic qui lui tord la bouche quand la colère le prend. Angelo aussi, il l'a buté ?

Simon sort de la carcasse du camion, suivi par ses

chiens. Il prend Djibril par les pieds et le traîne entre les tas d'ordures. Le Ford Transit est pas très loin, mais il doit s'arrêter tous les dix mètres. Pas de souffle. Pas de forces. Juste la rage pour tenir. La haine comme soutien. Les souvenirs. Cet enculé d'Ange qui ne veut pas crever. Et les chiens qui gueulent pour l'encourager. Ils dansent autour de lui. Ou c'est lui qui délire. Il sait plus. Enfin, il dépose le corps de Djibril à l'arrière du van, lui fouille les poches pour récupérer les clés. Il fait monter les chiens qui se posent autour de Djibril. Comme pour veiller sur lui. Simon démarre. D'abord s'éloigner de là. Dix minutes plus tard, il se gare sur le parking d'un supermarché. Tout au fond. Loin des pousseurs de caddies. La douleur est trop forte. Il sort un pochon de son jean et se fait deux rails sur un magazine porno qui traîne entre les sièges, près d'une bouteille d'eau. Se frotte les narines. Se racle la gorge. Prend la bouteille. Boit un coup. Puis il s'allume une clope et met le contact.

Mehdi suit les instructions. Ça le flatte que David Giacobbi lui ait demandé son aide. Il pouvait pas lui refuser. Même si c'est pas trop des méthodes d'avocat. Il appelle le numéro qu'il lui a donné. Plusieurs fois. Le type décroche pas. Normal, appel inconnu, il se pose des questions. Mehdi se détend, se prépare. Le type finit par céder. Mehdi lui parle d'une voix neutre. Il a des informations sur l'agresseur de sa femme et ceux qui le protègent. Il lui donne rendez-vous à 20h30 sur le parking de la clinique. Seul.

David descend de la Porsche Cayenne. Kader lui a interdit de conduire. Son coupé Mercedes est stationné dans la cour. Jusqu'à nouvel ordre. Son ami n'aime pas le voir couler, ça le désole. Il doit le protéger. Contre lui-même. Contre les Marazzi. Contre son père. David le laisse parler. Ça l'arrange. Qu'il le prenne encore pour un ado fragile. Il lui dit qu'il a oublié un dossier dans sa voiture. Qu'il ne va pas se casser en douce si ça le rassure. *Ma douce vengeance. Ma douce vengeance.* Ce refrain tourne dans sa tête. Kader hésite. Disparaît enfin. Le bruit de ses pas sur les pavés. La porte du hall qui se referme. Sous le siège, à l'arrière, il y a une planque. David récupère un coffret et le glisse dans sa sacoche. Monte les escaliers et disparaît aussitôt à la salle de bains. Ferme la porte à clé. Ouvre le coffret. Il sort le 9mm. Un vieux Glock 17. Son père n'aimait pas le savoir seul dans sa bastide isolée. Même avec des caméras et des détecteurs. « Tu en prends soin, tu sais comment faire. » Il enclenche le chargeur. Fourre le flingue dans son jean noir, sous la chemise. Le silencieux dans la poche intérieure du cuir. Il se fait une ligne. Envoie un texto à Mehdi. Appelle son père. Lui parle de ce qui s'est passé à la décharge, du moins ce que Castel a bien voulu raconter à Kader. Puis il range son smartphone dans la sacoche avec le coffret vide.

Kader s'affaire en cuisine. Il ouvre une bouteille. Un beaujolais pour égayer l'ambiance. Bio et joyeux. Olives, concombre en dés. Houmous et pita. Le tout sur un plateau qu'il emmène au salon. David surgit et tourne autour du canapé sans s'asseoir.

– J'ai appelé mon père.

Kader recrache un noyau d'olive dans la coupelle prévue pour cet usage.

– Il était vexé que Castel lui ait rien dit... sur ce qui s'est passé à la décharge.

– Il est flic, il peut pas…

Kader pique dans une autre olive, éjecte le noyau.

– Tu parles. Tu sais pourquoi il a de si bons rapports avec mon père ?

– Une vieille histoire.

– Tu pourrais m'en dire plus.

Kader soupire.

– Non.

David prend la bouteille et se ressert un verre.

– Mollo.

– Putain, j'étouffe. Tu m'étouffes.

Cette merde qu'il prend. David se lève d'un coup. On dirait un pantin monté sur ressorts.

– Tu restes là.

– Tu vas faire quoi, me séquestrer ?

Kader se retient de lui envoyer son poing dans la gueule. Tente de le prendre contre lui pour le calmer. Impossible. Il abandonne. David s'enfuit. La porte claque.

Pascal boit une vodka en écoutant les grands airs de « Norma ». Pas trop fort quand même. Les enfants sont chez Sophie. Elle leur raconte des histoires horribles en jouant tous les personnages. Ils adorent ça. Le serbe et le gitan sont postés en bas de sa maison de poupée. Marlène prend une douche. Il en profite. Elle déteste l'opéra, le bel canto. La voix de Maria Callas, ça lui donne des angoisses. Mais là, une autre voix l'interpelle. Celle de sa mère.

– Qui sont ces gens à l'entrée du domaine ?

– Des amis. Ils t'ont saluée, j'espère.

Pascal a battu le rappel de ses troupes. Les protéger contre d'éventuelles représailles. Maintenant il en est sûr, JP, sa disparition, ça veut dire qu'il a cané. Alors le plan à Marlène, finalement, ça peut marcher. Sauf que JP peut pas avoir descendu les ritals s'il était déjà mort. Au moins, personne l'a vu avec eux. Le cimetière était désert.

– Pascal, tu m'écoutes ou tu rêves ?

Il rêve pas, non, ça il rêve pas.

– Ils nous protègent, maman...

– Contre qui ?

– Ces italiens, les Marazzi. Quelqu'un a tenté de tuer Salomé.

Elle masque sa surprise.

– Tout le monde sait que j'ai toujours eu de l'affection pour elle.

Pascal grimace. Quel piètre joueur de poker il doit être ! Pas étonnant qu'il perde autant d'argent. Gaïa hésite avant de le mettre dans la confidence.

– Je l'ai vu. Ange.

– Quand ?

– Ici. Je ne l'ai pas reconnu. Toutes ces années. Ton père... un fantôme. Et ton frère, il me revient un monstre.

Gaïa se reprend. Jamais elle n'a fait de telles confidences à Pascal. Ce fils qu'elle n'a jamais aimé comme elle aimait les deux autres, Paul et Ange. Un mort et un monstre. Sans oublier Matteu, son mari paralysé, reclus, muet, avec sa voix de machine. Lui dont la voix de velours grave charmait toutes les femmes. Elle rabâche. Elle divague. L'âge sans doute. Et Pascal qui pense l'endormir avec ces explications stupides.

Son couillon de fils est pris dans les rets d'une histoire qui le dépasse. La Donna sait. La Donna lit dans le cœur des gens.

Toute fraîche, elle débarque au beau moment comme on dit. Gaïa, avec ses yeux qui transpercent, encore à faire la misère à son Pascalou. Marlène vire et volte dans sa robe blanche.

– Tu l'aimes ma robe ?

Il saisit l'occasion en vol pour échapper à sa mère. Elle lui sourit.

– Ma chérie, tu es superbe.

Puis elle se tourne vers la Donna. Petit rire. Elle surjoue la cagole.

– Bonsoir Gaïa, vous allez bien ?

Un court instant, elle croit entendre l'ironie percer dans la voix de Marlène. Inimaginable. Quelle ironie chez une fille comme elle ? Pas fada, non, mais limitée. Presque demeurée. Elle les laisse à leurs amours de caniches. Le temps est venu pour elle de parler à Joseph Giacobbi.

Enzo prétend une envie pressante. Il quitte la chambre et descend aux urgences de la clinique. Des infirmiers entourent les brancards, deux corps sous des couvertures de survie dorées. « Enzo ! » Ange l'appelle. Un râle. Il se penche vers son ami. « Tu lui diras à Salomé... » Il n'achève pas sa phrase. Les infirmiers repoussent Enzo et s'éloignent avec les brancards. Il regarde sa montre. L'heure de son rendez-vous mystérieux approche. Il sort sur le parking. Se dirige vers les deux berlines garées à quelques mètres. Dit aux types de la sécurité qu'ils montent au dernier étage. Un traiteur va leur livrer de quoi se restaurer. « Et vous,

vous restez seul ? » Les gars s'inquiètent. « Et alors, il est mort, cet enculé, non ? À moins qu'il ne revienne d'entre les morts. » Il rit. Satisfait de sa blague et de son français impeccable. Les gars s'exécutent. Enzo s'éloigne de l'entrée. *Où est donc ce type qui veut me parler ?* Il regarde autour de lui. Rien. Pas une voiture. Ni une moto ou autre chose. Et puis il voit ce scooter qui s'approche. Sans doute celui qui l'a appelé. Il roule trop vite. Et ils sont deux. Deux types sur un scooter. Ça sent mauvais. Enzo, bouge ! Mais il reste là, pétrifié. À se poser des questions au lieu de courir se planquer. Il gueulerait bien un coup, rien ne vient... le scooter s'approche, s'approche encore... tout va très vite. Trop vite pour lui. Le temps se ralentit.

Assis à l'arrière, David relève la visière de son casque. Tire deux fois. Le silencieux étouffe le bruit. Marazzi titube comme un ivrogne et s'écrase sur le bitume. Mehdi met les gaz. Le scooter s'éloigne de la clinique aussi vite qu'il est apparu. Personne n'a rien vu. Il ne pensait pas que ça serait aussi facile. Les Giacobbi ont ça dans le sang, il faut croire. Il tente de contrôler son excitation. Une éternité qu'il n'était pas monté sur un scooter. Ça lui rappelle quand il se cassait à la fin des matchs avec Kader. Mehdi s'arrête devant le garage décati, klaxonne deux fois. La porte coulisse sur son rail. Un jeune mécano commence à désosser le scooter. Il se dirige avec Mehdi vers le fond du garage. David sent la chaleur du four. Tout doit disparaître. Casques, gants, blousons, jeans, pompes. Fournis par la maison. Mehdi balance aussi le prépayé dont il s'est servi pour appeler Marazzi. Le vieux garagiste ne lui a pas demandé si son père savait. Ni d'argent.

Juste qu'il l'aide pour revendre son garage au meilleur prix. Le garage, ils vont le démolir. C'est le terrain qui les intéresse. Et les pins qui l'entourent. Alors il veut qu'ils crachent un maximum. David regarde les flammes qui dansent. Fasciné. Comme il l'était, enfant, par un autre four. Celui de la ferme de Vorane. Le vieux lui tape sur l'épaule et referme la porte du four. Son étoile veille sur lui. Il récupère ses fringues dans le petit bureau. S'habille. Mehdi est déjà prêt. Ils rejoignent son scooter. Le rail de la porte coulissante grince. David revoit le cadavre de Renard Pâle. Là-haut, les anges chantent leur sérénade aux innocents et aux petites saintes. Ici, les salauds savourent trop souvent leur triomphe. Un de moins. Être ou n'être pas. C'est pas la question. La question, c'est de savoir ce que tu veux. Et tu le fais. Point.

Raphaël Le Scouarnec naît en Bretagne où il grandit. Puis sa famille nombreuse s'installe au Mirail, à Toulouse. Élève brillant, délinquant juvénile. À 17 ans, rupture définitive avec l'école et premier grand amour. Une adolescence tumultueuse, évoquée dans son premier roman, introuvable aujourd'hui.

Joue dans un moyen-métrage en Belgique, adapté de sa nouvelle, « Mitra 15 ».

Écrit des chansons, notamment avec Franck Darcel (Marquis de Sade, Étienne Daho). Compose et chante.

Travaille à la ferme, en usine, en intérim, au noir, en bureau, avant de devenir journaliste pour la presse jeunes.

Est également peintre sous le nom de Caritino (Instagram : raphael_caritino).

Cet ouvrage a été imprimé en France,
pendant l'hiver 2024,
par l'Imprimerie Trèfle,
Saint-Alban (Haute-Garonne)

Dépôt légal : 1er trimestre 2024